FEU ET EAU
ANDREW GREY

FEU ET EAU
ANDREW GREY

DREAMSPINNER
PRESS

Publié par
DREAMSPINNER PRESS

5032 Capital Circle SW, Suite 2, PMB# 279, Tallahassee, FL 32305-7886 USA
www.dreamspinnerpress.com

Feu et eau
Copyright de l'édition française © 2017 Dreamspinner Press.
Titre original : Fire and Water
© 2014 Andrew Grey.
Première édition : décembre 2014
Traduit de l'anglais par Catherine Delorme.

Illustration de la couverture :
© 2018 Kanaxa.
Les éléments de la couverture ne sont utilisés qu'à des fins d'illustration et toute personne qui y est représentée est un modèle

Édition e-book en français : 978-1-63533-850-8
Édition imprimée en français : 978-1-63533-849-2
Première édition française : mai 2017
v 1.2

Édité aux Etats-Unis d'Amérique.

À Dominic, dont l'amour inconditionnel et le soutien sans faille me donnent l'inspiration nécessaire pour écrire.

I

DÈS QU'IL entendit l'appel radio réclamant du renfort, Red Markham actionna les lumières et la sirène de sa voiture de patrouille et s'engagea sur High Street. Il prit ensuite la direction du nord et longea les deux blocs d'immeubles sans prendre le temps de s'arrêter au stop afin de parvenir sur place le plus tôt possible. Puis, il s'arrêta derrière un autre véhicule de patrouille et s'extirpa de son siège. Sa haute taille lui permit de jeter un regard par-dessus le toit de la voiture de ses collègues et il comprit instantanément l'origine du problème tandis qu'il se dirigeait vers les deux policiers qui s'efforçaient de maîtriser un suspect.

— Ôtez vos sales pattes. Je ne faisais rien de mal ! beuglait l'homme à pleins poumons tout en essayant de dégager son bras de la prise que Smith y exerçait.

Il parvint à atteindre Rogers de sa main libre et continua à invectiver les policiers :

— Vous n'avez pas le droit de faire ça !

Smith réussit tant bien que mal à contenir le suspect dont la force se trouvait décuplée sous l'effet d'une drogue quelconque. De fait, lorsque Red croisa son regard, ses pupilles étaient dilatées et grandes comme des soucoupes, ses yeux rougis et brillants d'une lueur féroce que n'aurait pas renié un chat sauvage.

— Ça suffit ! ordonna Red de sa voix la plus impérieuse lorsqu'il s'aperçut que l'homme continuait à se débattre.

— Mais file-lui un coup de Taser, nom de Dieu ! cria Rogers.

Smith était sur le point d'attraper son Taser, mais le suspect l'en empêcha en lui assenant un coup brutal sur la main. La situation menaçait de dégénérer et Red décida d'intervenir. Il s'approcha et sortit son arme à feu.

— Allonge-toi à terre et tout de suite, ordonna-t-il.

Le suspect se tourna vers lui et cessa immédiatement de s'agiter.

— J'ai dit allonge-toi à terre et tout de suite ! commanda à nouveau le policier d'un ton plus dur, dont la plupart de ses connaissances prétendaient qu'il aurait fait la fierté du plus sévère des sergents instructeurs.

Les yeux de l'homme s'écarquillèrent davantage et il s'immobilisa complètement. Puis, il se laissa tomber à plat ventre sur le sol et ne fit plus un mouvement.

— Mais qui t'es, toi ? demanda le drogué d'une voix étouffée.

Red ignora la question et continua à le tenir en joue pendant que ses deux collègues lui passaient les menottes. Il attendit que le forcené soit réduit à l'impuissance pour ranger son arme.

— Putain, je suis tombé sur la patrouille des monstres ! railla soudain l'homme à terre.

— N'aggrave pas ton cas, l'avertit Smith. Tu ne te rends pas compte à quel point tu es dans la mouise, mon gars.

Puis, il lui lut ses droits et lui recommanda fermement de garder le silence jusqu'à nouvel ordre. Red recula et observa le suspect afin de s'assurer qu'il n'était plus en mesure de s'en prendre à nouveau à ses collègues.

— Qu'est-ce qui s'est passé ? demanda Red une fois qu'il constata que le suspect avait retrouvé tout son calme.

— Aucune idée, répondit Rogers. Il avait l'air bizarre et quand je me suis arrêté pour lui demander s'il avait besoin d'aide, il a perdu les pédales.

Rogers n'avait que quelques années de plus que Red et ils avaient rejoint les forces de police de Carlisle à peu près en même temps. Cependant, Red ne le connaissait pas particulièrement en dehors du boulot, pas plus que Smith d'ailleurs. Les deux hommes étaient des gars fiables auxquels Red faisait confiance quand il avait besoin de quelqu'un pour surveiller ses arrières. Néanmoins, prétendre qu'ils étaient amis aurait été exagéré.

— Ce gars est chargé à bloc, intervint Smith.

— Les rues de la ville sont envahies par un tout nouveau truc en ce moment et c'est du costaud, précisa Rogers. Perso, c'est la deuxième fois que je vois un type dans cet état et le département en a déjà vu passer six. C'est mauvais signe et ça empire de jour en jour.

Smith se rendit compte que le suspect ne bougeait plus et, pris d'un sombre pressentiment, il se pencha vers lui. Puis, il se mit à crier :

— Merde ! Appelez vite une ambulance. Il respire à peine !

Rogers passa un appel radio et dans les minutes qui suivirent, tous purent entendre les sirènes d'une ambulance qui se rapprochait. C'était l'un des plus gros avantages d'une ville de cette taille : le garage des ambulances n'était qu'à deux kilomètres et les sauveteurs étaient toujours sur la brèche. Red ne quitta pas le suspect des yeux au cas où il ne s'agirait

2

que d'une comédie, mais celui-ci demeurait aussi immobile qu'une statue. L'ambulance arriva enfin et les ambulanciers prirent en charge l'homme inconscient, lui prodiguant les premiers secours avant de le déposer sur un brancard et de le porter dans l'ambulance. Rogers monta dans le véhicule tandis que Smith se préparait à les suivre avec leur voiture de patrouille. Du point de vue de Red, la situation ne paraissait pas très favorable, pas du tout même.

— Hé, mec, interpella Smith juste avant qu'ils partent. Merci pour le coup de main. Cette situation est passée de mauvaise à merdique en moins de deux secondes.

— De rien. On se verra au poste.

Les portes arrière de l'ambulance se refermèrent en un bruit sec et Smith monta dans sa voiture. Red patienta jusqu'à ce que les feux stop des deux véhicules s'éloignent avant de s'installer au volant de sa propre voiture. Il ajusta le rétroviseur en prenant garde de ne pas s'y regarder. Il évitait autant que faire se peut d'avoir à contempler son reflet dans un miroir. Il savait très bien à quoi il ressemblait et n'avait aucun besoin de se le voir rappeler. Il était cruellement conscient qu'il ne pourrait jamais se qualifier pour le moindre concours de beauté.

Ses pensées moroses furent reléguées au second plan avec un nouvel appel radio signalant une altercation au centre de loisirs. Voilà qui était nouveau. Il répondit à l'appel et fut informé qu'une ambulance et les pompiers étaient déjà en route. Quelle putain de journée ! Il se demanda pendant deux secondes si tous ces évènements n'étaient pas provoqués par la pleine lune avant de se rappeler qu'il ne croyait pas à toutes ces foutaises. Sur cette conclusion, il actionna la sirène et conduisit vers le lieu de cette nouvelle intervention.

Le centre de loisirs était abrité dans les locaux d'une ancienne école qui avait été agrandis pour l'occasion. Les parties d'origine étaient en effet très vieilles et contrastaient de façon criante avec l'aspect encore neuf des extensions plus récentes, qui avaient en outre l'avantage d'être très bien équipées. Une fois sa voiture garée à côté de l'ambulance et des véhicules de secours, il pénétra dans le bâtiment et fut dirigé vers la piscine, mais il aurait pu ignorer les indications du policier qui l'accueillit et pour deviner l'endroit précis où se rendre : il lui aurait suffi de se baser sur le nombre de personnes agglutinées près de la porte, désireux de ne pas rater une miette du spectacle. Les gens adoraient regarder.

— Excusez-moi, lança Red afin de se frayer un passage au milieu de la foule.

Quelques personnes, dont certaines étaient vêtues de maillot de bain ou de vêtements de gymnastique, se retournèrent et, comme chaque fois qu'il était soumis au regard des autres, elles se mirent à le dévisager de cette manière très particulière qu'il avait appris à ignorer au fil du temps. Elles s'écartèrent pour le laisser passer, sans manquer d'attirer l'attention de leurs voisins en leur tapant sur l'épaule.

Red franchit la porte et son regard embrassa la scène : une femme et un jeune homme vêtu d'un minuscule maillot de bain s'affrontaient. La femme qui criait tout en essayant d'enfoncer son index dans la poitrine du jeune homme approchait la trentaine d'années, d'après les estimations de Red. Un des pompiers tentait vainement de séparer les deux protagonistes et lorsqu'il aperçut Red, il ne put s'empêcher de lui adresser un regard plein de reconnaissance.

— Quel est le problème ? demanda-t-il d'une voix dont les murs lui renvoyèrent l'écho.

La femme s'immobilisa et le gosse recula d'un pas, manquant ainsi de tomber dans la piscine.

— Il… commença la femme d'une façon hésitante.

Il lui fallut quelques secondes pour reprendre contenance et être en mesure de poursuivre :

— Il a failli tuer mon fils !

— Ce n'est pas vrai, Madame ! protesta le gamin tout en croissant les bras sur sa poitrine sculptée.

Red lui jeta un rapide coup d'œil et sentit soudain sa gorge se serrer : ce jeune homme était un magnifique représentant du genre masculin, du style à faire la couverture de tous les magazines. Il s'attarda une seconde sur cette pensée.

— Si vous aviez surveillé votre fils et aviez fait en sorte qu'il obéisse aux règles ainsi que vous étiez supposée le faire, rien de tout cela ne serait arrivé.

— Ça suffit ! Vous, ordonna Red en pointant du doigt le jeune homme, vous allez vous asseoir et vous m'attendez.

Puis, il se tourna vers la femme :

— Et vous, merci d'aller vous asseoir par là. Je viens vous voir dans une minute.

4

Il s'assura que lui comme elle suivent bien ses instructions et se dirigea ensuite vers l'endroit où un enfant était allongé sur le rebord de la piscine. Red nota sa peau presque bleue tandis que les deux secouristes tentaient de le réanimer. Les soins parurent inefficaces au début puis, soudain, l'enfant se mit à tousser et à recracher de l'eau avant de s'efforcer de respirer. Red fit un signe à la femme et celle-ci se précipita vers son fils. L'enfant, qui avait dans les huit ans, toussa à nouveau. Les secouristes lui conseillèrent de rester calme, mais il se mit à pleurer dès qu'il vit sa mère.

— Ça va aller mieux maintenant, le rassura Arthur, l'un des secouristes. Fais simplement attention à rester calme et à bien respirer.

Red avait déjà eu l'occasion de croiser Arthur et de prendre toute la mesure de sa compétence.

Le petit garçon se mit à appeler sa mère. Elle lui prit la main et chercha à l'apaiser :

— Tout va bien, mon bébé, tout va bien, lui murmura-t-elle d'une voix réconfortante.

Une fois qu'elle fut parvenue à le rasséréner, elle se confondit en remerciements auprès de toutes les personnes qui s'étaient portées au secours de son enfant.

— Nous allons l'emmener à l'hôpital afin de pouvoir le surveiller, annonça Arthur à la mère.

Celle-ci hocha la tête tout en continuant à serrer la main de son fils.

— Madame, j'aimerais m'entretenir avec vous, dit Red à la femme.

Elle hocha la tête, s'adressa à voix basse à son fils avant de se diriger vers Red.

— Que s'est-il passé ? interrogea le policier.

— Je n'en sais rien. Comme toutes les semaines, j'ai déposé Connor pour sa leçon de natation. Quand elle a été finie, lui et ses amis sont restés comme d'habitude dans le bassin pour s'amuser. Je n'ai détourné les yeux que quelques instants seulement, et brusquement, je les ai vus sortir mon fils de l'eau. J'ai alors appelé tout de suite la police.

Elle tourna la tête vers le maître-nageur, qui n'avait pas bougé d'un centimètre et qui paraissait extrêmement nerveux.

— Tout ce que je sais, c'est que rien de tout ceci ne serait arrivé si seulement il avait fait son travail, lâcha-t-elle d'un ton coléreux.

Red sortit son calepin et commença à noter ses déclarations. Il prit son nom, Mary Robinson, ainsi que son adresse et son numéro de téléphone, sa date de naissance et celle de Connor, et toutes les autres informations dont il pourrait avoir éventuellement besoin pour la suite.

— Donc, si j'ai bien compris, vous n'avez pas vu exactement ce qui s'est passé, n'est-ce pas ?

— Non, mais...

Elle commençait sans doute à se rendre compte à quel point son récit sonnait faux et elle ne cessait de jeter des regards furtifs vers son fils. Red remarqua qu'elle déployait de grands efforts pour ne pas avoir à fixer son visage, manœuvre d'évitement dont il avait malheureusement une très grande habitude.

— Bon, d'accord. Nous finirons de toute façon par découvrir ce qui s'est réellement passé.

Il la laissa rejoindre le petit garçon et se dirigea vers le maître-nageur qui s'était assis sur un des gradins au bord de la piscine, là où les spectateurs s'installaient pour voir les courses.

Red surprit la lueur d'effarement dans le regard du jeune homme tandis qu'il s'avançait vers lui. Il dut admettre que celui-ci se débrouillait mieux que la plupart des gens pour masquer la pitié qui flamba malgré tout dans ses yeux une brève seconde.

— Pouvez-vous me donner votre nom ? demanda Red afin de faire avancer les choses.

— Terry Baumgartner, répondit le jeune homme en déglutissant avec difficulté. Le gosse et ses amis étaient en train de faire les fous sur le bord de la piscine. Je leur ai dit à plusieurs reprises d'arrêter et j'étais sur le point de leur demander de s'en aller quand j'ai dû m'occuper d'une petite fille qui venait de s'approcher de mon siège. Quand j'ai pu de nouveau regarder vers eux, je l'ai aperçu sous l'eau. J'ai aussitôt plongé et Julie m'a suivi.

Il désigna d'un geste de la main une jeune femme moulée dans un maillot de bain une pièce rouge qui se tenait un peu plus loin, puis il reprit le cours de son récit :

— C'est moi qui l'ai atteint le premier et qui l'ai sorti de l'eau. Nous avons commencé sans attendre le bouche-à-bouche et nous avons continué jusqu'à l'arrivée des secours.

— Qui les a appelés ? interrogea Red.

Un homme s'approcha :

— C'est moi, dès que je les ai entendus demander qu'on appelle le 911. Les gosses étaient en train de se chamailler et je me rappelle m'être dit que l'un d'entre eux allait finir par se blesser.

— Papa, est-ce que Connor va bien ? demanda une petite fille dans son costume de bain tout mouillé en avançant vers l'homme et en lui saisissant la main.

— Oui, mon cœur, il va bien, répondit son père tout en lui caressant les cheveux d'un geste très tendre destiné à calmer ses craintes.

Puis, il croisa alors le regard de Red, ce que très peu de personnes consentaient encore à faire.

— Terry dit la vérité : les enfants cherchaient vraiment les ennuis. Son seul tort est de ne pas avoir fichu les gosses dehors plus tôt. Mais il les a bien prévenus du danger.

Red regarda brièvement Terry, qui se contenta de hocher la tête. Son regard bleu clair laissait transparaître quelques traces d'inquiétude et son grand corps divinement sculpté parut se détendre sensiblement. Il décroisa ses bras déliés et les laissa pendre le long de ses flancs. Merde, se dit Red. Le gamin n'était pas particulièrement imposant, mais il était absolument parfait, en tout cas de son point de vue.

— Merci, conclut le policier.

Puis, il se tourna vers le père de famille afin de récupérer ses coordonnées, lui posa encore quelques questions avant de le laisser partir en lui renouvelant ses remerciements. Il s'entretint ensuite avec la maître-nageuse, Julie, qui confirma les déclarations de Terry. Red se sentit absurdement heureux de savoir qu'il ne s'agissait que d'un accident dans lequel Terry n'avait aucune responsabilité. Il discuta un peu plus tard avec le directeur du centre, lequel paraissait osciller entre inquiétude et soulagement, mais qui lui fut au final d'un grand secours.

Pendant que Red menait ses entretiens, Connor avait été conduit à l'hôpital et la foule des curieux s'était dispersée. Il était sur le point de quitter les lieux lorsqu'il aperçut Terry et Julie qui, se tenant à l'écart, discutaient avec animation. Le ton de leurs voix n'était pas aussi bas qu'ils le présumaient, car il parvint à saisir quelques bribes de leur conversation.

— Moi, j'aurais préféré mourir si une chose pareille m'était arrivé, déclarait le gamin tout en lui jetant un regard.

Red décida de ne pas relever ce commentaire, brillante démonstration que la beauté du corps n'allait pas toujours de pair avec la beauté du cœur, et s'avança avec précaution sur le dallage mouillé afin de gagner la sortie.

Il entendit une voix l'interpeller et se tourna. Il vit Arthur s'approcher de lui. Celui-ci avait manifestement entendu lui qu'avait dit Terry.

— Ne les écoute pas. Ce gamin a la profondeur d'une flaque d'eau, déclara Arthur d'une voix un peu plus forte que nécessaire, faisant ainsi cesser toutes les conversations alentour. Veux-tu nous rejoindre au Hanover Grill à la fin de ton service ? Certains d'entre nous vont s'y retrouver pour dîner et papoter. Tu sais que tu es toujours le bienvenu.

Red esquissa un début de sourire, mais, comme à l'accoutumée, il mit sa main devant sa bouche lorsqu'il sentit qu'il n'allait pas pouvoir le réprimer ; il considérait en effet que sourire n'ajoutait rien à son charme, bien au contraire.

— Merci, répondit-il simplement.

Il faillit décliner l'invitation par pur réflexe et se contenter de rentrer chez lui. Pourtant, il ne doutait pas de la sincérité d'Arthur et il pensa que, pour une fois, sortir et voir du monde lui ferait le plus grand bien.

— OK. J'essaierai de passer une fois mon service terminé et mes rapports rédigés. Mais je préfère t'avertir que je ne pourrai pas me libérer tôt.

— Aucun problème, je sais comment les choses se passent, le rassura Arthur avant s'éloigner.

Red vérifia qu'il avait bien recueilli le témoignage de toutes les personnes impliquées dans l'incident et, une fois rassuré sur ce point, il vérifia l'heure sur l'horloge accrochée au mur, lança un « Merci. » à la cantonade et quitta le centre sportif.

Dès qu'il eut poussé la porte, il vit les vans des chaînes de télévision garées devant le centre et les journalistes amassés qui attendaient dans l'espoir de décrocher un scoop. Comme il n'avait aucune intention de faire une déclaration à la presse, il ne s'attarda pas et se dirigea tout droit vers sa voiture en ignorant les reporters qui convergeaient vers lui. Son boulot était terminé ; il allait retourner au poste et laisser les instances supérieures de la police désigner leur porte-parole.

Dès son arrivée au commissariat, il informa son capitaine des deux incidents majeurs de la journée, à savoir la suspicion d'overdose et la presque noyade, sans oublier de lui signaler la présence des journalistes. Puis, il s'installa à son bureau et commença à rédiger ses rapports, qu'il parvint à boucler en une heure. Enfin, le moment était venu pour lui de mettre fin à une longue et trépidante journée dont il sortait exténué. Comme il n'était pas dans ses habitudes de discuter avec ses collègues, il prit congé de ceux qu'il croisa en leur adressant un bref signe de la tête, histoire d'être poli, et il se hâta vers la sortie.

Il était en train de quitter sa place de parking lorsqu'il se souvint de l'invitation d'Arthur. Dans la mesure où il n'avait rien d'autre de prévu ce soir à part rester chez lui à regarder la télévision tout en buvant bien trop de bière, il décida d'accepter l'offre de son collègue.

II

— JULIE !

Terry essayait de détourner l'attention que sa collègue portait au journal télévisé. Ils avaient déjà entendu à quatre reprises le récit de ce qui était arrivé à la piscine et n'avaient rien appris de nouveau. Les journalistes expliquaient qu'il s'agissait d'un accident et que l'enfant impliqué était déjà sorti de l'hôpital. Cette nouvelle constituait un véritable soulagement après cette journée pourrie qui s'était éternisée en raison de la paperasse qu'ils avaient dû remplir après avoir répondu aux questions de la police. Terry, juché sur son tabouret de bar, se tourna vers la jeune femme.

— Tu comptes regarder ça toute la nuit ?

— Mince ! Quelqu'un t'a marché sur les pieds et t'a dit qu'il l'avait fait exprès ? demanda Julie en pivotant vers lui. Quand tu m'as invitée à prendre un pot, je ne pensais pas que tu serais un tel boulet.

— Mais ils ne font que rabâcher les mêmes choses ! s'indigna le jeune homme.

— Je sais. Mais c'était quand la dernière fois que tu t'es retrouvé vedette des informations du soir ?

Elle se tourna à nouveau vers la télévision, mais le journal télévisé avait laissé la place à la météo. Alors elle but une gorgée de son verre tout en le dévisageant.

— Tu t'attendais peut-être à autre chose ?

— Non, pas vraiment, concéda Terry.

Il termina sa bière et en commanda une nouvelle, que la serveuse s'empressa de lui servir. Il la récompensa de son plus beau sourire, songeant cyniquement que le fait qu'il n'éprouve aucun intérêt pour elle n'avait aucune espèce d'importance. Il avait en effet compris depuis longtemps qu'il pouvait obtenir tout ce qu'il voulait grâce à un beau sourire et il n'hésitait pas à profiter de cet avantage.

Un éclat de rire monta d'une grande tablée située juste derrière eux et Terry se tourna pour voir ce dont il s'agissait. Il reconnut parmi ce groupe d'hommes l'un des secouristes qui était intervenu au centre de loisirs l'après-midi même. Il les observa avec curiosité pendant quelques instants avant de se retourner.

— Hé, Red !

Terry entendit l'appel et, pour une raison inconnue, ne put s'empêcher de jeter un coup d'œil pour connaître l'identité du Red en question. Dès qu'il reconnut le policier qui l'avait interrogé à la piscine, il reporta son attention vers le bar.

— C'est le flic de la piscine, fit remarquer Julie. Celui avec la cicatrice.

— Oui, je sais, je l'ai vu.

Terry prit une gorgée de sa bière. À la piscine, il avait remarqué l'homme dès son arrivée. Mais comment aurait-il pu en être autrement ? Celui-ci était immense et Terry en avait eu l'eau à la bouche dès le premier regard tant le policier correspondait en tous points à son type d'homme : grand, large d'épaules, musclé et remplissant merveilleusement son uniforme dans tous les endroits qui comptaient. Une silhouette parfaite. Mais cette admiration s'était éteinte dès qu'il avait vu le visage du pauvre type. Dire qu'il était laid ne lui aurait pas rendu justice : il était plutôt disgracieux. Il avait ce type de visage dont son père disait en plaisantant que seule une mère pouvait l'aimer.

— Je me demande ce qui a bien pu lui arriver, demanda Julie. Il m'a donné l'impression d'être un type bien, qui a su faire la part des choses alors que cette femme s'en prenait à toi. Il n'a porté aucune accusation et a même été assez gentil, en tout cas pour un flic en intervention. Je crois qu'il n'est pas né avec cette cicatrice et qu'il a été victime d'un accident. Peut-être qu'il n'avait pas les moyens de se soigner correctement.

— Je crois, oui, répondit Terry d'un air absent tout en pivotant sur son tabouret pour regarder le groupe d'amis.

Sa gorge se serra tandis que ses yeux s'attardaient sur l'objet de sa discussion avec Julie. Soudain, le policier croisa son regard et Terry jugea préférable de rompre le contact visuel, conscient qu'il avait été reconnu.

— Ah, tu crois ? ironisa Julie avant de se mettre à rire.

— Je viens juste de dire que j'étais d'accord avec toi, répliqua-t-il.

Leur conversation cessa quand l'attention de la jeune femme fut à nouveau attirée par les informations.

Terry pouvait voir le reflet du policier dans l'un des miroirs suspendus sur le mur derrière le bar et dont la plupart vantaient les mérites de telle ou telle marque de bière. Ses compagnons de tablée ne se distinguaient pas particulièrement par leur calme et riaient sans retenue. Terry surprit à plusieurs reprises le policier à sourire et il eut brusquement envie de répondre à cette furtive expression de joie. Gêné, il se détourna des miroirs et observa son environnement.

Quiconque aurait prétendu que cet endroit était vieillot se serait rendu coupable d'un bel euphémisme. Chacune des décennies écoulées avait laissé son empreinte sur les murs de cet immeuble construit dans les années 20. Les vieilles boiseries et le plafond repeints témoignaient d'une tentative de reconversion en restaurant dans les années 60. Le comptoir du bar avait pour sa part plutôt bien supporté l'outrage des ans et offrait encore au regard le lustre de son bois d'origine. Terry ne distinguait aucune cohérence dans la décoration de l'endroit qui donnait au contraire l'impression d'avoir été meublé en fonction des besoins successifs. Tel devait être le cas de la cheminée à gaz installée le long d'un autre mur, ajout résultant probablement de la volonté d'un propriétaire de donner au lieu une chaleur douillette. Le regard de Terry s'attarda quelques secondes sur l'objet en question avant reprendre sa course et de se fixer à nouveau sur le policier. Ce dernier, occupé à écouter l'un de ses camarades, un sourire sur les lèvres, ne lui retourna pas son regard.

— Terry, l'interpella Julie, es-tu en train de mater ce policier ?

Terry ignora sa question et but une gorgée, puis se tourna vers elle.

— Est-ce que tu penses que je suis superficiel ?

— Ça, c'est une question piège ou je ne m'y connais pas ! s'exclama-t-elle.

Elle poussa un profond soupir et posa les coudes sur le comptoir tout en le fixant du regard.

— Si tu veux connaître le fond de ma pensée, je dirais que tu es plus égocentrique que vraiment superficiel, mais la plupart des gens pourraient confondre les deux. Donc, d'une certaine façon, on pourrait dire que tu es un peu superficiel, oui.

Elle lui donna un petit coup d'épaule avant de continuer :

— Hé, c'est toi qui as voulu savoir.

— Je suppose que je n'aurais pas dû poser la question si je ne voulais pas connaître la réponse.

Ce n'était pas ce qu'il avait espéré entendre. Il avait posé la question, car les propos que le secouriste avait tenus à la piscine étaient toujours présents dans sa tête. Cependant, Julie était supposée lui dire qu'il n'y avait rien de fondé dans ces derniers et non pas être d'accord avec eux.

12

— Sois honnête, lui dit Julie, et admets que tu accordes beaucoup d'importance aux apparences, ce qui ne t'a pas bien réussi avec...

— Ne prononce même pas son nom, grogna Terry d'une voix juste assez forte pour qu'elle seule l'entende.

— D'accord, concéda-t-elle. Mais tu sais que j'ai raison. Tu possèdes le corps parfait d'un nageur et tu es toujours parfaitement bronzé, même en hiver.

— J'aime être à mon avantage.

— Ce n'est pas seulement ça : tu es parfois obsédé par ton apparence et quand tu as rencontré... tu sais qui...

Elle ne termina pas sa phrase et leva ses yeux bruns au ciel. Il savait que mentionner son nom n'allait pas le faire apparaître comme par magie, mais le simple fait de penser à son ex suffisait à lui donner des suées froides et le faire se sentir complètement seul au monde, même au beau milieu d'une foule.

— Tu t'es jeté sur lui comme un affamé et regarde où ça t'a conduit.

— D'accord, d'accord...

— Non, tu vas m'écouter jusqu'au bout. Je te trouve vraiment mignon et sexy et tout le bazar. Tu possèdes le corps magnifique d'un athlète et tu exerces le métier qui va avec. Aujourd'hui, un gosse a failli mourir alors qu'il était sous notre garde et toi, la seule chose qui te vient à l'esprit, c'est de savoir si tu es ou non superficiel. Personnellement, je crois que ta préoccupation du moment est une bonne illustration du mot « superficialité ».

— Merde ! murmura-t-il, tout en gardant les yeux baissés jusqu'à ce que la serveuse dépose leurs assiettes sur le bar.

Il la remercia en lui adressant un sourire, qu'elle lui retourna tout aussitôt.

Julie commença sa salade.

— Bon, je suppose que le fond du problème est le suivant : qu'est-ce que tu comptes faire pour ne plus être superficiel ?

— Qu'est-ce que je compte faire ?

— Oui, faire, insista-t-elle.

Elle lui adressa un de ses regards féroces et hautains qui, s'il était hétéro, l'exciterait comme un malade et lui donnerait l'envie furieuse et douloureuse de conduire tant de passion dans le lit le plus proche. Au lieu de quoi, chaque fois qu'il s'en trouvait la cible, il se savait dans une merde profonde.

— Pourrait-on en parler encore un peu ?

— Tu veux parler ? D'accord, parlons. Un enfant a failli se noyer, nous l'avons sorti de l'eau et l'avons sauvé et nous avons fait la une des journaux télévisés pour ça, ce qui devrait nous rendre très contents. Nous avons fait ce pour quoi nous sommes doués et ça a fait toute la différence. Nous ne sommes pas responsables de sa chute ni de ses blessures, quoi que puisse en penser sa mère. Au lieu de nous réjouir et de discuter de la façon d'éviter qu'un tel incident se reproduise, tu nous fais une crise d'identité car quelqu'un que tu ne connais ni d'Ève ni d'Adam t'a qualifié de superficiel.

Elle s'interrompit juste le temps de lui tapoter l'épaule d'un geste paternaliste et reprit sa tirade :

— Je pense que le temps de la discussion est terminé depuis longtemps. Trésor, il faut te faire une raison : tu es superficiel. Et vaniteux aussi, n'oublions pas vaniteux. Mais, à ta décharge, tu es très agréable à regarder, je dois bien l'admettre, et Dieu sait qu'il y a des jours où, à la piscine, nous voyons des choses que personne ne devrait voir.

Ils se regardèrent une seconde et frissonnèrent à la pensée de certaines de ces choses.

— Comme Monsieur Howard la semaine dernière, rappela Terry.

Julie secoua la tête en se souvenant de l'un de leurs plus vieux clients qui, ayant un peu perdu la tête, s'était aventuré en dehors des vestiaires nu comme un ver pendant une des heures d'affluence. Et ça, c'était un spectacle qu'aucun d'eux n'avait envie de revoir.

— Bon, enfin… dit Julie avant d'avaler une nouvelle feuille de salade. Mince ! Tu as presque réussi à me faire perdre le fil. Écoute, les faits sont les suivants : si tu souhaites apporter des changements dans ta vie, alors tu dois agir en conséquence et ne pas te contenter d'en parler. Alors, je te repose la question : qu'est-ce que tu comptes faire ?

— Tu veux dire, agir comme par exemple sortir avec une personne que je ne trouve pas attirante ?

Julie secoua la tête.

— Tu vois ? Tu réagis comme un homme superficiel ! Vous, les hommes, êtes obsédés par les apparences. Quand un mec hétéro me regarde, il ne voit pas au-delà d'une paire de seins et d'un corps. Les femmes sont davantage portées sur l'émotionnel. Conclusion : éviter les coups d'un soir serait déjà un très bon départ.

— Je ne me suis plus engagé au-delà d'un soir depuis… tu sais qui, admit Terry.

14

Julie lui donna à nouveau un coup d'épaule.

— C'est bien, tu commences déjà à grandir en admettant ça. Mais un tel comportement ne sera que temporaire et tu le sais très bien. Tu retomberas dans tes vieilles habitudes en un rien de temps. Donc, dès que tu te sens prêt à te relancer dans la course à l'homme idéal, pas de sexe sans connaître ton partenaire avant, sans quoi tu n'as aucune chance de trouver un mec sympa.

— Et quoi d'autre, ô grande prêtresse de la sagesse ? se moqua Terry sans pouvoir y résister. J'ai l'impression que tu sais mieux que moi ce dont j'ai besoin.

Avant de répondre, Julie reposa sa fourchette dans son assiette.

— Et c'est le cas. Je vois bien la façon dont tu regardes ce couple qui vient à la piscine tous les jours. Ils sont ensemble depuis combien de temps ? Vingt ans ? Et tu le ne les quittes pas des yeux.

— Je les regarde uniquement parce qu'ils ont l'air en forme, protesta faiblement Terry, se rendant compte à quel point il était peu convaincant.

— Tu peux prétendre ce que tu veux, mais j'ai bien vu l'envie dans tes innocents yeux bleus et la convoitise. Tu veux ce qu'ils ont. Et efface immédiatement cette expression de ton visage ! Tu peux faire celui qui n'en a rien à faire ou jouer la carte de celui pour lequel une relation a échoué, mais je te connais et je ne me trompe pas sur la nature du regard que tu portes sur ce couple. Donc, la règle numéro 1 du « Comment cesser d'être superficiel ? » version Julie est la suivante : pas de sexe avec des mecs que tu n'as pas pris la peine de connaître avant. Règle numéro 2 : tu dois lire quelque chose qui t'ouvre l'esprit : je ne demande pas que ce soit du Tolstoï, mais il faut quelque chose d'intellectuellement stimulant.

— Hé, mais je lis ! protesta Terry.

— Les bandes dessinées ne comptent pas. Puisque c'est moi qui vais jouer le rôle du juge, c'est moi qui édicte les règles.

Elle avait l'air de beaucoup trop s'amuser au goût de Terry.

— Règle numéro 3 : tu dois donner de ta personne. Tu dois te débrouiller par toi-même pour respecter les deux premières, mais je peux t'aider pour la troisième.

— Oh non ! s'exclama Terry, pratiquement sur le point de tomber de son tabouret. Je ne fais pas dans les personnes âgées.

— Maintenant, si. Je t'emmène avec moi après le travail et je te présenterai à la responsable de l'association. Nous avons besoin d'aide pour livrer des repas à domicile. Et je sais que tu en es capable.

Elle le fixa d'un regard implacable pendant quelques secondes et Terry se sentit perdre pied.

— Tu es celui qui a posé la question, fit remarquer Julie. Alors, tu es prêt à agir ou pas ? En plus, je crois que tu pourrais aimer ça. Tu auras juste besoin de parler, car les personnes âgées ont besoin d'échanger, de parler avec quelqu'un. Tu livres les repas et tu discutes avec elles pendant quelques minutes pour t'assurer qu'elles vont bien.

Julie ne le lâchait pas des yeux.

— Pour certaines de ces personnes, tu pourrais bien être le seul être humain qu'elles verront de toute la journée.

Mince ! Terry pouvait sentir toutes ses objections tombées à plat.

— D'accord. Je veux bien essayer. Mais si je déteste ça…

Julie lui décocha un sourire éclatant et lui rétorqua :

— J'ai bien plus peur que tu ne délivres aucun repas, car tu auras passé tout ton temps à papoter !

— Au fait, puisque que tu as toutes ces règles à ta disposition et que tu sembles être omniscience, comment se fait-il que tu n'aies pas de petit ami ? questionna-t-il avant de se remettre à manger.

— Je n'ai jamais prétendu être omnisciente et il se trouve que je n'ai toujours pas rencontré l'homme idéal. Par ailleurs, ces règles sont faites pour toi et non pour moi.

Terry ouvrit la bouche pour protester, mais elle le fit taire d'un claquement de langue agacé.

— Trésor, je ne suis pas superficielle, contrairement à certaines personnes de ma connaissance.

Elle éclata de rire trois secondes seulement après cette déclaration prétentieuse et Terry ne put faire autrement que l'imiter. Ils étaient aussi incorrigibles l'un que l'autre et elle le savait très bien.

— En réalité, je suis sortie deux fois avec un type. Il est très sympathique et je l'apprécie énormément.

— Pourquoi ne l'ai-je pas encore rencontré ? Il est si moche que ça ? la taquina gentiment Terry.

Il ne pouvait pas s'en empêcher et ces chamailleries faisaient partie de leur mode de fonctionnement.

— Pas du tout ! C'est un homme posé et très intelligent. Bien trop intelligent pour moi, d'ailleurs, annonça Julie tout en se mordillant les lèvres. Il vient juste d'être recruté par Dickinson en tant que professeur et il est si brillant que ça me fiche la trouille.

16

Terry l'avait rarement vue si peu sûre d'elle-même, c'était une nouveauté.

— Et si je n'étais pas assez bien pour lui ?

— Arrête ! Bien sûr que tu es assez bien pour lui. Tu l'es pour n'importe quel homme. Ce mec devrait se considérer comme très chanceux de t'avoir dans sa vie.

Il tendit le bras pour le passer autour de son épaule et la serrer en un geste de réconfort.

— Et tu le sais au fond de toi.

Des éclats de rire en provenance de la table située derrière eux emplirent le restaurant et Terry ne put s'empêcher de se retourner pour voir ce qui les avait provoqués. L'agent de police était en train de raconter une histoire d'une façon tellement enthousiaste et passionnée que le jeune maître-nageur se demanda de quoi il pouvait bien parler. Quoi que ce fût, son visage rayonnait et ses yeux brillaient.

— Tu ne peux pas t'empêcher de le regarder, pas vrai ?

— La ferme, répliqua doucement Terry avant de faire face à nouveau au bar. Je voulais juste savoir pourquoi ils riaient tous.

Il se concentra à nouveau sur son assiette. Il ignorait les raisons pour lesquelles le policier l'intéressait à ce point ou ce qu'il pouvait avoir de si fascinant, mais il ne put se retenir de l'observer de temps à autre par le biais des miroirs.

LA JOURNÉE suivante fut remarquablement calme à la piscine. Aucun incident ne fut à déplorer et le patron de Terry, Monsieur Hilliard, le fit appeler à la fin de son service pour l'informer que le petit garçon allait très bien et que lui et Julie lui avaient sauvé la vie.

— De tels évènements sont tragiques et c'est la raison pour laquelle vous êtes ici, pour les empêcher et, le cas échéant, pour agir.

— Merci, répondit Terry sans pouvoir cependant se départir d'un sentiment de culpabilité.

— Nous allons rédiger un nouveau règlement intérieur et nous le joindrons à la newsletter que nous envoyons à l'ensemble de nos membres, ajouta le directeur.

Terry hocha la tête en signe d'assentiment tandis que le directeur concluait :

— Vous n'avez absolument rien fait de mal.

— Merci beaucoup, Monsieur. Je suis heureux de savoir que l'enfant va bien.

— Nous nous en réjouissons tous. Souvent, il suffit d'une bonne réactivité pour sauver une vie et la promptitude avec laquelle Julie et vous avez agi en est un excellent témoignage.

Monsieur Hilliard lui sourit et Terry sortit du bureau l'esprit plus léger et se dirigea vers les vestiaires. Il se défit de son maillot de bain pour passer ses vêtements de ville. Puis, il attrapa son sac et traversa les bureaux afin de gagner le hall d'entrée où Julie l'attendait pour lui faire faire sa première tournée de livraison de repas. Terry se sentait un peu nerveux, surtout parce que Julie semblait bien trop contente d'elle-même.

— Pourquoi as-tu l'air si contente ? ne put-il s'empêcher de demander.

— Cotton m'a demandé de sortir avec lui samedi soir. Il m'a dit qu'il comptait m'emmener dans un endroit très spécial et m'a recommandé de très bien m'habiller.

La jeune femme rayonnait de bonheur tandis que Terry lui ouvrait la porte. Elle paraissait marcher sur l'eau et c'était un spectacle très agréable.

— Tu vas me suivre. Nous allons suivre West Street pendant huit pâtés de maison.

Julie monta dans sa voiture et Terry prit sa Mustang. Il adorait sa voiture quand bien même elle constituait un rappel constant de… stop ! Il refusa de penser à ça. Il avait à plusieurs reprises joué avec l'idée de vendre sa Mustang ou de l'échanger contre un autre modèle, mais il n'en avait vraiment pas les moyens, et en plus, il adorait vraiment cette voiture, avec sa carrosserie bleu nuit, son intérieur gris et toutes les options dont il avait toujours rêvé.

Cinq minutes plus tard, ils firent halte en face d'une rue où se dressait un building qui ressemblait à un ancien garage.

— Lavelle dirige cet endroit et elle a toujours besoin d'aide, expliqua Julie quand ils furent chacun sorti de leur voiture respective pour se tenir côte à côte, face à l'immeuble. Avant, c'était son garage, mais elle l'a transformé après avoir obtenu l'autorisation de la ville. C'est une personne extraordinaire qui se dépense sans compter pour les autres.

Le ton de Julie transmettait un avertissement dont Terry ne parvint pas à comprendre la raison. Elle le conduisit à l'intérieur et il fut un moment étourdi par l'activité qui y régnait.

Le garage avait laissé place à une cuisine digne d'un professionnel. Des femmes s'activaient et enfournaient des repas dans des barquettes en polystyrène, les étiquetaient et les plaçaient dans des sacs.

— Julie ! s'exclama une femme de couleur entre deux âges en se précipitant vers eux. Tu es vraiment un amour de nous apporter de l'aide.

— Lavelle, je te présente Terry. Nous travaillons ensemble et il est d'accord pour nous donner un coup de main.

Terry lui tendit la main et Lavelle la serra.

— J'apprécie énormément. Une de nos bénévoles a fait une chute la semaine dernière et elle s'est cassé la hanche. Elle est rentrée chez elle et c'est elle désormais qui se fait livrer ses repas. Il y a un tas de gens parmi ceux qui viennent ici, dont une grande majorité de personnes âgées, qui vivent toujours chez eux, mais dont la vie est difficile. La plupart a peu voire plus du tout de famille. Alors ils viennent s'inscrire et nous leur préparons trois repas par jour que nous leur livrons. Mais notre mission ne se limite pas à cet aspect, nous sommes là aussi afin de passer les voir dans leur maison et nous assurer qu'ils vont bien.

Lavelle, tout en poursuivant ses explications, le guida à l'intérieur des locaux.

— Un jour, un de nos chauffeurs a dû aider une vieille dame à retrouver son chat !

Terry déglutit avec difficulté à une telle perspective.

— Tout ce que tu as à faire est de dire bonjour, te présenter et passer quelques minutes avec chacune de ces personnes. Toutes adorent avoir de la compagnie.

Lavelle se rapprocha légèrement de lui et lui demanda :

—Tu possèdes un portable ?

Terry répondit affirmativement par un hochement de tête.

—Assure-toi de toujours l'avoir sur toi pour être en mesure d'appeler le 911 en cas d'urgence. Ou pour m'appeler afin que je le fasse.

Elle paraissait soudain particulièrement sérieuse et Terry fut curieux de savoir à quelles situations ses bénévoles avaient bien pu être confrontés. Il ne posa cependant pas la question, se contentant d'acquiescer et de prendre le numéro de téléphone de Lavelle et de lui communiquer le sien.

— Est-ce que tu fais ça gratuitement ? s'enquit Terry.

— Toutes les personnes que tu vois ici sont des bénévoles. Nos bénéficiaires paient en fonction de leurs moyens, mais nous ne refusons personne. La nourriture est un besoin trop basique pour être dénié à qui que ce soit.

Lavelle regarda en direction de Julie, qui hocha la tête d'un air grave, et Terry se demanda s'il existait une histoire dont son amie ne lui aurait jamais parlé. Merde, peut-être bien après tout qu'il était égocentrique à un point qu'il n'avait pas soupçonné jusqu'à présent.

— Bon. Les repas sont prêts à être distribués à leurs destinataires et voici la liste des livraisons à effectuer. Les bénéficiaires habitent tous dans le même quartier, ce qui t'évitera d'avoir à courir dans tous les sens. Nous essayons dans la mesure du possible de faire livrer les repas par la même personne de façon à ce qu'une relation de confiance puisse s'établir.

— J'ai compris, répondit Terry en comprenant que cette livraison ne serait pas la seule.

Il jeta un coup d'œil à Julie qui était déjà en train de prendre les sacs pour les porter dans le coffre de sa voiture.

— Il faut que tu y ailles maintenant, trésor. Les sacs permettent de conserver la nourriture au chaud, mais le temps est un facteur important.

Elle dut percevoir le doute qui s'emparait du jeune homme car elle s'empressa d'ajouter :

— Il y a dehors des personnes qui ne possèdent pratiquement rien et tu es sur le point d'illuminer leur journée d'une façon que tu ne peux même pas concevoir. Crois-moi.

Lavelle le conduisit devant une table en inox et lui tendit un bloc-notes sur lequel était agrafée une feuille de papier récapitulant les informations dont il aurait besoin.

— Voilà, tu as tout ce qu'il te faut. N'hésite pas à appeler si tu as besoin de renseignements et ne sois pas timide : parle avec les gens.

— Il sait très bien comment s'y prendre, fit remarquer Julie, provoquant un sourire de la part de Lavelle.

— Parfait ! C'est une de ces situations où le bagou constitue un atout non négligeable.

Terry appréciait décidément beaucoup cette femme.

— Il est temps de t'y mettre.

Terry prit sa fiche de livraison et chargea les repas dans sa voiture. Il conduisit ensuite vers le nord-ouest de la ville. Il trouva sans problème les trois premières maisons, où il fut accueilli à grand renfort de sourires par leurs occupantes respectives. Il s'agissait en effet toutes de dames – sa mère lui avait appris à désigner les femmes d'un certain âge comme des dames – du troisième âge qui manifestèrent le plaisir que leur procurait sa visite et qui lui offrirent de s'asseoir un moment. Terry se retrouva en peu de temps à demander dans quel placard les assiettes étaient rangées et à les disposer sur la table ou devant la télévision en fonction des cas, avant de prendre congé. À la quatrième maison, il parvint à convaincre une vieille dame frêle comme un roseau de manger en lui promettant de retrouver son chat. La pauvre bête était enfermée dans la buanderie et se précipita vers son bol de croquettes dès que Terry l'eut libérée. Il ignorait depuis combien de temps l'animal était resté dans le local et il prit note de le chercher lors de sa prochaine visite. Les autres arrêts se déroulèrent tout aussi bien. Les quatre autres vieilles dames et le seul homme de sa tournée connaissaient la marche à suivre et parurent ravis de le voir. Tous demandèrent des nouvelles de Gladys et Terry supposa qu'il s'agissait de la bénévole qui s'était cassé la hanche. Il les rassura sur son état de santé et les informa qu'elle était rentrée chez elle.

Au bout d'une heure, il se gara devant la dernière des adresses de sa liste. Il se sentait fatigué, légèrement excité, mais globalement, plutôt bien. Toutes ces personnes, pour la plupart très âgées, avaient fait preuve d'une très grande gentillesse et d'une immense gratitude à son encontre. Certaines peinaient à se déplacer ou devaient recourir à un déambulateur. Deux d'entre elles l'avaient pris dans leurs bras et une autre lui avait offert de partager son repas. Toutes ces personnes avaient en commun leur solitude et leur besoin d'attention. Elles avaient touché le cœur de Terry d'une façon totalement inattendue. Pas après… Il frissonna et maudit son ex pour la façon dont il persistait à le hanter. Cela faisait pourtant des mois, mais il ne parvenait pas à se le sortir de la tête. Il se rappelait qu'il avait été autrefois un être humain comme les autres et se jura de le redevenir coûte que coûte.

Il trouva une place où se garer et prit le dernier des repas à livrer. Il remonta à pied North Street vers une petite maison mitoyenne. Ce type de maison était très répandu dans cette partie de la ville et il avait effectué quatre de ses livraisons dans des répliques exactes de celle-ci. Il sonna à la porte et attendit. Des bruits de pas lourds résonnèrent à l'intérieur et le cœur de Terry se mit à battre la chamade : il y avait quelque chose d'étrangement perturbant et familier dans ce son. Dans un passé pas si éloigné, le bruit causé par des bottes était devenu synonyme de souffrance et de dégradation provoquées par les mains d'une personne aimée. Terry déglutit avec difficulté et se força à ne pas céder à un besoin irrépressible de s'enfuir. La porte s'ouvrit et il faillit laisser tomber le container.

III

À TRAVERS le filtre de la moustiquaire, Red contemplait le maître-nageur qu'il avait interrogé la veille et qu'il avait vu également au restaurant. Il était conscient que le jeune homme le trouvait repoussant et l'avait surpris au bar à le fixer de la façon qu'avaient les automobilistes qui ne pouvaient pas s'empêcher de mater le lieu d'un accident de voiture sur une route. Et le voilà qui se présentait sur le pas de la porte de sa tante Margie.

— En quoi puis-je vous aider ? demanda-t-il d'un ton formel qui laissait transparaître l'agent de police qu'il était.

— Red, il s'agit probablement de la bénévole qui me livre mes repas plusieurs fois par semaine. Tu n'as aucune raison de lui sauter à la gorge, le réprimanda sa tante.

Elle apparut derrière son neveu, aidée dans sa marche par un déambulateur.

— Oh ! s'exclama-t-elle quand elle le vit. Vous n'êtes pas Gladys.

— Non, en effet. Je m'appelle Terry. Gladys est tombée et s'est blessée, et je la remplace en attendant qu'elle se rétablisse.

Il fit un pas vers la porte, mais Red s'obstina à la garder close. Il n'était apparemment pas disposé à laisser un inconnu pénétrer chez sa tante.

— Red, ouvre cette porte et laisse-le entrer, houspilla la vieille dame.

L'agent consentit enfin à lui obéir, mais ne quitta pas le jeune homme des yeux une seconde.

— Où voulez-vous que je dépose votre repas ? demanda Terry.

— Dans le réfrigérateur, s'il vous plaît, mon chou. Je le réchaufferai demain. Je ne m'attendais pas à la visite de Red et il m'a apporté de quoi dîner.

L'agent de police prit la vieille dame par le bras et l'aida à se diriger vers la table. Sa tante était à ses yeux la personne la plus importante au monde et Red veillait toujours à son bien-être. Il se savait protecteur à son égard, peut-être de manière exagérée, mais elle constituait sa seule famille.

Le regard de Tante Margie se posa sur Red, puis sur Terry qui était en train de ranger la barquette dans le frigo et donnait l'impression de ne désirer qu'une chose : battre en retraite le plus vite possible.

— Je ne veux pas déranger votre repas. Je vous souhaite un bon appétit.

Terry avait presque atteint la porte et Red commençait à se détendre quand sa tante lança sa proposition :

— Terry, voulez-vous dîner avec nous ? Red apporte toujours plus de nourriture que je parviens à en consommer en un mois.

Le jeune homme la fixa une seconde avant de reporter son regard sur Red.

— Non, je vous remercie. Je ne veux surtout pas m'imposer, répondit-il pour décliner la proposition.

Bon garçon, pensa Red. *Fais mon bonheur et prends la porte.*

Sa tante – en réalité sa grand-tante maternelle – le contourna et marcha doucement vers la porte et vers Terry.

— Vous êtes le bienvenu. Red a apporté des plats chinois.

Elle abusait de son charme de façon éhontée et Red aurait donné cher pour en connaître la raison. Mais c'était tout à fait dans son genre d'inviter un parfait inconnu à sa table. Sa tante était la personne la plus gentille qu'il ait connue de toute sa vie. Elle l'avait recueilli lorsqu'il avait dix-sept ans, alors que ses parents venaient de mourir dans l'accident de voiture dont il n'avait réchappé que parce qu'il se trouvait sur le siège arrière.

— Madame, je ne pense pas que ce soit une bonne idée, objecta Terry tout en jetant un coup d'œil vers l'agent de police.

— Ne le laissez pas vous intimider. Il est peut-être imposant, mais il a un fond très gentil.

La vieille dame saisit la main du jeune homme et la tint serrée pendant quelques secondes. Puis, elle tourna son déambulateur tout en lui adressant un regard par-dessus son épaule afin de s'assurer qu'il la suivait bien.

Red était figé, les poings posés sur les hanches, stupéfait par l'enchaînement des événements. Elle parvenait encore à le surprendre, malgré toutes ces années passées à vivre avec elle, à l'aimer et à la laisser prendre soin de lui avant qu'il prenne la relève et s'occupe d'elle à son tour.

— Red est mon neveu et je l'aime énormément, mais il peut parfois se comporter comme un éléphant dans un magasin de porcelaine, expliquait sa tante à son jeune invité. Mais vous finirez par vous habituer à lui.

— Madame Markham, commença Terry, je crois que vous vous faites une fausse impression de la situation. Je connais à peine votre neveu, que j'ai rencontré hier pour la première fois à la piscine.

Terry nageait en pleine confusion et Red le vit se tourner vers lui et l'implorer du regard.

L'agent de police capitula et secoua la tête dans un mouvement plein de résignation.

— Tante Margie, finit-il par soupirer.

Elle le fixa du regard, puis déclara :

— Si ce que vous dites est vrai, comment se fait-il qu'il monte ainsi sur ses grands chevaux ? Il ne réagit de cette manière que lorsque quelqu'un se rapproche suffisamment de lui pour avoir une chance de le connaître.

Red se dirigea vers la table et commença à déballer les plats chinois. Il n'était pas possible de lutter avec elle : elle avait après tout parfaitement le droit d'inviter un étranger chez elle et de lui proposer de rester dîner. Il allait faire en sorte de se comporter convenablement pour dissiper tout malaise. Il n'y avait aucun risque que Terry pose le moindre problème en sa présence. Par ailleurs, l'air affolé du jeune homme quand la porte s'était ouverte l'intriguait au plus haut point. Il avait déjà eu l'occasion d'observer à maintes reprises ce genre d'expression égarée sur des victimes.

— Est-ce que tu as vu les informations sur cet enfant qui a failli se noyer hier au centre de loisirs ? demanda-t-il à sa tante. Terry est l'une des personnes qui est intervenu, lui et sa collègue ont sauvé la vie du gosse. C'est moi qui ai reçu l'appel radio.

— Mais c'est magnifique ! s'écria Tante Margie. Je savais bien qu'il existait un lien entre vous : vous êtes tous les deux des héros !

Sa tante lui adressa un sourire plein de tendresse et de chaleur, et pendant un bref instant, il se sentit à nouveau un petit garçon. Il n'y avait qu'elle au monde pour effacer toutes les années et lui faire oublier son apparence actuelle.

— Puisque que vous semblez si bien vous entendre, je vais aller me repoudrer le nez, annonça soudainement la vieille dame.

Red la regarda quitter la pièce.

— C'est un sacré phénomène, fit remarquer Terry dès qu'elle fut partie. Écoutez, si vous voulez que je parte, je prendrai rapidement congé dès son retour et je cesserai de vous taper sur les nerfs.

— Non, ce n'est pas la peine, affirma Red. S'il vous plaît, restez.

Pourquoi invitait-il ce beau garçon chez qui il suscitait un dégoût tel qu'il refusait de rester dans la même pièce que lui ? Mystère. N'empêche qu'il venait de le faire. Peut-être parce que Terry ne détournait désormais plus les yeux et n'hésitait plus à croiser à son regard.

— En dehors de moi, elle n'a pas si souvent de compagnie, mais je dois vous prévenir : elle va vous saouler de paroles.

— Je peux y survivre, assura Terry en souriant.

Putain ! Son sourire était éclatant et illuminait carrément toute la pièce. Red dut réfréner l'élan de désir qui le traversa. D'accord, le gamin était superbe et son sourire rivalisait avec un million d'ampoules électriques, mais toute idée que son imbécile de corps pouvait nourrir quand à profiter de sa compagnie en dehors des visites faites à sa tante était ridicule au plus haut point. Les beaux mecs comme Terry ne s'intéressaient pas aux individus cabossés comme Red.

Il déballa la nourriture et prit trois assiettes dans le placard.

— Je vous ai vu hier au Hanover Grill, vous diniez avec votre collègue, dit-il histoire d'entretenir la conversation.

— Oui. Julie et moi sommes allés prendre un verre pour évacuer le stress. J'avais déjà secouru des gens avant hier, mais jamais de cette façon. Je savais comment réagir grâce à mon entraînement, mais durant tout le temps où je lui faisais le bouche-à-bouche, je ne cessais de prier pour qu'il ne meure pas.

Le regard de lapin affolé était de retour et Red se demanda si le jeune homme était aussi superficiel qu'il l'avait supposé.

— Et puis, soudain, sa mère est arrivée en gesticulant et en nous criant dessus.

Red déposa les assiettes sur la table et s'y appuya.

— Pourquoi ne pas avoir dit ça hier ?

— Je me suis demandé si elle n'avait pas raison. J'aurais dû anticiper les évènements et ordonner au gosse et à ses copains de sortir de la piscine avant… répondit Terry d'une voix tremblante.

Ses lèvres frémirent sous le coup d'une violente émotion.

— Une des leçons que vous apprend le métier de flic – et ça vaut aussi pour votre profession – c'est qu'il est impossible de protéger tout le monde. Peu importe vos efforts, des évènements qui échappent à votre contrôle se produisent. Connor aurait très bien pu simplement tomber dans la piscine et en ressortir sans dommage. Au lieu de quoi il s'est blessé à la tête. Mais vous étiez là pour lui venir en aide. N'oubliez pas ça, quoi qu'il arrive dans le futur.

— Êtes-vous prêt à dîner ? s'enquit Tante Margie tandis qu'elle revenait lentement dans la pièce.

Elle s'assit et regarda Terry, l'invitant à s'installer sur la chaise à côté d'elle en tapotant le siège de la paume de sa main.

— Bon, qu'est-ce que je vais pouvoir faire avec deux hommes aussi splendides ?

Red se détourna. Sa tante n'avait jamais cessé d'utiliser de tels adjectifs. Elle lui avait répété que l'apparence n'avait aucune importance, alors même qu'il savait qu'il n'en était rien. Il avait contemplé son visage dans un miroir.

— Tante Margie…

Brusquement, il n'était plus un homme mûr, mais à nouveau un jeune adulte de dix-huit ans.

— Ne me fais pas le coup du « Tante Margie », le sermonna-t-elle. La beauté réside dans les yeux de celui qui regarde, et ce n'est pas l'aspect extérieur qui prime, l'essentiel se trouve à l'intérieur.

Elle se pencha alors vers Terry et Red fut surpris de le voir acquiescer d'un signe de tête. Était-ce bien le même homme qui avait eu ce commentaire blessant à la piscine ?

— Tu vois ? Il est d'accord avec moi.

Red ne discuta pas et s'assit à son tour. Il fit passer les barquettes et aida sa tante quand elle en eut besoin. Une fois qu'elle et Terry eurent choisi parmi les plats chinois, Red emplit son assiette.

— As-tu eu une journée chargée ? As-tu attrapé certains de ces voyous que je vois traîner dehors ? questionna-t-elle.

— Quels voyous ? demanda vivement Red, s'inquiétant de ce qu'elle avait pu voir et du fait qu'elle puisse être en danger.

— Ceux qui traînent sous mes fenêtres, qui parlent et rient et se livrent à Dieu sait quelles activités.

Elle pointa du doigt une direction et Red regarda à travers la vitre qui faisait face au trottoir. Quelques adolescents déambulaient, discutant, rigolant et se bousculant les uns les autres.

— Pas eux, mais ceux qui rodent le soir venu. J'ignore ce qu'ils fabriquent, mais ça ne peut pas être inoffensif. Quel genre de parents peut laisser ses enfants dehors à des heures pareilles ?

— Tante Margie, commença à dire Red d'une voix indulgente, si tu penses que ces enfants courent un danger quelconque, appelle la police ou appelle-moi. Je ne peux rien faire si je ne sais pas ce qui se passe.

Ils avaient déjà eu cette conversation auparavant. Sa tante avait des idées très arrêtées sur l'éducation dont devaient bénéficier les enfants et les laisser sortir à la nuit tombée n'en faisait pas partie.

Elle approuva, comme à son habitude. Red pensait qu'elle avait juste besoin de quelqu'un ou de quelque chose à propos de laquelle se plaindre. Elle avait fréquemment eu cette attitude dernièrement et cette constatation fichait à Red une frousse d'enfer. Elle n'avait jamais été auparavant du genre plaintif, contrairement à maintenant. Il était d'ailleurs surpris que la question de son état de santé ne soit pas encore venue sur le tapis.

— Pour répondre à ta question, ma journée a été plutôt calme.

Il lui racontait rarement de quoi étaient faites ses journées et de ce qu'il avait eu l'occasion de voir. Il avait appris très tôt au cours de sa carrière qu'elle n'était pas prête, à l'instar de beaucoup d'autres personnes, à entendre les dures réalités de sa vie de flic.

— Bien. Je m'inquiète pour toi.

— Je sais, répondit-il doucement.

C'était agréable de savoir qu'une personne s'inquiétait pour lui. Il se remit à manger et jeta un coup d'œil par-dessus son assiette. Terry lui rendit son regard et Red savait les pensées qui traversaient l'esprit du jeune sauveteur, sa curiosité à propos des circonstances qui l'avaient laissé défiguré. Beaucoup de personnes se posaient cette question et, alors que certaines faisaient preuve de tact, d'autres ne montraient pas la même retenue et se comportaient d'une façon blessante et mesquine. Il avait eu son content de cruauté lorsqu'il avait repris l'école après l'accident. Ses camarades le considéraient avant comme intimidant du fait de sa grande taille et les cicatrices ne firent rien pour arranger les choses. Red chassa ses pensées moroses tout en s'interrogeant sur les raisons qui les avaient faites remonter à la surface. Mais quelle importance ? Cette partie de sa vie était révolue et il avait depuis longtemps accepté ce qu'il était et considérait que ses actes et sa personnalité parlaient davantage pour lui que son apparence ou l'opinion que les autres pouvaient avoir de lui.

— Pourquoi grinces-tu des dents ? demanda soudain Margie.

Elle tendit le bras afin de caresser la main de son neveu, jeta un coup d'œil rapide vers Terry et reporta son regard sur lui.

— Je suis désolée.

— Mais pour quelle raison ? s'étonna-t-il.

— J'aurais aimé avoir fait davantage pour toi après l'accident, s'excusa-t-elle d'une voix douce.

— Tu m'as offert non seulement un toit, mais de l'amour aussi. De quoi d'autre aurais-je pu avoir besoin ? demanda-t-il, la gorge brusquement serrée.

Il devait se reprendre avant de se couvrir de ridicule devant un parfait étranger. Pas question d'en arriver là.

— C'était donc un accident ? questionna Terry.

Red se leva d'un seul bond, faisant presque tomber sa chaise dans sa précipitation. Il se pencha sur la table dans l'intention de remettre le gamin à sa place, mais en le fixant, il ne décela aucune trace de méchanceté ou de pitié. Juste un quelque chose qu'il ne put identifier. Il détourna le regard et se rassit doucement, jetant un regard noir à ses deux compagnons. Il espéra que sa tante laisserait tomber le sujet, mais au cours des mois précédents, la dame bien sous tous rapports qui l'avait élevé et qui avait veillé sur lui durant les heures les plus sombres de sa vie avait commencé à perdre des morceaux d'elle-même, et parmi ceux-ci, ceux qui d'ordinaire l'empêchaient de dire tout ce qui lui passait par la tête. Le filtre qui cloisonnait auparavant son cerveau et sa bouche s'était dissous, et elle s'exprimait de plus en plus sans aucune retenue. Dieu seul savait de quoi seraient faites ses prochaines paroles.

— Oui, un accident de voiture au cours duquel j'ai été blessé et mes parents tués alors que j'avais dix-sept ans. J'étais à l'arrière et j'ai eu beaucoup de chance. Il ne restait plus grand-chose du véhicule, expliqua-t-il avec répugnance.

Il détestait parler de ce jour particulier.

— Je suis désolée de ne pas avoir eu les moyens de t'offrir toute l'aide dont tu avais besoin, regretta à nouveau Tante Margie.

— Tu m'as apporté toute l'aide qui comptait vraiment.

Red saisit les mains tremblantes de la vieille dame et fit de son mieux pour la réconforter. Elle se perdait en certaines occasions dans les méandres du passé, et Red craignait qu'il s'agisse de l'un de ses moments d'égarement.

— En fait, j'avais surtout besoin d'une personne qui soit là pour moi, et tu as été la meilleure présence qui soit.

Il lui serra doucement les mains avant de les relâcher.

— Allez, finis ton dîner. C'est ton plat favori.

Sa tante lui obéit, la crise heureusement passée et le voyage dans le passé achevé, les souvenirs bien rangés dans leurs boîtes, du moins pour le moment. Il regarda dans la direction de Terry et vit les yeux du jeune homme fixés sur lui. Il s'interrogera sur la raison d'une telle attention et retint le grognement qui montait du fond de sa gorge. Terry contempla son assiette, mal à l'aise, et Red paria qu'il regrettait de ne pas être parti quand il en avait eu l'occasion.

Les accords d'un xylophone retentirent tout à coup dans la pièce et Terry sursauta avant de sortir son téléphone de sa poche. Il s'excusa et se leva afin de s'éloigner de la table.

— Lavelle ? dit-il doucement dans son téléphone.

— C'est un charmant garçon, murmura Tante Margie à l'oreille de son neveu.

— Tante Margie, la pria-t-il.

Elle n'avait eu de cesse d'essayer de le caser – sans aucun succès d'ailleurs – depuis qu'il lui avait avoué à l'âge de vingt-quatre ans qu'il était gay. Elle n'avait pas été le moins du monde choquée, mais cette nouvelle l'avait plongée dans une frénésie entremetteuse. Comme on pouvait s'y attendre, la plupart des partenaires potentiels auxquels elle l'avait présenté étaient suffisamment polis pour lui proposer leur amitié et seulement leur amitié, une fois qu'ils avaient posé les yeux sur lui.

— Arrête, s'il te plaît. C'est pour ça que tu l'as invité à dîner ? lui demanda-t-il d'une voix basse.

L'audition de la vieille dame était l'une des rares choses qui avait été épargnée par son grand âge.

Terry s'était encore éloigné et parlait doucement dans son téléphone.

— Tu ne devrais pas être tout seul, décréta sa tante. Tu mérites de rencontrer quelqu'un avec qui partager ta vie.

Elle reporta son attention sur Terry et Red put apercevoir le léger sourire qui naissait sur ses lèvres.

Il ronchonna tout bas. Elle n'aurait pas persisté dans ses manœuvres de marieuse si elle avait eu connaissance des propos tenus par Terry à la piscine ce jour-là. D'un autre côté, il savait qu'elle n'était pas aveugle et qu'elle ne pouvait que constater à quel point le jeune homme était beau, avec son nez aquilin, ses pommettes hautes, ses lèvres rouges et pleines au dessin parfait, le genre de beauté qu'un photographe de mode aurait envie d'immortaliser pour les pages d'un magazine. Contrairement à Red, le jeune sauveteur ne souffrait d'aucun défaut.

— Laisse tomber, d'accord ?

Terry venait de raccrocher et revint à table. Il paraissait plutôt content et se mit en devoir de terminer son bœuf aux brocolis.

— J'ai oublié d'appeler à la fin de ma tournée, expliqua-t-il.

Il fut de nouveau interrompu par la sonnerie de son téléphone. Il s'en saisit, regarda l'identité du correspondant et se mit à pâlir de façon alarmante. Il coupa l'appareil et le rangea dans sa poche. L'appétit parut l'avoir déserté d'un seul coup.

La curiosité naturelle de Red se réveilla, mais il s'agissait de la vie privée de Terry et il n'avait aucun droit de s'en mêler. En plus, il connaissait à peine ce jeune homme.

— Merci infiniment pour le repas et pour la compagnie, mais je vais vraiment devoir y aller, annonça Terry.

Le regard de lapin terrifié avait refait son apparition et Red, une nouvelle fois, se demanda pour quelle raison dans la mesure où il n'avait rien fait cette fois-ci pour provoquer une telle frayeur.

— Vous n'avez pas à partir, répondit Red. Finissez d'abord votre repas.

— Non, vraiment. Je dois partir, insista Terry avant de se tourner vers Tante Margie. J'ai beaucoup apprécié votre invitation. J'espère avoir l'occasion de vous revoir dans quelques jours.

Il se leva, prit rapidement congé et se précipita vers la porte. Red se leva à son tour et le suivit. Il sentait bien que quelque chose ne tournait pas rond. Immobile sur le seuil, il observa le jeune homme qui montait hâtivement dans sa voiture et démarrait bien plus vite que la prudence le commandait. La pensée de le suivre afin de s'assurer qu'il rentrait sans encombre traversa brièvement l'esprit de l'agent de police, mais il se dit que ce serait pousser les choses un peu trop loin.

— Ce jeune homme a mortellement peur de quelque chose, fit remarquer sa tante lorsque Red revint s'asseoir à table. À en juger par l'expression de son visage, j'ai cru qu'il venait de voir un fantôme.

Red hocha la tête pour indiquer qu'il partageait cette impression.

— Tu devrais aller le trouver afin de découvrir ce qui l'inquiète.

— Je ne peux pas faire une chose pareille. Il a droit à une vie privée et il n'a pas réclamé d'aide, soupira Red. Je ne peux pas me mettre à suivre une personne simplement parce qu'elle a l'air apeurée et qu'il se trouve que je suis policier.

— Mais n'es-tu pas supposé veiller à la sécurité des gens ?

— Si, mais je n'ai pas le droit d'empiéter sur leur vie privée. Pas plus que je peux me pointer chez lui et débarquer dans sa vie sans autorisation. Une telle conduite pourrait me valoir tout un tas d'ennuis.

Des lois protégeaient les droits individuels et il devait faire attention à n'en briser aucune, Les choses auraient été différentes si Terry avait laissé entendre qu'il avait des problèmes ou avait demandé son aide. Mais il s'était contenté de s'enfuir et son comportement n'avait rien d'illégal pour autant.

Sa tante produisit un son qu'il n'avait encore jamais entendu de sa part et Red écarquilla les yeux sous l'effet de la surprise.

— Redmond Markham, écoute-moi attentivement, commanda la vieille dame tout en se levant.

Elle ouvrit un des placards d'où elle sortit une boîte en plastique dans laquelle elle mit le reste de bœuf et de brocolis.

— Tu vas finir de dîner, puis tu iras lui apporter ceci. Je te le demande comme une faveur personnelle, qui n'a rien à voir avec ton métier. Tu lui expliques que j'ai insisté pour que tu lui apportes ce repas et que je voulais m'assurer qu'il allait bien.

Elle croisa les bras sur sa poitrine généreuse et Red comprit que toute discussion serait vaine. Il n'avait jamais réussi à argumenter avec elle quand il était plus jeune, et il n'y parvenait pas davantage des années plus tard.

— Tante Margie…

— Tais-toi. Ce jeune homme était mort de peur à cause de cet appel qu'il n'a pas osé prendre, insista-t-elle en se dirigeant d'un pas traînant vers la table pour reprendre sa chaise. Même moi je sais que ce n'est pas normal.

— D'accord, concéda Red. J'ai noté son adresse dans mon carnet lors de l'incident à la piscine. Je vais m'y rendre et m'assurer qu'il est bien rentré chez lui, mais ce sera tout. Je n'ai pas l'intention de le déranger ou de bouleverser sa vie. Mais après ça, je laisserai tomber. S'il vient signaler un problème au poste, je ferai tout l'aider, mais en dehors de ça, j'ai les mains liées.

Pendant qu'il tentait d'expliquer à sa tante les limites de son intervention, Red admit en son for intérieur qu'il mourait d'envie de pouvoir admirer le jeune sauveteur tout à loisir.

— Très bien, mon chéri, admit-elle avec un sourire que Red devinait aussi innocent qu'un billet de fausse monnaie.

Elle mijotait quelque chose, il en aurait donné sa main à couper, et elle ne s'arrêterait pas avant d'avoir atteint son but, quel qu'il soit.

Tante Margie n'avait eu pas d'enfants et ne s'était jamais mariée. À la mort de ses parents, il était venu vivre avec elle dans cette petite maison. Elle l'avait accueilli et lui avait fait une place dans sa vie, au sens propre comme au sens figuré. Elle s'était réorganisée dans l'unique but de le rendre heureux. Elle avait transformé la pièce qu'elle utilisait pour ses travaux de couture afin d'en faire une chambre pour lui. Red avait eu une chance inouïe de pouvoir compter sur elle, et il lui en était tellement reconnaissant qu'il ne pouvait rien lui refuser.

Quand il était parti pour l'université, elle jouissait alors d'une meilleure santé qu'aujourd'hui. Il lui avait proposé de revenir habiter dans la petite maison afin de prendre soin d'elle, mais elle n'avait jamais voulu en entendre parler. Tante Margie était farouchement indépendante et ne concevait pas l'idée de dépendre de son neveu.

Elle avait fini son assiette et, leur repas achevé, Red déposa la vaisselle sale dans l'évier.

— Laisse tout comme ça, je la laverai un peu plus tard, lui commanda-t-elle. Toi, tu apportes le dîner à ce charmant jeune homme et tu t'assures qu'il va bien. Et tu promets de m'appeler pour me faire savoir que tu es bien rentré chez toi. Tu sais à quel point je m'inquiète sinon.

Red poussa un soupir résigné.

— Je reviendrai demain après mon service si je ne finis pas trop tard.

— Ça me ferait très plaisir.

Tandis qu'il la regardait se diriger vers l'évier, il ne pouvait que s'avouer à quel point il détestait la perspective de la voir s'affaiblir de plus en plus, et il craignait par-dessus-tout le jour où elle ne serait plus là. Elle constituait sa seule famille et son unique connexion avec ses parents dont la présence lui manquait atrocement. Il s'efforça de repousser ces pensées négatives et stériles qui ne faisaient que lui faire penser à des choses insensées. Son père et sa mère avaient été des êtres pleins de générosité et qui se portaient l'un à l'autre un amour indéfectible. Son dernier souvenir de la nuit de l'accident, avant que son monde s'effondre, c'était ses parents se tenant par la main.

Il finit par prendre la boîte en plastique. Il embrassa sa tante sur la joue pour lui dire au revoir et veilla à bien fermer la porte en sortant. Il s'avança vers son véhicule et prit le carnet de notes qu'il transportait toujours dans sa poche afin d'y récupérer l'adresse de Terry. Le moteur se mit à rugir lorsqu'il mit le contact et il se mit en route.

Cinq minutes plus tard, après s'être demandé au moins une demi-douzaine de fois ce qui lui prenait d'obéir ainsi à sa tante, il s'engagea dans l'allée qui menait au petit immeuble dans lequel résidait Terry. Il aperçut la Mustang de ce dernier garée devant. Dès qu'il fut sorti de voiture, les cheveux de sa nuque se hérissèrent et il sut d'emblée que quelque chose clochait. Il s'immobilisa afin d'observer les environs. Il ne vit personne, et dans un premier temps, n'entendit que le pépiement des oiseaux. Soudain, un bruit de verre brisé lui parvint aux oreilles. Red laissa tout tomber et se mit à courir vers l'immeuble. Le bruit se répéta et fut suivi par un cri.

Red se précipita à l'intérieur. Un couloir longeait la largeur de l'immeuble et conduisait à une volée d'escaliers. Il jeta un rapide coup d'œil vers le haut et, ne décelant rien d'anormal au premier étage, il se mit à monter les marches. Personne en vue sur le palier. Une porte claqua à l'arrière de l'immeuble. Red s'arrêta afin de prêter l'oreille, mais ne perçut aucun bruit de pas. Il présuma donc que quelqu'un venait de quitter le bâtiment et reprit sa progression avec précaution pour arriver au bout du couloir devant une porte ouverte.

Comme il approchait, Red remarqua que la porte avait été forcée. Il se dit alors qu'il ferait mieux de partir et d'appeler des renforts, et il était sur le point de suivre cette impulsion lorsqu'il entendit un gémissement. Red pénétra dans l'appartement. Des éclats de verre jonchaient le tapis qui recouvrait le sol du séjour ainsi que le linoleum de la petite cuisine. Quoi que ce fût avant sa destruction, cela avait été réduit en miettes et le verre crissait sous ses chaussures alors qu'il avançait.

— Bonsoir, il y a quelqu'un ? Avez-vous besoin d'aide ?

Seul le silence lui répondit. Il fit un nouvel arrêt, tendit l'oreille et inspira profondément. L'odeur de la violence et du sang avait à plus d'une reprise déjà assailli ses sens et il l'expérimentait une nouvelle fois ici même. Quelqu'un dans cet appartement était blessé. Il aperçut alors les gouttes de sang qui maculaient le tapis.

— Avez-vous besoin d'aide ? demanda à nouveau Red d'une voix plus forte.

Il entendit à nouveau le gémissement et se dirigea dans sa direction. Il évita prudemment les meubles qui se trouvaient sur son passage et arriva à la salle de bain. Il fut choqué d'y découvrir un Terry recroquevillé sur le sol près de la baignoire ; il tenait une de ses mains serrée contre sa poitrine, les doigts dégoulinant de sang, et il tremblait comme une feuille.

— Il… Il est parti, bégaya Terry en se tournant légèrement vers lui. Qu'est-ce que vous faites ici ?

— Tu es blessé, se contenta de dire Red en avançant.

Il se dirigea vers le jeune homme toujours prostré, très doucement afin de ne pas l'effrayer, mais il devait absolument constater à quel point ses blessures étaient graves.

— Tu me permets de jeter un coup d'œil ? demanda-t-il.

Il voyait bien que le jeune maître-nageur était terrifié, ou choqué, Red ne savait pas quel adjectif décrivait le mieux la situation : ses yeux étaient assombris par la peur et il ne put maîtriser un mouvement de recul quand il vit Red s'approcher. Il le regarda comme s'il allait le blesser.

— N'aies pas peur, je ne vais pas te faire de mal, le rassura Red.

Terry resta immobile pendant quelques secondes avant de hocher légèrement la tête pour signifier qu'il avait entendu et compris. Red se rapprocha, prenant garde à ne faire aucun geste brusque, un peu comme il le ferait s'il devait approcher un animal blessé et acculé.

— Tu as ma parole, insista-t-il dans l'espoir d'amener le jeune homme à lui faire confiance.

Terry le fixa, puis baissa lentement les yeux. Red s'agenouilla à côté de lui et lui saisit gentiment la main.

— Ça n'a pas l'air trop grave, déclara-t-il en étudiant la blessure.

La coupure ne paraissait pas très profonde et ne saignait pas trop, ce qui était une très bonne chose.

— Es-tu en état de te lever ?

Terry secoua la tête et Red se leva. Debout, il occupait pratiquement tout l'espace de la petite salle de bain. Il se mit en devoir de trouver une serviette propre ; il l'humidifia et s'agenouilla à nouveau près de Terry et, aussi délicatement que possible, il nettoya la plaie.

— Tu peux me dire ce qui s'est passé ? interrogea-t-il. Dois-je appeler la police ?

— Vous êtes de la police, murmura Terry.

— Je ne suis pas en service. As-tu besoin que des agents de police viennent pour prendre ta déposition ? Je peux les appeler pour toi.

— Non ! Non ! s'affola le jeune homme.

— Je ne laisserai personne te faire du mal, je te le promets, affirma doucement Red.

— Vous ne pouvez… Non, s'il vous plaît, supplia Terry en dégageant sa main.

— D'accord. On va faire comme tu veux, concéda Red, sachant qu'il avait toujours les mains liées et que discuter ne servirait à rien.

Il devait gagner la confiance de Terry afin que ce dernier accepte son aide, et le fait était que Terry avait vraiment besoin d'aide, il n'avait aucun doute à ce propos. Quelqu'un, probablement l'homme qui avait quitté l'immeuble par la porte arrière, avait inspiré cette peur au jeune homme.

— Laisse-moi regarder ta main.

Terry la lui tendit lentement. Red commença à nettoyer le sang, mais il s'arrêta lorsqu'il crut apercevoir un minuscule morceau de verre fiché dans la chair. Il trouva une pince à épiler dans l'armoire à pharmacie et l'utilisa pour ôter l'éclat de verre. Quelques secondes plus tard, la blessure était entièrement nettoyée. Fort heureusement, elle n'était pas très profonde et ne nécessitait donc pas de points de suture. Red banda la main de Terry et l'aida à se mettre sur ses pieds.

— Tu ne veux vraiment pas me dire ce qui s'est passé ? demanda-t-il à nouveau. Tu peux me faire confiance : j'ai été le témoin de pas mal de souffrance au cours de ma vie, et je peux t'assurer que je ne prendrai pas la tienne à la légère.

Red conduisit Terry hors de la salle de bain et le verre brisé crissa sous la semelle de leurs chaussures. Il installa le jeune homme sur le canapé et alla fermer et verrouiller la porte de l'appartement. Puis, il jeta un coup d'œil vers la cuisine. Il nota le balai et la pelle qui étaient rangés près de la poubelle. Il alla les récupérer et se mit à rassembler les morceaux de verre en un tas bien net afin de pouvoir les ramasser avec la pelle et les jeter dans la poubelle. Il fit ensuite de son mieux pour nettoyer le tapis avec l'aspirateur qu'il trouva dans le placard près de la porte. Quel que soit l'objet qui avait été brisé, celui-ci s'était éparpillé en des milliers de tous petits morceaux, à l'exception des plus gros qu'il avait déjà jetés.

La plupart des gens aurait été étonné de le voir jouer les femmes de ménage, mais Red sentait que Terry avait besoin de quelques minutes pour se reprendre, et par ailleurs, cela lui permettait de prouver au jeune sauveteur qu'il se souciait de son bien-être. Lorsqu'il eut terminé, il vint s'installer près de Terry sur le canapé.

— Veux-tu que je prévienne quelqu'un ? Un ami ou un parent ?

— Non, ce n'est pas la peine. Cela ne ferait que les inquiéter.

— Les amis et les parents sont normalement faits pour ça : ils sont présents en cas de besoin et, dans l'éventualité où ils s'inquiètent, cette préoccupation est la preuve de leur intérêt.

Terry leva le regard qu'il gardait fixé sur ses chaussures jaune vif.

— S'il vous plaît, n'insistez pas. Je dois faire face à cette situation tout seul. Je suis le seul responsable de tout ce gâchis et c'est à moi de le gérer.

Red savait que cette attitude n'était pas la plus judicieuse à adopter en l'occurrence, mais il n'ignorait pas non plus que certaines personnes avaient tendance à se replier sur elles-mêmes en cas de choc, et c'était ainsi que Terry agissait. Ce comportement n'apporterait rien de bon, car il ne faisait que le contraindre à supporter sur ses épaules tout le poids du monde et ce, à un moment où il se trouvait le plus fragile et le plus démuni.

— Tu as tort de penser que tu es obligé de te débrouiller tout seul, fit observer Red.

Terry se contenta de continuer à contempler ses chaussures.

— Tu sais que je suis agent de police et tu te doutes que j'ai vu et vécu bien des choses. Certaines sont même inscrites sur mon visage, fit remarquer Red.

Un tel commentaire était particulièrement surprenant et totalement inédit de sa part, mais étrangement, il n'en ressentit aucune gêne.

— Je suis sincèrement désolé pour ce que j'ai dit à la piscine, déclara Terry d'une voix lourde de remords, tout en enfouissant son visage entre ses mains et en se mettant à trembler d'une façon incoercible.

— Ce n'est rien. Calme-toi, ça va aller.

Red voyait bien que le jeune homme était en train de perdre pied, et il fit de son mieux pour lui apporter quelques paroles de réconfort.

— Non, ça ne va pas, rétorqua Terry. Ça ne va pas du tout et les choses n'iront plus jamais bien à l'avenir.

— Mais si, tu verras. Tout va finir par s'arranger, comme d'habitude. Mais tu ne peux pas tout résoudre tout seul.

— Mais…

Terry dut s'interrompre pour avaler sa salive, la gorge serrée par l'émotion, la honte et la peur.

— Je me sens vraiment stupide : j'aurais dû prévoir qu'il refuserait de me laisser en paix. À aucun moment je n'ai pensé avoir besoin d'aide. Il…

Il se mit à bredouiller et fut incapable de terminer sa phrase.

Red attendit patiemment, toujours assis près du jeune maître-nageur. Il se trompait peut-être, mais il était persuadé que ce dernier avait grand besoin de parler à quelqu'un et que ce moment était idéal pour qu'il lâche prise.

— D'accord. Prends ton temps, rien ne presse. Pourquoi ne pas me dire tout d'abord ce qui est arrivé ? D'où viennent ces bouts de verre et comment sont-ils arrivés là ?

— C'était un vase en cristal. James me l'a offert juste avant de… de… juste avant de le jeter contre le mur.

— Et pourquoi a-t-il fait ça ?

— C'est sa façon de me montrer qu'il est le maître du jeu, genre « je t'ai tout donné et je peux tout te reprendre si, et quand, je le souhaite ».

— Continue. Commence par le tout début si tu t'en sens capable.

— Non, je ne veux pas. Je veux juste qu'il s'en aille pour de bon. Je n'ai pas entendu parler de lui pendant des semaines et le voilà qui revient. Mais maintenant, j'ai un travail et j'ai sauvé la vie de ce gosse, n'est-ce pas ? Je commence à rebâtir mon existence et il s'apprête à tout foutre en l'air, comme d'habitude. Il finit toujours par me dépouiller de tout.

Red se leva et toucha gentiment le genou de Terry pour le réconforter. Puis il alla dans la cuisine lui chercher un verre d'eau.

— Tiens, bois un peu et essaie de faire le point. Je sais que tout se bouscule dans ta tête et que tu as besoin de tout déballer.

— Oui, c'est vrai, concéda le jeune homme tout en prenant le verre et en buvant une gorgée. Le mec qui s'est introduit chez moi est mon ex-petit ami. Je l'ai quitté il y a quelques mois quand j'ai pris conscience qu'il ne resterait plus rien de moi si je restais avec lui. Il affirmait qu'il m'aimait, mais j'ai compris, neuf mois après le début de notre relation, qu'il me considérait juste comme une autre de ses possessions : je lui appartenais au même titre que sa montre à trois mille dollars ou sa voiture de luxe. Je n'étais rien d'autre qu'un joli accessoire. Alors je l'ai quitté.

— Est-ce qu'il t'a déjà battu ?

Terry secoua la tête en signe de dénégation.

— Les choses auraient sans doute été plus faciles s'il l'avait fait. Mais c'est la toute première fois qu'il se montre violent. Il recourait à d'autres moyens pour me menacer et me contrôler. Et le pire, c'est que je l'ai laissé faire. Il m'inondait de cadeaux et j'avais l'impression de lui être redevable.

— C'est comme ça que tu as eu ta voiture ? l'interrogea Red, qui s'était demandé à l'occasion comment un maître-nageur pouvait s'offrir un tel véhicule.

— Oui. La voiture et bien d'autres choses encore. J'ai réalisé presque trop tard que je lui avais pratiquement vendu mon âme. Donc, non, il ne m'a jamais frappé avec ses poings, mais il a utilisé des mots à la place. À un moment donné, il me disait à quel point il me trouvait beau et combien il m'aimait et tenait à moi, et l'instant d'après, il se fâchait à propos d'une broutille, me hurlait dessus et me menaçait. Après avoir été traité comme une quantité négligeable et une personne stupide pendant un certain temps, n'importe qui finirait par croire qu'il est une vraie merde. Pourtant, les occasions au cours desquelles il se montrait gentil me rendaient extrêmement heureux.

Terry fit une pause pour boire à nouveau.

— Je sais que je suis agréable à regarder et je ne vais pas mentir en affirmant que je ne me suis jamais servi de mon apparence pour parvenir à mes fins. En tout cas, jusqu'à ce que cette même apparence me plonge dans une relation que je ne désirais pas vraiment, mais à laquelle je ne savais pas comment mettre fin.

— Pourquoi es-tu parti finalement ? Comment as-tu réalisé que le moment était venu ? demanda doucement Red qui voyait la souffrance marquer les traits du jeune homme, preuve que cette relation lui avait coûté très cher.

Terry s'agita nerveusement sur le canapé, en proie à un malaise plus intense.

— J'ai été tellement bête. Il y a environ un an, je m'entraînais pour des compétitions de natation en vue de participer aux Jeux Olympiques. Je passais donc des heures entières dans l'eau et James détestait le temps que je consacrais à mon entraînement et insistait pour je reste davantage près de lui. Mais m'entraîner était primordial à mes yeux. Lui travaillait de son côté sur un très gros projet et prétendait ne pas pouvoir y arriver sans mon soutien. Alors, comme je l'aimais, j'ai passé de plus en plus de temps avec lui au détriment de mon entraînement. Comme un idiot, j'étais persuadé qu'il m'aimait vraiment et qu'il serait toujours là pour moi.

Red pouvait d'ores et déjà prédire la suite logique des évènements, mais il garda le silence et laissa Terry poursuivre son récit.

— En fait, James ne s'intéressait en priorité qu'à lui-même. Au début, il me récompensait quand j'agissais selon ses désirs, en m'offrant la voiture par exemple. Je n'y voyais rien à redire et j'ai fini par abandonner la natation. Puis, il s'est plaint de mes amis, dont aucun ne trouvait grâce à ses yeux. Au bout du compte, il ne me restait plus rien ni personne, sauf lui. Plus stupide que moi, tu meurs ! Je croyais ne pas avoir besoin de me battre pour obtenir quoi que ce soit dans la mesure où James était là pour me le procurer. Je n'avais même pas réalisé à quel point mon monde s'était rétréci. Il étouffait ma personnalité et réprimait mes désirs, et je n'ai rien fait pour l'en empêcher. Je suis entièrement responsable de ce qui m'est arrivé et je dois en subir les conséquences. Je l'ai laissé contrôler ma vie et j'ai renoncé à tout ce qui avait de l'importance à mes yeux par amour pour lui. Je suis le seul à blâmer.

— Je suis d'accord avec toi dans une certaine mesure, mais la vérité est que James n'a pas cessé de te manipuler.

— J'en suis parfaitement conscient, mais il l'a fait avec mon entière coopération ! J'ai accepté qu'il m'achète avec des cadeaux. Si j'agissais selon son bon vouloir, j'étais récompensé. C'est du moins ainsi que les choses fonctionnaient au début. Mais au bout de quelque temps, il s'est persuadé que mon obéissance allait de soi, et dans le cas contraire, il me menaçait. Mon comportement doit paraître insensé, mais il n'avait pas besoin de me frapper, tout ce qu'il avait à faire était de m'avertir des conséquences si je n'étais pas docile. Nous avons été heureux au début, avant que la peur devienne omniprésente. Je vivais avec lui et il contrôlait chaque aspect de ma vie. Mon statut s'apparentait à celui d'un meuble ou d'une de ces horribles croûtes qui ornait ses murs. J'étais réduit à un accessoire, rien de plus.

— Alors, qu'est-ce qui t'a finalement ouvert les yeux ?

— Je me suis réveillé un beau matin et me suis mis à errer dans la maison, répondit Terry en soutenant son regard. Soudain, j'ai réalisé que je n'étais qu'un fantôme entre ces murs. Quand je regardais dans le miroir, je ne m'y voyais même plus. Toutes les qualités qui avaient fait de moi un être spécial s'étaient comme volatilisées. Mais je ne possédais rien : ni travail, ni argent ; rien à part les choses dont James m'avait fait cadeau. Je ne savais pas comment faire pour m'échapper. Alors, j'ai appelé mon amie Julie, nous avions l'habitude d'aller à la piscine ensemble. Elle m'a aidé à obtenir ce travail de maître-nageur et elle m'a hébergé jusqu'à ce que j'aie pu économiser suffisamment pour louer un appartement et récupérer mes affaires alors que James se trouvait en déplacement.

— Il ne t'emmenait pas avec lui quand il partait en voyage ?

— Non, répondit doucement le jeune homme. Et heureusement, car j'ai pu ainsi reprendre les quelques affaires que je possédais en propre et qui étaient restées chez James, les entasser dans la Mustang – dont j'ai découvert avec surprise qu'elle était en fait à mon nom – et je me suis enfui aussi vite que possible. Je lui ai laissé un mot pour lui dire au revoir et lui expliquer que j'avais besoin de faire le point sur ma vie, que je n'avais pas l'intention d'être cruel, mais que mon départ était nécessaire. Au début, il n'a pas cessé de m'appeler, je lui ai répété que tout était terminé entre nous et que nous devions l'un et l'autre tourner la page et aller de l'avant. Quand les appels ont cessé, j'ai pensé qu'il avait enfin compris et qu'il avait laissé tomber, que je pouvais reprendre le cours de mon existence. J'avais de nouveau des amis, un travail que j'aimais. J'avais repris la natation, sans savoir encore si j'allais reprendre ou non la compétition même si, au bout du compte, c'était moins important que de redevenir moi-même. Et puis, la semaine dernière, les coups de téléphone ont repris : il estimait qu'il m'avait laissé assez de temps pour réfléchir et il voulait que je rentre à la maison. On aurait dit qu'il croyait que j'avais tout simplement joué avec lui. Le vase en cristal a été déposé sur le pas de ma porte il y a quelques jours. J'ai ramassé ce fichu truc et l'ai mis sur le comptoir de la cuisine. Je ne savais pas quoi en faire, mais une chose était sûre, je n'allais pas le garder. Je ne voulais et ne veux rien qui vienne de lui. J'ai même pensé vendre la voiture.

Terry se leva brusquement et se précipita pour prendre les clés de sa Mustang sur le comptoir et les mit dans la main de Red.

— Je veux me débarrasser de tous ses cadeaux, je ne veux rien conserver, rien du tout. Je veux juste qu'il disparaisse de ma vie, s'exclama le jeune homme en tremblant de tous ses membres.

— Tu veux retourner auprès de James ? demanda Red tout en posant le trousseau sur la table basse.

— Non ! J'ai pris un nouveau départ et j'aime ma vie telle qu'elle est à l'heure actuelle. J'ai l'impression de m'être retrouvé. J'aurais dû voir au-delà des apparences et me rendre compte de la véritable personnalité de James, et ne pas laisser la situation dégénérer à ce point.

Terry se couvrit de nouveau le visage de ses mains et eut besoin d'un instant avant de pouvoir continuer.

— J'ai tout gâché en choisissant la facilité et en pensant que ça suffirait à me rendre heureux. Seigneur, je me suis comporté comme un parfait imbécile et je suis le seul à blâmer pour tout ce qui m'arrive en ce moment.

— Est-ce qu'il te harcèle souvent ? Il me semble très dangereux.

Red repensait au chaos dans lequel il avait fait irruption et il avait la désagréable impression que James faisait tout pour mettre la pression sur Terry, lequel était manifestement terrorisé par son ex-petit ami.

— Tu devrais signaler à la police qu'il s'est introduit dans ton appartement sans y avoir été autorisé.

— Peut-être. Mais pour quel résultat ? À part le mettre encore plus en colère et plus déterminé. Je veux juste qu'il sorte de ma vie et qu'il me fiche la paix. C'est tout ce que je désire, et comme je l'ai déjà dit, je dois parvenir tout seul à ce résultat.

Red ne pouvait pas faire grand-chose pour apporter son aide à quelqu'un qui la refusait.

— Tu es vraiment sûr ? Je pourrais t'aider si tu veux…

Le regard de petit lapin affolé avait refait son apparition. Red savait qu'il s'en mordrait les doigts un peu plus tard, mais il avait proposé son aide spontanément, sans même prendre le temps de la réflexion. Se retrouver impliqué dans une dispute conjugale n'était à la base jamais une bonne chose, et les relations entre les deux hommes s'avéraient pour le moins compliquées. S'il n'y avait pas eu le verre brisé, Red aurait pu conclure que le jeune sauveteur dramatisait la situation à l'excès. Mais il ne pouvait pas ignorer ce regard épouvanté, et par ailleurs, il avait déjà eu l'occasion d'entendre à de nombreuses reprises l'histoire que Terry venait de lui raconter.

Certaines personnes éprouvaient le besoin maladif de contrôler toute chose et toute personne dans leur vie. Au début, il était possible de ne pas voir le danger que représentait une telle attitude et de la prendre pour une expression un peu inhabituelle de l'amour, mais en fin de compte, cela n'avait pas grand-chose à voir avec les sentiments, mais tout à voir avec la possessivité. Et le temps que vous vous rendiez compte de la réalité, vous vous retrouviez enchaîné à une personne dont vous souhaitiez ne jamais avoir croisé la route.

— J'ignore si qui que ce soit peut vraiment m'aider. Je suis stupide, superficiel, quelqu'un de vaniteux qui s'est laissé abuser par un beau mec riche. J'ai cru qu'il était le premier et serait le dernier amour de ma vie en me fiant à sa belle apparence. Et le pire, c'est qu'on dirait bien que je n'ai rien appris puisque que je suis toujours aussi superficiel et futile.

— Hé, arrête ! Tu as sauvé la vie de ce gosse à la piscine. D'après ce que j'ai pu entendre, tu as sauté dans l'eau sans hésiter. Tu as plongé et tu l'as récupéré. Et puis, tu as tapé dans l'œil de Tante Margie qui, crois-moi, ne supporte pas la superficialité. Pourquoi ne pas être un peu moins dur avec toi ? Tu as compris la situation dans laquelle tu te trouvais avec ton ex et tu es parti. Ça demande beaucoup de courage. Tu te donnes beaucoup de mal pour reconstruire ta vie.

Red planta son regard dans celui du jeune homme pour s'assurer qu'il avait bien toute son attention.

— Une personne fondamentalement superficielle serait restée aussi longtemps que les cadeaux auraient afflué.

— Pourquoi êtes-vous aussi gentil avec moi ? Je ne le mérite certainement pas vu la façon dont je me suis conduit à la piscine et les paroles que j'ai prononcées. Mon Dieu, comme c'était stupide et cruel !

— Oui, sans doute. Mais ce n'était pas la première fois que j'entendais ce genre de propos et ce ne sera certainement pas la dernière. Dès le premier coup d'œil, les gens se mettent à remercier le ciel de ne pas être à ma place.

Red se détourna brusquement, comme si le fait d'évoquer son apparence le rendait désireux de ne plus être vu.

— C'est un miracle que je m'en sois sorti et je sais qu'il existe au moins une personne en ce monde qui m'aime réellement. Je pense que je dois m'efforcer d'être reconnaissant pour ce cadeau et apprendre à me satisfaire de ce que j'ai à l'heure actuelle.

C'était désormais au tour du policier de détourner les yeux. Le fait était qu'il savait parfaitement quel comportement adopter tant qu'il agissait en tant que flic et laissait son entraînement dicter sa conduite. Il se sentait totalement sûr de lui dans l'exercice de ses fonctions. En revanche, dès qu'il s'en éloignait un tant soit peu, il se sentait perdu et indécis. Il lui arrivait même de se sentir aussi vulnérable qu'un nouveau-né et il détestait cette sensation par-dessus tout. La seule personne avec laquelle il ne répugnait pas à se livrer et à exposer toutes ses failles était Tante Margie.

— En fait, je crois que tu as un cœur gros comme ça, affirma doucement Terry.

Red le fixa d'un regard dubitatif, qui n'empêcha cependant pas le jeune homme de poursuivre :

— Tu crois que ma belle gueule m'interdit de reconnaître un cœur généreux quand j'en croise un ? Eh bien, tu te trompes. Je sais le reconnaître et je t'assure que tu possèdes le cœur le plus généreux qu'il m'ait été donné de rencontrer depuis longtemps.

Terry se leva et se dirigea lentement vers la fenêtre, dont il écarta légèrement les rideaux. Une tension perceptible émanait de tout son corps.

— Pourquoi y-a-t-il une boîte en plastique renversée sur le trottoir ? demanda-t-il soudain.

— La raison pour laquelle je suis passé par ici est que Tante Margie a insisté pour que je t'apporte le reste du bœuf aux brocolis, expliqua Red avec réticence.

Il se sentait un peu embarrassé, conscient de l'apparente médiocrité d'une telle excuse. Mais après tout, toute minable qu'elle puisse être, c'était cependant la vérité.

— Tante Margie s'inquiétait à cause du coup de fil que tu avais reçu. Aussi, après lui avoir expliqué que je ne pouvais décemment pas te suivre et débarquer chez toi sous prétexte que nous étions inquiets, elle a emballé le repas et m'a ordonné de te l'apporter.

— Tu aurais pu l'ignorer, fit remarquer Terry. Mais tu ne l'as pas fait.

Le jeune maître-nageur fit une pause, tentant de surmonter son appréhension à s'expliquer.

— En fait, le coup de téléphone provenait de James. Comme il m'avait laissé relativement tranquille après une longue série d'appels furieux, j'avais fini par croire qu'il avait enfin abandonné la partie. Mais ce n'était pas le cas, comme tu peux le constater.

Un peu de couleur revenait à ses joues et il paraissait surmonter progressivement le traumatisme qu'il venait de subir. La peur, quoique toujours présente, n'assombrissait plus autant ses yeux.

— Je ne sais pas trop quoi faire maintenant, conclut-t-il avec un soupir. Je ne lui ai jamais donné mon adresse, mais il n'a apparemment eu aucune difficulté pour la découvrir.

— Je suppose qu'on peut tout trouver sur Internet de nos jours, fit remarquer Red.

Le policier ne pouvait pas s'empêcher d'éprouver une certaine inquiétude pour la suite des événements. En effet, dans la mesure où James avait déjà rendu visite à Terry, rien ne l'empêchait de récidiver jusqu'à ce qu'il obtienne ce qu'il voulait. Red ne tenait pas spécialement à ce que Terry renonce à se battre, et il détestait par-dessus tout effrayer les autres, mais il avait l'intime conviction que la situation était plus grave qu'il n'y paraissait.

— As-tu un autre endroit où vivre pendant quelques jours ? Je ne pense pas que tu devrais rester tout seul ici.

— Je peux voir avec Julie si elle peut m'accueillir, répondit doucement Terry.

Il prit aussitôt son téléphone pour l'appeler, mais en vain. Il se contenta donc de laisser un message avant de raccrocher.

— Tu n'as personne d'autre ?

— Mes parents vivent en Floride, lui apprit Terry, et je n'ai plus de contact avec la plupart de mes anciens amis.

— D'accord. Fais ton sac, ordonna le policier. Tu vas dormir chez moi.

Il n'était pas certain que ce fut une bonne idée, mais il ne pouvait pas, en toute conscience, laisser le jeune homme livré à lui-même. Et il savait qu'il s'en voudrait à mort si quoi que ce soit lui arrivait, sans compter le fait que sa tante ne le lui pardonnerait jamais.

— Non, je ne peux pas faire ça, murmura Terry. Enfin, tu me connais à peine ! Je vais attendre que Julie me rappelle.

Red crut un bref instant que le jeune homme allait craquer.

— Si ça peut te rassurer, dis-toi que je t'ai offert l'hospitalité sans que tu l'aies demandé. Et j'insiste sur le fait que tu ne dois pas rester tout seul, rétorqua-t-il fermement. Par ailleurs, il y a une contrepartie à mon offre : tu vas devoir me dire tout ce que tu sais à propos de James. Ce mec me tape vraiment sur les nerfs et je veux me renseigner sur lui.

Terry se raidit.

— Écoute, ne prends pas les choses trop à cœur. Finalement, ce n'est pas si grave...

— Tu as en effet prétendu que James n'avait jamais été violent avec toi auparavant, mais je n'en crois pas un mot, répliqua-t-il en posant les yeux sur la main blessée du jeune homme. Il s'est introduit chez toi, a cassé des objets et tu as fini blessé, terré dans la salle de bain, tandis qu'il partait sans un regard en arrière. Il ne se préoccupe pas de toi, et par conséquent, le protéger n'est pas la bonne attitude. Si je peux trouver quelque chose sur lui, j'aurai alors la possibilité de le faire venir au poste sans qu'il sache où j'ai pu obtenir mes informations.

Red se leva du canapé et se dirigea vers le jeune homme, vint se tenir devant lui et le domina de toute sa haute taille.

— S'il te plaît, va préparer ton sac et viens avec moi. J'ai besoin de m'assurer que tu es en sécurité, et ce n'est que pour une nuit ou deux, le temps que tu aies des nouvelles de ton amie.

— Tu es vraiment sérieux ?

Red avança plus près, jusqu'à envahir l'espace personnel de Terry.

— Quand il est question de sécurité, je suis toujours extrêmement sérieux.

Il fut sur le point d'ajouter quelques mots à propos des personnes qui lui étaient chères, mais il les retint, incapable d'expliquer la raison pour laquelle une telle pensée lui avait traversé l'esprit. Il se persuada que ses actions étaient guidées uniquement par la situation dans laquelle se trouvait Terry et n'avaient rien à voir – absolument rien du tout – avec le fait que ce dernier était la personne la plus adorable qui lui ait été donné de rencontrer.

Terry se dirigea vers sa chambre tandis que Red patientait, assis sur le canapé. Il revint quelques minutes plus tard, portant un petit sac de voyage d'une marque de luxe renommée. Red se garda de l'interroger sur sa provenance afin de ne pas le mettre mal à l'aise, mais il se doutait qu'il devait s'agir de l'un des nombreux petits cadeaux de James.

— Et ma voiture ? demanda soudain Terry.

—Tu peux la garer ailleurs en ville. James ne sera pas en mesure de la trouver s'il se met à sa recherche. Il y a justement quelques places de parking libres dans une rue proche de la mairie et elle ne craindra rien. Tu n'as qu'à me suivre, je conduis un pick-up noir et je suis garé pas très loin de ta Mustang.

Les deux hommes sortirent de l'appartement, dont Terry verrouilla la porte. Red doutait que cette dernière résisterait à quiconque serait assez déterminé, mais il se garda d'exprimer son scepticisme à voix haute. Une fois chez lui, il demanderait à l'un de ses collègues assurant la patrouille dans le quartier de garder un œil sur l'immeuble. Carter lui devait justement un service pour l'avoir remplacé la fois où il avait eu besoin de s'absenter et n'avait pas pu assurer son service.

Red ne cessa de se demander ce qui lui avait pris de faire une telle proposition alors qu'il se dirigeait vers sa voiture. Il vit Terry monter dans sa Mustang et écouta le puissant moteur de la voiture de course s'éveiller quand le contact fut mis. Cette fichue caisse était encore plus bruyante que son pick-up ! Il démarra son propre véhicule et se dirigea vers la rue, suivi de près par Terry. Red scruta les environs afin de vérifier que personne ne leur prêtait une attention particulière, mais il ne nota rien de suspect, bien que cela ne signifiât pas grand-chose.

Le trajet jusqu'au parking où Terry pourrait garer sa Mustang sans craindre de prendre une contravention fut très court, et le jeune homme put très rapidement rejoindre Red dans son pick-up après avoir rangé son sac dans le coffre de la voiture.

— Je ne pourrai jamais te remercier assez pour ce que tu fais. J'ai tenté à nouveau de joindre Julie, mais elle ne répond toujours pas.

—Ce n'est pas grave. On va chez moi et tu pourras t'installer. Personne ne viendra t'y chercher.

Ils prirent la route. La maison du policier se situait dans la partie historique de la ville, juste quelques rues plus loin. Une fois le pick-up garé, les deux hommes traversèrent le jardin et se dirigèrent vers la maison.

— C'est très joli, admira Terry.

— J'aime jardiner de temps en temps pendant mes jours de repos. Ça me permet de prendre l'air et de m'occuper l'esprit, expliqua Red en se gardant de souligner le fait que les plantes n'accordaient aucune importance à son physique.

Il déverrouilla la porte arrière de la maison et la tint ouverte pour permettre à Terry d'entrer.

— Waouh ! s'écria Terry, Red sur ses talons. Tu as tout fait toi-même ?

— Pour la grande majorité, oui.

Poser les yeux sur la cuisine revenait à faire un retour dans le passé.

— Les anciens propriétaires ont ôté les placards qui avaient été posés dans les années vingt et les ont restaurés. J'ai trouvé une ancienne cuisinière et je l'ai installée. L'habillage extérieur du réfrigérateur est d'origine, mais tout l'intérieur a été modifié et modernisé pour correspondre aux normes actuelles.

Red éprouvait une immense fierté quand il contemplait sa petite maison. Il avait économisé durant des années et, avec l'aide de Tante Margie, avait réussi à l'acheter.

Il conduisit le jeune homme dans le salon, puis lui fit monter l'escalier. Il le mena ensuite dans la chambre d'ami et lui suggéra de se mettre à l'aise, puis de redescendre dès qu'il serait prêt. La nuit tombait lentement à l'extérieur et il alluma les lumières avant de s'installer dans le canapé. D'ordinaire, il décompressait en savourant une bonne bière. Mais ce ne serait pas le cas ce soir ; il devait en effet avec une conversation avec Terry. Aussi se rabattit-il sur des sodas et les déposa sur la table basse. Terry fit son entrée dans le salon et Red remarqua aussitôt son air hagard.

— Que se passe-t-il ? demanda-t-il d'une voix inquiète.

— Lorsque j'ai ouvert ma valise et que j'ai jeté un coup d'œil à ce que j'y avais mis, j'ai constaté qu'elle ne contenait que des cadeaux faits par James. J'ai eu beaucoup de mal à trouver quelque chose que j'avais moi-même acheté.

— Du calme. Tu as décidé de t'assumer tout seul et de le laisser derrière toi. C'est tout ce qui importe désormais. Tu finiras par trouver ta voie, car tu as décidé d'aller de l'avant. J'ai eu auparavant l'occasion de travailler avec des personnes qui avaient souffert tout comme toi d'un compagnon abusif, et la guérison prend du temps. L'essentiel maintenant est de décider quelle est la personne que tu veux être.

Red désigna d'un geste de la main le canapé et Terry s'y assit, les yeux braqués sur le policier. Il y avait bien longtemps que personne n'avait ainsi soutenu son regard.

— Je ne sais pas quoi faire, soupira le jeune homme.

— OK, répondit Red, décidé à aller droit au but. Rappelle-toi qui tu étais avant de rencontrer James, souviens-toi de ton attitude en général, de ta façon de penser, de te comporter et de traiter les autres.

Il s'interrompit quand il vit que Terry s'apprêtait à répliquer et reprit sans lui laisser le temps de placer un mot :

— Tu n'as pas à me dire ou à m'expliquer quoi que ce soit, car de toute façon, cette personne-là n'existe plus : James l'a complètement étouffée. Mais ça, c'était le passé. Maintenant, dans ce présent, tu as la possibilité d'être la personne de ton choix.

— Mais qu'est-ce que ça veut dire ? Je suis comme je suis, c'est tout.

Red secoua la tête, refusant de laisser tomber le sujet.

— Je crois surtout que tu cherchais à correspondre à l'idée que tes amis se faisaient de toi. Est-ce que la personne que tu étais avant de faire la connaissance de James aurait livré des repas aux personnes âgées ?

Il ne lâcha pas le jeune homme des yeux tandis qu'il attendait sa réaction.

— Non, concéda Terry. Il se serait enfui à toutes jambes.

— Exactement. Et cette personne aurait-elle eu des remords à propos de ce fameux commentaire fait à la piscine ? Je ne crois pas, non. Cette personne aurait probablement pris chaque chose comme son dû, tout comme elle a accepté tous les cadeaux que lui offrait James ; tu les as pris, car tu considérais qu'être traité de cette façon – être l'objet de toutes les flatteries et de l'attention permanente d'un autre – était naturel. Je n'ai pour ma part jamais été traité ainsi et ne le serai jamais.

Terry ouvrit la bouche, mais Red lui fit gentiment signe de la tête de se taire.

— Je te parle de ce qui m'est arrivé. Il n'y a pas que mon visage qui soit atteint : j'ai des cicatrices sur les bras et sur les jambes à cause du métal broyé. Ils ont été obligés de m'extraire de la voiture et j'ai eu énormément de chance de ne pas me vider de tout mon sang.

Red se leva brusquement afin de se diriger vers l'ancien bureau qui avait autrefois appartenu à son père et que Tante Margie avait mis de côté pour lui, avec d'autres objets faisant partie de son héritage. Il ouvrit un tiroir et en sortit un album de photos. Il le gardait précieusement, mais le sortait rarement. Les photos le reliaient à un passé et à une vie depuis longtemps révolus. Il se dirigea vers Terry tout en ouvrant l'album à l'une des dernières pages. Il n'avait en aucun cas l'intention de revisiter le passé. Pour rien au monde.

47

— C'est moi, annonça Red en désignant une photo.

Terry retint sa respiration un court moment avant de laisser échapper une brève exclamation :

— Tu es… magnifique !

— Ouais. À l'époque, j'avais dix-sept ans et j'étais très grand, un peu sauvage et beau gosse. Je ne manquais de rien et j'avais des tas d'amis. J'étais très populaire. Bien sûr, tout cela a pris fin après l'accident. Les amis ont déserté et la popularité s'est envolée. Les enfants me dévisageaient en croyant que je ne m'en apercevrais pas. Pour compliquer davantage les choses, j'ai continué à gagner en stature et en force. Une année seulement s'est écoulée entre cette photo et le monstre de foire que j'ai fini par devenir.

— Tu n'es pas un monstre ! se récria Terry, ses yeux faisant l'aller-retour entre la photo et son visage.

— Si, j'en suis un. L'accident a réduit mon visage en bouillie.

Red toucha du bout du doigt la boursoufflure de la cicatrice qui barrait l'un des côtés de son visage.

— J'en suis parfaitement conscient et je n'ai pas besoin que tu me ménages. J'ai eu à maintes reprises l'occasion de me regarder dans le miroir. Je ne me fais pas d'illusion. Mais je ne peux rien y faire : c'est comme ça.

Il haussa les épaules et reprit l'album.

— Donc, tu vois, je sais ce que c'est que d'avoir un beau visage et de s'en servir pour obtenir ce que l'on veut. Je sais aussi ce qui se passe quand cette belle plastique n'existe plus.

Il se dirigea vers le bureau pour y ranger l'album, et lorsqu'il se retourna, Terry s'était levé à son tour et s'approchait lentement de lui.

— Je ne fais que dire la vérité. Je n'ai jamais menti à cette vermine de James et je ne vais certainement pas te mentir à toi, affirma le jeune homme d'une voix douce, mais néanmoins ferme. Il faut quelque temps pour s'habituer à ton visage, mais tu n'es absolument pas hideux.

— Vraiment ? insista Red d'une voix étranglée.

— Vraiment. Tu es un homme suffisamment généreux pour offrir une seconde chance à un abruti dénué de tout bon sens. Tu aurais pu m'abandonner à mon sort sans jeter un regard en arrière. C'est ce que la plupart des gens aurait fait à ta place. Au lieu de quoi, tu m'as invité chez toi afin que je sois en sécurité.

— Ce n'est pas non plus une affaire d'état. N'importe qui aurait fait de même.

— Non, c'est faux. La majorité des gens n'aurait pas pris la peine de s'inquiéter et aurait saisi le moindre prétexte pour tourner les talons.

— Je suis agent de police, c'est mon métier de protéger les autres.

— Peut-être. Mais ton attitude va bien au-delà de ton devoir.

Terry tendit le bras et effleura du bout des doigts la joue balafrée du policier. Red réprima son impulsion de se soustraire à ce contact. Personne d'autre que lui-même n'avait plus touché son visage depuis l'accident, exception faite d'un médecin. Même sa tante ne le faisait pas, alors qu'elle l'étreignait chaque fois qu'elle en avait l'occasion. Elle seule avait le pouvoir de lui faire sentir qu'il était aimé.

— Tu as pris soin de moi, reprit Terry. James m'avait promis qu'il serait toujours là pour le faire, mais il mentait. Jamais il ne s'est comporté de façon désintéressée, contrairement à toi.

La main de Terry s'éloigna et Red se prit à le regretter. La main du jeune homme était chaude alors qu'il avait l'impression que sa peau à lui était toujours un peu froide.

— Je suis heureux de pouvoir t'aider, affirma-t-il tout en retournant s'asseoir sur le canapé.

Il avait besoin d'un peu de temps afin de se reprendre. Le contact de la main de Terry l'avait pris au dépourvu, de même que la manière dont il avait réagi. Il se sentait à bout de souffle et il dut déglutir à plusieurs reprises et humecter ses lèvres sèches. Il tenta de se persuader que le geste du jeune sauveteur avait été dicté uniquement par la gratitude. Ses propres réactions trahissaient un fol espoir que son intellect s'efforçait de tuer dans l'œuf. Il ne se faisait en effet aucune illusion : Terry n'éprouvait à son égard que de la reconnaissance et rien d'autre. Les personnes aussi belles que Terry ne n'intéressaient pas à des personnes aussi abîmées qu'il l'était depuis son accident.

Red poussa un soupir de soulagement quand la sonnerie familière de marimba retentit. Terry sortit son téléphone de sa poche, sentant le regard scrutateur de Red posé sur la bosse qui tendait le devant de son jean et qui témoignait de son excitation. Le policier n'en eut qu'un bref aperçu, mais cette vision fugace allait indubitablement nourrir son imagination pendant des jours.

Il sortit du séjour pour aller dans la cuisine afin de laisser un peu d'intimité au jeune homme. Il supposa que l'appel provenait de Julie et que cela signifiait que leur temps ensemble touchait à sa fin.

Quelques minutes plus tard, le jeune maître-nageur le rejoignit.

— Julie vient d'avoir mon message. Sa mère s'est plainte de douleurs à la poitrine et elles se sont rendues à l'hôpital. Elle pense en avoir encore pour des heures.

— Il faut qu'une personne reste à tes côtés, fit remarquer doucement Red, en pensant que ce serait certainement une bonne chose que Terry aille chez son amie.

— Elle n'est pas sûre de l'heure à laquelle elle rentrera chez elle, précisa Terry.

— Est-ce qu'elle a dit si l'état de sa mère était sérieux ? demanda Red. J'espère que ce n'est rien de grave.

— Le diagnostic n'est pas encore complètement établi, mais les médecins sont sûrs qu'il ne s'agit pas d'une crise cardiaque, expliqua Terry. Et c'est déjà une bonne nouvelle.

Terry continuait à le fixer et la tension monta dans la pièce – ce fut du moins l'impression qu'en eut Red. Mais sans doute n'était-ce qu'un effet de son imagination.

— Il se fait tard, annonça Red d'une voix plate.

En tout cas, le ton de sa voix lui parut monocorde, mais il n'arrivait pas à trouver un moyen pour mettre un terme à cette situation. Il arrivait plus facilement à gérer des individus lui tirant dessus que la façon dont Terry le dévisageait. Déterminé à rien laisser paraître de sa nervosité, il retourna dans le salon. Il avait l'intention de donner le signal du coucher, mais Terry s'installa sur le canapé et ouvrit l'une des canettes de soda que Red avait précédemment déposées sur la table basse. Red jeta un coup d'œil à la pendule et réalisa qu'il était moins tard qu'il le pensait. Il rejoignit donc le jeune homme et alluma la télévision. Il but sa boisson à petites gorgées tout en regardant la rediffusion d'une série télévisée, ce qui le dispensa de faire la conversation, à son grand soulagement.

— Je dois travailler demain matin, annonça Red après le second épisode de *Cougar Town*.

Il ignorait la raison pour laquelle ils s'étaient mis à regarder ce programme, mais comme Terry semblait l'apprécier, il n'avait pas voulu changer de chaîne. De son point de vue, cette série, tout comme les autres, était insipide et ne présentait aucun intérêt. Au bout de quelques minutes, Red se leva, s'étira et éteignit la télévision. Il s'assura ensuite que toutes les portes de la maison étaient bien fermées avant de monter l'escalier, suivi de près par Terry.

— La salle de bain est juste là et ma chambre est ici, si jamais tu as besoin de moi. On se verra demain matin. Bonne nuit.

Il pénétra dans sa chambre et ferma la porte. Il jura tout bas en se rendant compte qu'il avait oublié de parler à Terry de James afin de savoir où commencer ses recherches. Le fait est qu'ils s'étaient un peu égarés en chemin et que l'idée lui était sortie de la tête. Il se promit de réparer cet oubli dès le lendemain matin. Il devait en savoir davantage sur ce type et sur ce qu'il était capable de faire. Red entendit Terry s'affairer dans la salle de bain. Il attendit que le calme revienne dans la maison avant de sortir de sa chambre. Il constata avec soulagement que la porte de la chambre du jeune homme était close. Il entra à son tour dans la salle de bain.

Il évitait d'ordinaire le miroir comme la peste, résultat d'une si longue pratique perfectionnée au cours des années qu'elle en était devenue instinctive. Pourtant, ce soir-là, il fixa son reflet dans le miroir. Rien n'avait évidemment changé sur son visage : l'une de ses joues et l'un de ses sourcils restaient déformés par d'innombrables petites cicatrices et par une plus longue balafre. Avec le passage du temps, les cicatrices s'étaient quelque peu résorbées et arboraient désormais une apparence moins rougeâtre, mais même si certaines d'entre elles avaient commencé à s'estomper, elles n'en demeuraient pas moins toujours parfaitement visibles. Adolescent, il avait utilisé des tonnes de crème antirides dans l'espoir que s'en tartiner abondamment le visage rendrait à sa peau son aspect d'avant. Le miracle attendu n'avait cependant pas eu lieu. Il tourna son visage de l'autre côté, qui n'était pas aussi atteint. Il avait en effet la tête tournée vers la gauche au moment de l'impact, et ce côté avait donc été mieux protégé et présentait un aspect pratiquement normal. Il se détourna soudain de la glace, décidant de mettre un terme à cette folie passagère. Il était ce qu'il était, rien de plus, mais rien de moins non plus. Il avait décidé bien des années auparavant de se tenir la tête bien droite, sans s'excuser d'être ce qu'il était. Il avait agi ainsi par le passé et il avait appris à ses dépens qu'espérer ou rêver à un changement ne servait strictement à rien.

Il ôta ses vêtements et utilisa les toilettes, se lava les mains et se brossa les dents. Puis, il remit de l'ordre dans la pièce et en sortit.

Au lieu de se rendre dans sa chambre, il descendit au rez-de-chaussée. Il vérifia par la fenêtre située sur le devant de la maison que personne ne rodait dans la rue, et fit à nouveau le tour des pièces pour s'assurer qu'elles étaient bien sécurisées. Puis, il monta l'escalier une dernière fois. En haut des marches, il s'arrêta devant la porte de Terry. Il s'était persuadé d'avoir banni depuis longtemps l'envie et la nostalgie pour des choses hors de sa portée, mais savoir que Terry se trouvait derrière cette porte faisait accélérer ses pulsations cardiaques et il sentait les battements de son cœur résonner à ses oreilles comme un tambour. Il se demandait ce qu'il pouvait bien y avoir de si spécial chez ce jeune homme pour faire naître en lui une telle faim pour une vie différente.

Mais bon, ce n'était pas comme si cela avait la moindre importance de toute façon. Red se détourna et s'éloigna doucement. Une fois dans sa propre chambre, il laissa la porte légèrement entrebâillée avant de se coucher et de se blottir sous les couvertures. Enfant, il avait souvent eu peur d'hypothétiques monstres susceptibles de se cacher dans son placard ou sous son lit. Son père lui avait affirmé qu'il n'avait rien à craindre et que tant qu'il serait sous ses couvertures, aucun monstre ni aucun fantôme ne pourrait l'y atteindre, car elles étaient magiques. Red s'enroula dans la légère couette, tout comme il le faisait tout petit. En cet instant précis, il éprouvait le besoin viscéral de se persuader des pouvoirs magiques de ses couvertures, car il se sentait particulièrement vulnérable, bien que d'une façon différente de l'enfant qui avait été terrorisé par les animaux féroces ou les spectres qui habitaient sous son lit.

IV

TERRY N'AVAIT pas réussi à trouver le sommeil. Au cours de la nuit, alors qu'il gisait étendu sur le dos et contemplait le plafond de la chambre d'ami de Red, il l'avait entendu s'activer dans la maison. Relié par une étrange connexion à son hôte, il avait perçu les instants précis où ce dernier s'était arrêté puis éloigné de la porte de la chambre. Depuis, ses pensées tourbillonnaient sans relâche sous son crâne. Il avait bien conscience de s'être comporté à plus d'un titre comme un parfait imbécile. Il avait laissé James contrôler sa vie au point de finir par la perdre complètement. Il s'était bercé de la douce illusion que James allait le laisser partir sans tiquer. Pauvre idiot ! Il aurait dû se douter que cette séparation allait provoquer des réactions houleuses de la part de James. Cependant, le temps qui passait et l'absence de coups de téléphone lui avaient conféré un sentiment trompeur de sécurité. Et juste au moment où il commençait à remettre de l'ordre dans sa vie, ce salaud faisait son grand retour et menaçait de tout foutre en l'air. Quel enfoiré ! Les mains de Terry se fermèrent en poings rageurs le long de ses flancs.

Le roi des ratages, voilà ce qu'il était. La plupart de ses amis l'avaient quitté, mais Dieu merci, il lui restait Julie. Dès qu'il pensa à elle, il s'inquiéta de l'état de santé de sa mère, qu'il avait eu l'occasion de rencontrer à plusieurs reprises et avait énormément appréciée. C'était une très gentille personne et il espérait que tout irait bien pour elle.

Soudain, un léger craquement parvint à ses oreilles, puis un autre. Une porte se ferma et de l'eau se mit à couler. Red devait être debout. Terry roula sur le côté et ferma vigoureusement les paupières. Il se mit à espérer contre toute attente que Red allait pénétrer dans sa chambre et lui éviter de faire le premier pas. Fasciné par cet homme si fort, il avait caressé l'idée folle d'aller le rejoindre dans son lit. Red était vraiment très grand, une caractéristique que Terry appréciait tout particulièrement chez un homme. Depuis toujours, il était attiré par des gars immenses qu'il pouvait escalader comme une montagne. Son cœur se mit à battre la chamade rien qu'à cette pensée.

Bon d'accord, le policier avait le visage couturé de cicatrices. Terry les avait vues et elles n'étaient pas très jolies à regarder. Mais il les avait aussi touchées, et contrairement à ce qu'il s'était imaginé, leur contact n'avait pas été désagréable et elles s'étaient même révélées douces sous ses doigts. Et cette expression sur le visage de Red à ce moment avait valu tout l'or du monde. Il avait paru surpris au départ, puis ses yeux s'étaient fermés pendant quelques brèves secondes et les commissures de ses lèvres avaient frémi. Terry avait alors désiré cet homme si grand que la plus simple des caresses transformait en petit garçon. Quant à lui, il s'était senti comme un géant en découvrant l'effet qu'il avait eu sur le policier.

Terry sourit en se souvenant du ravissement qu'il avait observé sur le visage de Red et ce fut sur cette pensée plus qu'agréable qu'il plongea dans le sommeil. Comme à son habitude, son repos fut bref. Sans savoir exactement combien de temps il avait dormi, il se réveilla brusquement en sursaut, cherchant avidement de l'air et affolé de se découvrir dans un lieu inconnu.

— Non, James ! se mit-il à hurler, encore englué dans les brumes de son cauchemar.

Sa porte s'ouvrit et la silhouette massive de Red, rendue visible par la lumière du couloir, apparut sur le seuil.

— Est-ce que ça va ? Qu'est-ce qui s'est passé ? demanda hâtivement Red en se précipitant dans la chambre.

— Ce n'est rien, tout va bien, le rassura le jeune homme dont la gorge était si serrée qu'il en avait du mal à respirer.

— Tu t'es mis à hurler.

Terry prit une grande inspiration afin de calmer les battements frénétiques de son cœur.

— Je vais bien, vraiment. J'ai juste fait un cauchemar.

Il se sentait comme un idiot d'avoir été effrayé par un mauvais rêve, mais à sa décharge, ce dernier lui avait paru extrêmement réel. Alors que les brumes du sommeil commençaient à se dissiper, il n'eut aucun problème pour se souvenir de l'endroit où il se trouvait – et de la raison pour laquelle il s'y trouvait. Chez Red. Dans la maison – et plus particulièrement dans la chambre d'ami – de Red. Ses pensées s'éclaircirent et il fut à nouveau capable de se concentrer sur son environnement. Soudain, son regard s'attarda sur le corps qui se penchait vers lui et il se mit à balbutier :

— Tu es en sous-vêtement.

Il ne parvenait pas à détourner les yeux de Red. La lumière était insuffisante pour apprécier tous les détails, mais elle permettait cependant de distinguer des jambes fortes comme des troncs d'arbre et des épaules magnifiquement développées. Ce devait être une illusion d'optique, mais Terry ne put s'empêcher de se demander comment Red avait fait pour passer la porte.

— Je suis désolé, s'excusa le policier en faisant mine de se détourner.

— Non, ne le sois pas, se hâta de répondre Terry d'une voix qui, même à ses oreilles, lui parut rauque.

Il repoussa les couvertures et attendit. Red fit à nouveau face au lit, puis s'immobilisa. Le jeune homme tendit la main et son compagnon fit un pas vers lui. Puis un autre, et encore un autre. Quand il eut atteint le bord du lit, il saisit la main du jeune maître-nageur et grimpa lentement sur le matelas.

— Embrasse-moi, Red, murmura ce dernier tout en touchant la joue du policier comme il l'avait fait quelques heures auparavant.

Red se rapprocha et quand leurs lèvres se touchèrent, Terry eut un bref hoquet tandis qu'un choc électrique traversait sa colonne vertébrale.

— Baise-moi, susurra Terry.

— J'en ai bien l'intention, affirma Red.

Tout en enroulant ses bras musclés autour du corps svelte du jeune homme, il se mit à l'embrasser avec une telle intensité que celui-ci en eut pratiquement le souffle coupé.

Terry se mit à trembler sous l'effet d'une excitation incontrôlable. Red l'embrassait exactement comme il aimait l'être : fermement, franchement et sans hésitation. Il colla sa poitrine contre celle de l'homme qui s'apprêtait à devenir son amant, mû par le besoin d'être touché et étreint. Les poils lui chatouillaient la peau et Terry se déplaça légèrement afin de mieux profiter de ce contact.

Les caresses de Red étaient à l'image de ses baisers, témoignant de la même maîtrise et de la même détermination. Ses mains donnaient l'impression de dévorer le corps de son partenaire à l'instar de ses lèvres exigeantes qui conquéraient sa bouche. Rien dans son attitude ne trahissait la moindre timidité, et il faisait preuve d'une maîtrise magistrale qui ne manqua pas de surprendre et d'enchanter Terry. Quand Red s'éloigna, il ne put s'empêcher de gémir doucement. Red le calma d'un murmure.

— J'ai juste besoin d'aller récupérer certaines choses, chuchota-t-il en effleurant les lèvres du jeune homme de son souffle brûlant.

Terry hocha la tête et observa le policier quitter la chambre, puis il entendit le bruit de ses pas sur le petit palier de l'étage. Son absence fut très brève et dès qu'il apparut dans l'encadrement de la porte, Terry souleva le bassin afin de faire glisser son caleçon le long de ses hanches, puis de ses jambes avant de le jeter sur le sol. Il ressentait le besoin de faire savoir à Red à quel point il le désirait. Lorsqu'il vit le policier s'avancer près du lit, il se mit sur le ventre et rampa vers l'endroit où Red s'était immobilisé. Il insinua ses doigts dans la ceinture du sous-vêtement de Red afin de le faire tomber sur ses chevilles. La verge qu'il découvrit correspondait à la stature imposante de son propriétaire et pointait fièrement vers le haut. Terry ne perdit pas une seconde et enserra le membre déjà raide entre ses doigts avides, puis il ouvrit tout grand sa bouche et y inséra le gland.

Red gémit doucement, le plaisir déformant le timbre de sa voix. Terry sentit ce son si particulier résonner dans son propre corps et le secouer comme un tremblement de terre. Red resta immobile, mais il frissonna sous les caresses du jeune sauveteur et ses jambes tressaillirent sous l'effet d'une émotion que Terry espérait être de l'excitation.

Il se mit à sucer le sexe de son partenaire et le prit plus profondément dans sa gorge, obtenant un son plus prononcé qui trahissait une faim nouvelle.

— Tu sais, tu peux gémir si tu en as envie, ce n'est pas un problème, fit-il observer à son compagnon.

— Je sais, mais...

Red ne parvint pas à achever sa phrase, car Terry venait de donner plus de vigueur à ses succions et lui arracha un grognement lourd de satisfaction et de désir. Terry décrispa sa gorge et suça plus fort.

— Oh merde ! gémit Red.

Terry maintint la pression et colla son nez au bas-ventre du policier, ce qui lui permit d'inhaler son odeur si spécifique et si enivrante qu'il en avait presque le tournis. Il adorait qu'un homme sente comme un homme, sans aucune fragrance artificielle, rien d'autre qu'une odeur naturellement masculine. Un tel parfum suffisait à lui faire perdre la tête. Red sentait Red, uniquement Red et c'était terriblement excitant. Terry recula légèrement et laissa glisser la verge de Red hors de sa bouche avant de l'avaler à nouveau en une série de mouvements fluides et diaboliquement précis.

— Terry... Seigneur ! marmonna Red. Comment... Qu'est-ce... ?

Le jeune homme ressentit une immense fierté en constatant que ses indéniables talents en matière de fellation venaient de réduire cet homme si fort à l'incohérence. En vérité, Terry était un expert quand il s'agissait de tailler des pipes. Son entraînement intensif en tant que nageur lui avait appris à contrôler sa respiration, et cette capacité constituait un réel avantage dans certaines circonstances et lui procurait des bénéfices très éloignés du domaine aquatique. Terry s'immobilisa à nouveau et le sexe de Red frémit dans sa bouche. Puis, il fit glisser ses lèvres très lentement le long du membre soyeux. Il adorait la sensation d'un sexe long et dur contre sa langue, et il avait la ferme intention d'en profiter au maximum.

Red resta figé comme une statue tandis que les lèvres de Terry formaient un cercle bien serré autour de son sexe et qu'il commençait un lent et torturant mouvement de va et vient. Le jeune homme était très tenté de pousser le policier à bout rien qu'avec ses lèvres sur son sexe, mais il se retint, préférant arriver à ce résultat par d'autres moyens plus lents et plus variés. Il relâcha le membre de son partenaire et déposa un léger baiser sur son nombril, puis remonta doucement vers sa poitrine sans cesser de picorer du bout des lèvres la peau qui s'offrait à sa convoitise. Il rencontrait occasionnellement sur son passage un morceau d'épiderme moins souple que le reste – cicatrices qui témoignaient du terrible accident dont Red avait été victime. Terry se fit un devoir et un plaisir de leur apporter un soin tout particulier. Elles faisaient tout autant partie de Red, et Terry n'avait pas la moindre intention de s'en détourner. S'il devait posséder Red, il le posséderait tout entier, de la tête au pied et sans rien laisser de côté.

Lorsqu'il parvint à la hauteur d'un téton, il l'aspira entre ses lèvres et le suça vigoureusement jusqu'à ce que la pointe en soit toute durcie. Red grogna en sentant les dents de Terry écorcher sa peau hyper sensible et frissonna sous les aspirations de plus en plus appuyées du jeune maître-nageur.

— Tu vas finir par me laisser une marque, murmura Red entre deux inspirations laborieuses.

— Parfait. Comme ça, tu ne pourras pas m'oublier, riposta Terry avant de s'attaquer à l'autre téton afin de lui faire subir la même délicieuse torture.

Red était pratiquement à bout de souffle lorsque son tourmenteur s'arrêta enfin. Terry s'éloigna et se mit sur le dos. Comme ses yeux s'étaient habitués à l'obscurité, il était désormais capable de mieux voir Red et supposait que la réciproque était vraie. Il voulait que ce dernier le voie et qu'il ne manque rien de ce qu'il comptait lui faire.

– Viens ici, ordonna-t-il lorsqu'il remarqua que le policier ne faisait pas mine de bouger.

— Mais… Je vais t'écraser !

— Aucun risque, rétorqua Terry avec un sourire. Je veux te sentir sur moi.

Il releva les genoux et fit saillir son propre membre vers Red. Son excitation ne laissait aucune place à l'imagination.

— Je veux te toucher, continua-t-il en enroulant ses doigts autour du sexe de son partenaire pour le presser doucement. Et je veux que tu me touches aussi. Je t'assure que tu ne me feras aucun mal. J'apprécie la fougue chez mes amants.

— Vraiment ? demanda Red avec une pointe d'amusement dans la voix.

— Oh oui ! susurra Terry.

Il ne lâcha pas la verge de Red alors qu'il le forçait à se pencher vers lui afin de l'embrasser. Red ne fut pas long à prendre le contrôle et à le plaquer plus fermement contre le matelas. Terry se laissa faire de bon gré, encerclant la taille de Red avec ses jambes et nouant ses bras autour de sa nuque. Enroulé ainsi, il se dit qu'il avait enfin le policier exactement comme et où il l'avait souhaité. Si Red n'était pas en train d'investir sa bouche et de l'empêcher de parler, il aurait exprimé à voix haute sa satisfaction. Red glissa ses mains sous le corps du jeune homme pour l'étreindre fermement. Merde ! Terry se sentirait pleinement heureux s'ils devaient passer le reste de l'éternité dans une telle position. Il bougea sensiblement son bassin et fut récompensé de son initiative en sentant son sexe glisser sur la peau rugueuse du corps pressé contre le sien. Il se délecta de cette sensation à la fois voluptueuse et décadente.

— J'adore les hommes poilus, parvint-il à chuchoter lorsque Red libéra enfin sa bouche.

— Ah oui ?

— Oui. Mais pas quand ils sont poilus dans le dos. J'aime les poils uniquement sur la poitrine.

Terry respirait désormais avec difficulté et s'efforçait de trouver un moyen afin de pouvoir caresser le torse de Red sans briser leur étreinte, et une fois son objectif atteint, il fit glisser ses doigts dans la toison qui ornait le torse de son amant, confirmant ainsi sa déclaration d'amour aux poitrines poilues.

Red se remit à l'embrasser pendant quelques secondes, puis le relâcha afin de baisser la tête et de prendre dans sa bouche l'un des tétons de Terry, le suçant comme ce dernier l'avait fait auparavant pour lui. Le bout de ses seins terriblement sensibles, Terry ne put s'empêcher de se cambrer et de laisser échapper un grand cri, pressant son torse contre les lèvres de son partenaire, offrant à Red la preuve de sa reddition.

— J'ai envie de toi, déclara Red dont le souffle venait mourir à la surface de la peau de Terry comme une sensation fantôme.

— Oh putain, oui ! geignit le jeune homme.

Red bougea légèrement et Terry sut qu'il tendait la main pour saisir quelque chose. Puis, il entendit le bruit caractéristique d'un tube qu'on débouche et sentit tout de suite un doigt frais se présenter à son anus, traçant des cercles concentriques soigneusement appliqués avant de de s'y insinuer sans hésitation.

— Oui… gémit Terry tandis que l'hédoniste qui était une partie intégrante de son être se réjouissait de l'exquise brûlure.

Le contact, mêlant douceur et fermeté, était d'une pure perfection et l'envoyait directement au paradis. Red enfonça son doigt plus profondément et les gémissements de Terry se firent plus prononcés lorsqu'il sentit une pression sur sa prostate. Des étoiles naquirent sous ses paupières closes et il se fit la remarque qu'elles étaient bien plus brillantes que celles qu'il avait adoré contempler lorsqu'il était enfant. Quelques centimètres plus loin en lui et Terry contracta ses muscles afin de conserver l'intrus dans cet endroit si intime. Il ronronnait désormais tel un chat en chaleur et se repaissait de l'instant présent comme jamais. Quand un second doigt vint rejoindre le premier, il en eut le souffle coupé, l'impression étant tellement extraordinaire qu'il se prit à espérer qu'elle ne finisse jamais.

Il protesta lorsque Red retira ses doigts, mais ne fit rien pour le retenir, se contentant de rester allongé sur le lit, les yeux rivés sur lui tandis que ce dernier enfilait un préservatif. Puis, quand Red fut prêt, il leva les jambes afin de les placer sur les épaules du policier et le fixa dans les yeux.

— Tu sembles savoir ce que tu veux, commenta Red d'une voix rauque.

— Tu ne peux pas savoir à quel point tu as raison, rétorqua Terry.

Il tremblait littéralement sous l'effet d'un désir impatient et avide. Cela faisait des mois qu'il était abstinent. Après le gâchis de sa relation avec celui dont il ne voulait plus prononcer le prénom, il n'avait ressenti aucun besoin d'être avec un autre, et la chasteté s'était imposée d'elle-même.

— J'aime dominer sans en avoir l'air.

— Qu'est-ce que tu entends par là ? interrogea Red.

Mais il n'eut pas la patience d'attendre la réponse et pressa sa verge contre l'anus de Terry, sans chercher dans un premier temps à s'y introduire davantage. Puis, doucement, lentement, il se mit à chalouper des hanches, faisant attention à maintenir le contact à un niveau superficiel. Terry gronda et agrippa les cuisses musclées du policier afin de l'inciter à aller plus loin et lui faire comprendre sans ambiguïté ce qu'il souhaitait.

— Reste tranquille, je ne veux pas prendre le risque de te faire du mal, recommanda tout bas Red.

— N'aie pas peur, il n'y a aucun risque, le rassura Terry.

Red continua cependant son petit manège, offrant ainsi à Terry l'opportunité de s'ouvrir progressivement à son intrusion. Puis, quand il jugea qu'il était prêt, il s'enfonça en lui d'un seul coup. La respiration coupée, Terry serra les dents sous l'invasion brutale. Comme Red était imposant ! – beaucoup plus que la plupart des hommes qui l'avaient possédé. Mais Seigneur, cette sensation était incroyable, bouleversante et tout simplement jouissive. Red s'immobilisa et Terry profita de ce répit pour se concentrer afin que cesse cette impression d'être sur un manège lancé à toute allure. La pièce s'arrêta progressivement de tourner et une espèce d'ivresse l'enserra dans ses spirales. Red s'enfonça un peu plus loin et Terry gémit.

— Oui, c'est ça... Oh Seigneur !

— Tu veux que j'arrête ?

— N'y pense même pas ! ordonna Terry d'une voix désespérée.

Red alla un peu plus loin, écartant les chairs délicates, rassuré de sentir Terry l'accepter sans restriction. Le jeune homme poussa un soupir de soulagement lorsque les hanches de Red se pressèrent contre les siennes. Il se mit à haleter et fut reconnaissant quand le policier s'immobilisa, car cet arrêt lui permit ainsi d'apprécier la façon dont la verge de ce dernier pulsait en lui. Comme c'était bon ! Quand Red se pencha pour l'embrasser, Terry noua ses bras autour de son cou et s'agrippa à lui comme à une bouée de sauvetage. Puis, Red se mit à bouger les hanches d'avant en arrière, lentement, rythmiquement, avec assurance.

Terry avait l'impression d'être littéralement enveloppé et entouré par Red. La façon dont celui-ci le tenait, l'embrassait, l'emplissait, était très différente des étreintes qu'il avait pu connaître par le passé. Red lui procurait des sensations inédites et extrêmes, extrêmement attentif aux réactions de son partenaire : quand la respiration de Terry devenait saccadée, Red faisait une pause, et *a contrario*, quand il se mettait à haleter, il reprenait ses mouvements. C'était un peu comme si Red monitorait la respiration de son amant pour savoir ce qu'il aimait le plus. Jamais Terry n'aurait pu concevoir un tel degré d'intimité, et il avait du mal à réaliser qu'ils faisaient l'amour pour la toute première fois. Il ne put s'empêcher de s'interroger sur ce que pourraient devenir leurs parties de jambes en l'air pour peu que l'avenir leur laisse le temps d'en profiter.

— Oh oui ! se mit-il soudain à gémir, les paupières serrées tandis que Red passait et repassait sur sa prostate.

Il se mit à trembler entre les bras du policier et sentit des larmes couler sur ses joues. Il savait qu'elles n'étaient pas le signe d'une souffrance ou d'une tristesse, mais la preuve d'une surcharge émotionnelle d'une intensité sans égale.

Elles coulaient librement sans qu'il fasse quoi que ce soit pour les stopper. Red les essuya avec ses pouces sans interrompre les mouvements de son bassin.

— Seigneur, tu es… commença à dire Red. Je ne peux plus me retenir.

— Lâche tout alors. Baise-moi selon ton bon vouloir, Red. Je veux que tu me donnes tout ce que tu as. Fais-moi grimper aux rideaux.

Red accéléra la cadence.

— Oui, comme ça… C'est si bon… Donne-moi tout… Prends-moi tout entier… Je sais qu'il y a un animal sauvage caché en toi qui n'attend qu'un signe pour sortir de sa cage… Je veux le voir et le sentir en moi…

Les hanches de Red claquaient contre les fesses de Terry, qui se mit à geindre de plus belle.

— C'est trop ? s'inquiéta Red.

— Non, c'est le paradis, parvint à répondre Terry entre deux hoquets. Red, je veux tout ce que tu as à me donner. Donne-moi tout. J'accepterai tout et je te le rendrai au centuple.

Leurs mouvements devinrent frénétiques et le lit se mit à vibrer sous leurs coups de butoir. Red poussa un grand cri.

— Ne t'arrête surtout pas, même pas une seconde, ordonna Terry.

Red frappait sa prostate à chaque coup de rein et Terry sentit qu'il était sur le point d'exploser de la plus merveilleuse des façons. Il s'agrippa aux hanches de Red et laissa la tension se nouer dans ses entrailles.

Red s'écarta et se redressa au-dessus de lui. Il plaqua la taille de Terry sur le matelas et se mit à aller et venir en lui de plus en plus rapidement. La puissance de son désir s'était un instant apaisée, mais il avait suffi que Terry pose les mains sur lui pour que la faim et le désir renaissent. Il plongea une ou deux fois de plus dans le corps de son partenaire et ressentit les prémices du plaisir prendre naissance à la base de sa colonne vertébrale, s'installant sans merci dans les moindres parcelles de son corps. Sous l'effort, sa peau se recouvrit d'un léger voile de sueur. Terry paraissait à bout de souffle, et les yeux écarquillés, ne pouvait que contempler, éperdu d'émerveillement, cet amant qui, penché sur lui, ressemblait à un dieu païen se délectant de son offrande.

— Oui, oui, c'est ça... continue... ne change rien. S'il te plaît... balbutia Terry, acculé au bord du précipice.

Red continua à lui dispenser ses fougueux coups de butoir et les muscles abdominaux de Terry se contractèrent sous les efforts qu'il déployait pour suivre le rythme. Il se cambra alors que le plaisir s'insinuait en lui avec chaque battement de cœur, transformant son sang en une coulée de lave qui imprégnait tout son corps d'une fièvre tout à la fois intolérable et délicieuse. Mais une telle torture ne pouvait durer qu'un temps, et quand la pression devint insupportable, Terry se laissa submerger par la vague de l'orgasme et se mit à hurler de toute la force de ses poumons. Il n'avait aucune idée des mots fébriles qui franchissaient ses lèvres, et à vrai dire, il s'en fichait royalement. Il éjacula sans pouvoir s'arrêter, comme si c'était la dernière fois, sans chercher à se retenir ou à maîtriser les réactions de son corps désormais assouvi.

Il eut l'impression de sentir Red frémir en lui et l'entendit crier tandis qu'il jouissait à son tour. Il n'avait plus la force de faire le moindre mouvement et Red, après quelques inspirations tremblantes, s'affaissa sur lui.

Le lit cessa de bouger, leurs grognements rauques moururent dans la quiétude retrouvée de la chambre. Terry aurait donné cher pour figer indéfiniment l'ineffable beauté de cet instant, cette fraction d'un temps unique qui lui avait apporté le plus fabuleux bonheur qu'il ait éprouvé depuis longtemps. Comme bouger revenait à briser la magie du moment, il s'efforça de demeurer immobile, la respiration hachée et l'esprit en déroute.

— Oh mon Dieu ! jura tout bas Red.

— Tu l'as déjà dit, se moqua Terry.

Il pressentait que ses muscles seraient quelque peu endoloris, mais il anticipait cette sensation avec délectation. Il tentait encore de comprendre ce qui venait de se passer quand Red rompit leur étreinte et se recula. Terry put reposer ses jambes sur le lit et il se déplaça pour lui faire de la place à ses côtés.

Red ne fit cependant pas mine de bouger et Terry aurait donné sa chemise pour connaître le fond de ses pensées. Soudain, son compagnon sauta hors du lit et quitta lentement la chambre. L'angoisse saisit le jeune homme, qui tendit l'oreille dans l'espoir de percevoir un signe quelconque qui annoncerait le retour du policier. Mais l'absence de ce dernier se prolongea et Terry craignit de n'avoir été qu'un objet pratique. Est-ce que la seule préoccupation de Red avait été de prendre son pied ? Toujours à l'affût, il entendit le bruit de l'eau qui coulait dans la salle de bain, puis de la chasse d'eau et enfin, le silence. Trempé d'une sueur qui commençait à refroidir, il se mit à frissonner. Il chercha du regard quelque chose avec quoi se nettoyer, se sentant soudain inexplicablement vulnérable et mal à l'aise.

Des pas lourds résonnèrent et s'approchèrent de la chambre et Red refit son apparition. Il s'assit sur le lit et une serviette humide et chaude vint caresser le corps de Terry, lui essuyant gentiment le ventre et le torse. Puis, Terry s'empara de la serviette pour la passer sur sa nuque et son visage. Il rendit le morceau de tissu à Red quand il eut fini et celui-ci quitta à nouveau la pièce.

Terry se blottit sous les couvertures, désireux de se mettre en quelque sorte à couvert et de pouvoir se cacher si d'aventure Red décidait de ne pas revenir. Il avait passé suffisamment de nuits avec des types rencontrés au hasard pour connaître la chanson. Il n'avait eu aucun problème avec ça jusqu'à présent, mais contre toute attente, il n'imaginait pas que ce qui venait de se passer entre lui et Red appartienne à la catégorie des coups d'un soir. De telles rencontres se caractérisaient par leur brièveté et leur déroulement plutôt clinique. Il n'avait rien ressenti de tel avec Red, au contraire : il avait eu l'impression de vivre un instant particulier et il ne pouvait qu'espérer que ce sentiment soit partagé. Il reprit espoir en entendant les pas de Red. La lumière du couloir s'éteignit et celui-ci vint finalement le rejoindre dans le lit.

— Tu ne parles pas beaucoup quand tu fais l'amour, n'est-ce pas ? fit doucement remarquer le jeune homme.

— Non, c'est vrai. Mais je trouve que tu t'exprimes amplement pour deux, riposta gentiment Red tout en s'allongeant à ses côtés et en rabattant les couvertures sur lui.

Terry roula sur le flanc afin de pouvoir lui faire face.

— Je ne sais jamais comment me comporter dans des situations comme celle-ci, parut regretter le policier.

— Comment ça ? Tu t'attends à ce que je te rejette si tu essaies de me toucher ? s'enquit Terry. Alors que nous venons de partager une si grande intimité ?

Il étendit le bras et caressa doucement la poitrine de Red du bout des doigts, exactement comme il brûlait d'envie de le faire depuis un bon moment. Il écarta les doigts sur la toison qui recouvrait ce torse magnifique et ferma les yeux, savourant la douceur de la peau.

Red se tourna à son tour sur le côté et Terry en profita pour se rapprocher. Le policier le prit dans ses bras, l'embrassa et nicha la tête du jeune homme dans son cou. Il ne relâcha à aucun moment son étreinte dont l'extrême tendresse frappa Terry, lui qui n'avait jamais auparavant connu un épisode aussi affectueux. Il en vint à remercier le Ciel que Julie n'ait pas été en mesure de lui venir en aide.

TERRY NE dormait jamais très bien quand il partageait son lit. Malgré les trois mois pendant lesquels James et lui étaient sortis ensemble et leurs trois années de vie commune, il avait connu à chacune de leurs nuits un sommeil agité. L'une des raisons, hormis celle qui ne venait que de lui, tenait au fait que James ne cessait de tourner et de se retourner dans le lit et de son fichu téléphone qui sonnait à des heures indues. Rétrospectivement, il se disait qu'il aurait dû y voir un signe annonciateur des autres problèmes qui l'attendaient. Mais lors de cette nuit qu'il passa avec Red, il se sentit comme dans un nid douillet, chaud et confortable, et dormit comme un bébé.

À son réveil, il découvrit qu'il était seul. Il entrouvrit les yeux et tapota le matelas à sa gauche pour vérifier. Personne. Et le côté du lit était tout froid. Il tendit l'oreille et entendit quelqu'un qui s'agitait dans la maison. Il jeta un coup d'œil au réveil posé sur la table de nuit tout en grommelant, admettant avec répugnance qu'il ferait aussi bien de se lever.

Il se sentait profondément déçu et se demandait ce qu'il avait pu faire de travers. Ils avaient été si bien ensemble qu'il en était arrivé à penser qu'ils étaient en phase. Mais il s'était peut-être trompé et avait confondu une flambée de passion passagère avec une connexion véritable. Il s'interrogea un moment sur la conduite à tenir, et après réflexion, il récupéra ses vêtements et se rendit dans la salle de bain. Il trouva tout ce dont il avait besoin pour sa toilette, bien posé sur le comptoir du lavabo :

des serviettes, des produits de toilette et de rasage. Il se mit à fantasmer sur ce qui aurait été à son goût un réveil dans les règles de l'art, à savoir Red qui viendrait le rejoindre dans la salle de bain. Mais la réalité refusa de se plier à son désir et aucun pas ne retentit dans l'escalier. Il balaya donc cette idée de son esprit, prit une douche rapide et solitaire, et s'habilla tout aussi efficacement. Comme il devait être à la piscine dans quelques heures, il se contenta de passer un jean et un tee-shirt ; il mettrait son maillot de bain une fois arrivé.

Dès qu'il fut fin prêt, Terry descendit et trouva Red revêtu d'un uniforme fraîchement repassé.

— Tu veux du café ? lui demanda ce dernier sans lever les yeux. Et je peux te préparer à manger si tu as faim.

— Non, merci. Le café suffira, répondit Terry d'un ton volontairement désinvolte.

Red lui tendit une tasse pleine et Terry s'assit. Le policier fit de même et Terry remarqua que son hôte s'absorbait dans la contemplation de sa tasse, comme si elle contenait tous les secrets de l'univers.

— Regarde-moi, commanda-t-il d'une voix douce.

Red leva lentement les yeux.

— J'ai oublié de te poser des questions sur James la nuit dernière, dit-il. J'ai besoin d'informations pour mener quelques vérifications à son sujet, précisa-t-il en récupérant son bloc-notes dans la poche de poitrine de sa chemise.

Terry, qui avait été sur le point de boire une gorgée de son café, reposa brusquement sa tasse qui frappa la table avec un bruit sourd. Du liquide s'y répandit et Red s'empressa d'aller chercher de l'essuie-tout pour réparer les dégâts, ignorant délibérément la frustration qui se dégageait de Terry.

— Quel est son nom complet ? interrogea Red.

— James Guthrie, répondit Terry d'une voix sèche, déterminé à battre Red à son propre jeu.

— Adresse ? continua Red, le stylo immobilisé au-dessus de la page de son bloc-notes.

Terry indiqua une adresse située dans les quartiers huppés de Harrisburg, ce qui provoqua un sifflement de la part de Red.

— Ouais, je sais. Il aime être remarqué et être reconnu.

Ce qui lui faisait un point commun avec Terry qui, pour sa part, souffrait du peu d'attention que lui prêtait Red. Un rien désabusé, le jeune homme en vint à penser que le seul intérêt que Red nourrissait à son égard se limitait aux mètres carrés d'un lit. Et dire que c'est lui que certains accusaient d'être superficiel !

— Que fait-il pour vivre ?

— James affirme qu'il est dans l'expédition de marchandises. Il possède un entrepôt en ville, toute une flotte de camions et d'importants stocks de marchandises. J'y suis allé une fois : l'entrepôt, un bâtiment flanqué de piliers et d'aigles sur sa façade, est situé sur Cameron, tout à côté de State Street Bridge.

— Quelle est sa date de naissance ?

— Son anniversaire est le 27 juin et il a trente-deux ans, répondit Terry tout en repoussant sa tasse et en fixant Red qui gribouillait dans son calepin.

L'homme avait manifestement laissé la place au policier, et Terry mourait d'envie de lui balancer un coup de pied sous la table.

— Il y a autre chose que tu pourrais me dire à son sujet ? demanda Red.

— Il y a tout un tas de choses que je peux te dire en effet. Il n'a aucun goût et adore tout ce qui est voyant. Il conduit une Porsche rouge et estime qu'il détient l'exclusivité de cette couleur. Avant de m'acheter la Mustang, il m'a demandé la teinte que je souhaitais en insistant sur le fait que n'importe laquelle ferait l'affaire, sauf le rouge.

Terry prit une grande inspiration et décida qu'une petite revanche s'imposait :

— Je le trouvais plutôt doué au lit, même s'il est loin de t'égaler à bien des égards dans ce domaine. En revanche, lui se trouvait toujours à mes côtés dans le lit quand je me réveillais le matin.

Red tressaillit, mais cette réaction n'arrêta pas Terry, qui avait accumulé une frustration non négligeable et ressentait le besoin de s'en débarrasser.

— Il aime la bonne cuisine et il passe beaucoup de temps au Chars et au Café Fresco. Il aime garer sa voiture bien évidence quand il va dans ce café afin d'être sûr que tout le monde sache qu'il s'y trouve. Il jette continuellement l'argent par la fenêtre, guidé par un besoin maladif d'être remarqué et considéré comme une personne importante. Quant à savoir ce qu'il gagne réellement, je n'en suis pas sûr.

Terry joua un moment avec sa tasse, histoire de faire quelque chose de ses mains.

— Tu as besoin d'autre chose ?

Red déglutit avec difficulté et relut ses notes.

— Je pense que j'ai bien plus d'informations que nécessaire, constata-t-il en refermant son calepin. Je dois partir travailler dans une heure, et sur le chemin, nous ferons un saut à ton appartement afin de vérifier que personne ne s'y est introduit depuis hier. Ensuite, nous irons récupérer ta voiture et je te suivrai jusqu'à la piscine. Je veux m'assurer que tu arrives sans problème à ton travail. Une fois mon service achevé, je te rejoindrai et nous reviendrons ici. S'il y a un endroit où tu peux garer ta voiture à l'abri des regards, fais-le. Le mieux est que James ignore où tu te trouves. Ou alors, tu peux laisser ta voiture là où elle est et c'est moi qui te conduirai à ton travail.

Il semblait réfléchir tout haut et ne pas attendre de réponse particulière de la part de son interlocuteur.

— Oui, ce serait sans doute le mieux. Mais seulement si tu es d'accord, bien sûr.

Terry fixa intensément Red dans l'espoir de parvenir à cerner le personnage. Le policier semblait le snober pour une raison inconnue alors que, dans le même temps, il s'évertuait à prendre toutes les précautions concernant sa sécurité. Qu'est-ce qui clochait chez ce mec ? Peut-être était-ce plus facile pour lui de parler boulot que d'évoquer ce qui s'était passé entre eux la nuit dernière ?

— C'est bon pour moi, répondit Terry.

Il se leva tout en laissant échapper un profond soupir, laissant sa tasse sur la table.

— Tu peux me déposer à la piscine. Je trouverai quelqu'un qui me conduira à ma voiture quand j'aurai fini. Tu n'as aucun besoin d'en faire davantage et je suis assez grand pour me débrouiller tout seul.

— Je ne crois pas que ce soit une bonne idée, rétorqua Red.

Terry pouvait sentir le regard du policier peser sur lui, mais il refusa de se retourner. Il ressentait trop de colère, de confusion et, par-dessus tout, il se sentait en ce moment précis infiniment plus sale et dépravé qu'à l'époque où il baisait sans discernement. Il se fichait que Red considère sa décision comme bonne ou mauvaise. Il avait besoin de mettre de la distance entre eux pour être en mesure de réfléchir. En fait, il avait surtout besoin que Julie lui donne son avis sur la situation. Malheureusement, elle était occupée par des choses bien plus importantes que la vie amoureuse de son collègue. Conclusion : il allait devoir se débrouiller tout seul sur ce coup-là.

Terry ronchonna tout bas pour le principe, mais ne perdit pas de temps à argumenter. D'une part parce que le policier était bien plus grand et costaud que lui, et d'autre part, parce qu'il avait déjà décidé en son for intérieur d'agir uniquement à sa guise sans tenir compte des ordres de Red. De toute façon, il ne savait pas encore s'il avait ou non l'envie de revenir. Il bénéficierait de tout le temps nécessaire pour ses réflexions tandis qu'il serait assis sur son perchoir à la piscine.

— Nous avons encore du temps si tu as faim, offrit Red.

— Je prendrai une barre de protéines en arrivant au travail, répondit Terry en se retournant.

Red fit de même, lui présentant son dos, comme il l'avait fait à plusieurs reprises depuis que Terry l'avait rejoint.

— Nous pouvons y aller quand tu veux, affirma-t-il, plutôt content à la perspective d'arriver de bonne heure.

Il se dit qu'il pourrait ainsi faire quelques longueurs avant que la piscine soit pleine de monde.

— D'accord, acquiesça Red.

Il rassembla ses affaires, passa son ceinturon dans lequel il rangea son arme et se dirigea vers la porte. Ses semelles grinçaient sur le parquet et Terry se demanda combien pesait cette ceinture pour alourdir autant celui qui la portait.

Ils quittèrent la maison et traversèrent le jardin pour se rendre au pick-up de Red. Terry monta dans le véhicule dès que les portières furent déverrouillées et s'installa confortablement tandis que Red faisait démarrer le moteur. Comme prévu, ils s'arrêtèrent en chemin afin de vérifier l'état de l'appartement du jeune sauveteur, puis reprirent en silence leur route vers le centre de loisirs. Lorsque Red s'arrêta devant le bâtiment, Terry ouvrit la portière.

— Merci pour....

Les mots lui firent soudain défaut.

— Merci.

Il ferma la portière et s'éloigna de la voiture.

V

RED REGARDA le jeune homme s'éloigner et se répéta pour la énième fois qu'il avait agi pour le mieux. La nuit dernière avait été extraordinaire, mais la magie s'était opérée à l'abri d'une obscurité rassurante. Terry ne l'avait pas vu dans la crudité de la lumière du jour et avait pu plus ou moins inconsciemment refuser une certaine réalité. Red savait que les choses seraient très différentes en pleine clarté. Malgré cette crainte, le jeune homme avait agi sur lui comme un feu dévorant qui avait consumé ses neurones et l'avait laissé dévasté. La porte du centre de loisirs se referma derrière le jeune sauveteur et Red resta planté là, à fixer d'un air absent le bâtiment. Il ignorait la raison qui le faisait s'attarder, mais il ne parvenait pas à mobiliser suffisamment de volonté pour quitter les lieux. Il avait l'absurde impression que son départ briserait le dernier lien qui empêchait les événements de la nuit de s'effilocher avant de s'évanouir définitivement. Bon, d'accord, il devait admettre avoir tout fait ce matin pour détruire cette intimité. Il aurait fallu qu'il soit complètement insensible pour ne pas percevoir la contrariété et la frustration qui avaient agité Terry lors du petit déjeuner, mais si tel avait été le cas, l'incident avec le café l'aurait éclairé sur ce point. Red se décida enfin à mettre le contact, mais ce ne fut pas pour prendre la route, il gara sa voiture et entra dans le centre.

— Je suis désolée, mais nous ne... commença la jeune fille qui se tenait derrière le comptoir d'accueil.

Elle se tourna pour lui faire face et nota d'abord son uniforme. Il sut l'instant précis où elle posa les yeux sur son visage. Ses lèvres formèrent un *O* parfait et muet.

— Je suis passé hier pour un incident qui a failli coûter la vie à un enfant et j'ai besoin de quelques informations supplémentaires pour compléter mon rapport.

— Bien sûr. Entrez et faites comme chez vous, parvint-elle à déclarer sans bégayer.

Elle cligna des yeux et se détourna, faisant ostensiblement semblant de ranger des papiers. Dommage pour elle que Red sache reconnaître une manœuvre d'évitement quand il en voyait une. Il décida cependant d'ignorer la réaction de la jeune réceptionniste.

— Merci, se contenta-t-il de répondre.

À sa grande surprise, elle se retourna et lui sourit.

— Vous en aurez pour longtemps ? Avez-vous besoin de l'aide du directeur ?

— Non. Je ne devrais en avoir que pour quelques minutes et il est inutile de le déranger. Mais je vous remercie de l'informer que je suis là.

Red traversa le hall et se dirigea vers la piscine proprement dite et s'apprêtait à en pousser la porte quand il aperçut quelqu'un qui nageait dans le premier couloir du bassin. Il sut instantanément qu'il s'agissait de Terry. Il resta derrière la porte et observa le jeune homme se mouvoir dans l'eau. Quand celui-ci parvint au bout du bassin et effectua son demi-tour, Red poussa la porte et entra silencieusement. En fait, il n'avait besoin d'aucun complément d'information, il avait obtenu tous les renseignements dont il avait besoin la veille. Il ne savait pas vraiment ce qu'il espérait trouver en venant ici, mais il n'avait plus aucun doute désormais : il voulait voir Terry.

Le jeune homme glissait dans l'eau telle la grâce personnifiée. Dire qu'il nageait comme un poisson ne rendrait pas justice à la fluidité de ses mouvements qui, tels des notes, s'enchaînaient en musique douce et hypnotique. Il fendait l'eau sans produire la moindre éclaboussure et presque sans la déplacer, comme si le liquide s'ouvrait tout simplement devant lui. Red s'appuya contre le mur et admira le jeune homme. Quand celui-ci atteignit à nouveau le bout de la piscine, il exécuta un demi-tour gracieux et s'élança pour une nouvelle longueur. Terry semblait en complète harmonie avec lui-même et donnait l'impression d'évoluer dans son élément naturel.

— Avez-vous trouvé ce que vous cherchiez ?

Le directeur – Steve, si ses souvenirs étaient exacts – venait de sortir des vestiaires et s'adressait à lui en murmurant.

— Oui, répondit Red tout aussi doucement. Je ne voulais pas le déranger.

— Je sais exactement ce que vous ressentez. Quand il s'est présenté il y a de ça quelques mois en disant qu'il cherchait du travail, il disposait de très bonnes références, mais j'ai su instantanément qu'il était exceptionnel dès que je l'ai vu nager.

Le directeur devait avoir une bonne trentaine d'années et, avec ses cheveux bruns coupés court, présentait une apparence à la fois distinguée et professionnelle.

— J'ai été entraîneur de natation pendant des années avant de diriger ce centre.

— Terry m'a appris qu'il s'était entraîné pour les Jeux Olympiques, mais qu'il avait dû s'interrompre pour… des raisons personnelles, expliqua Red sans entrer dans les détails, considérant que les raisons de cet abandon n'appartenaient qu'à Terry et qu'il lui revenait le droit de décider ou non de les communiquer.

— Je suis au courant de sa situation et de ses motivations. Il y a un mois, je lui ai offert de le coacher s'il souhaitait reprendre l'entraînement, mais il a décliné mon offre. J'ai vu passer pas mal de jeunes au cours de ma carrière d'entraîneur, et aucun d'entre eux n'avait une telle aisance naturelle dans l'eau.

— Pourquoi me dites-vous ça ? s'enquit Red.

— Parce qu'en tant qu'entraîneur, je remarque certaines choses, tout comme les policiers, répondit-il avec un sourire.

Puis, il le fixa droit dans les yeux et reprit :

— Et je vois bien la façon dont vous le regardez : pas besoin de sortir d'une grande école pour comprendre que vous tenez à lui.

Était-il si transparent ? Seigneur, il fallait qu'il rectifie ça rapidement. Il ne pouvait strictement rien se passer entre eux et toutes pensées différentes qui traverseraient son esprit ne seraient que le reflet d'espoirs insensés. Il devait s'efforcer à l'avenir de mieux camoufler ses émotions et ne pas les exposer à des regards indiscrets.

— Eh bien, il avait… Disons qu'il a eu besoin de mon aide, rien de plus, expliqua-t-il tout en s'efforçant de ne pas reporter les yeux sur Terry.

— Peut-être que si une autre personne en discutait avec lui, il envisagerait l'idée de reprendre l'entraînement. Les épreuves de sélection pour l'équipe nationale auront lieu l'année prochaine à Washington. Je pense qu'il devrait se lancer et s'y inscrire. Avec son talent et mon entraînement, il a de bonnes chances d'intégrer l'équipe. Bien sûr, il est un peu plus âgé que les autres nageurs, mais son âge lui confère l'expérience et la maturité émotionnelle nécessaires pour supporter la pression. Il possède d'ores et déjà la vitesse.

Steve s'interrompit pour jeter un coup d'œil à l'horloge.

— Il se contente de faire quelques longueurs, mais il nage quand même assez vite pour battre un record s'il s'agissait d'une course.

— Je ne vois pas ce que je peux faire, admit Red.

— Eh bien, pour commencer, vous pourriez lui parler, proposa Steve.

Red acquiesça d'un hochement de tête et Steve reporta son attention sur Terry. Le policier, qui ne voyait aucune raison légitime de s'attarder, se dirigea vers la porte. Sur son chemin vers la sortie, il passa à nouveau devant la jeune réceptionniste qui lui adressa un sourire. Quand il ouvrit la porte d'accès, il laissa entrer les personnes qui patientaient et il se tint à l'écart alors que ces dernières se précipitaient à l'intérieur. Red ne put s'empêcher d'admirer la détermination et l'impatience de ces sportifs matinaux.

Il remonta dans son pick-up et gagna le commissariat, où il s'assit à son bureau. Il vérifia ses messages téléphoniques et ses emails avant de contacter Carter, leur spécialiste en électronique, et ayant appris qu'il était disponible, il descendit en hâte au service informatique et scientifique.

— De quoi as-tu besoin ? questionna Carter sans lever les yeux de son ordinateur.

— Je dois partir bientôt en patrouille, mais je me demandais si tu pouvais te renseigner sur ce type, expliqua Red en tendant la page remplie des notes qu'il y avait inscrites ce matin. C'est assez personnel, mais j'ai l'intuition que les apparences sont trompeuses.

Carter persistait à ne pas lever les yeux et contemplait la feuille de papier.

— Ça ne devrait pas poser de problème. Je suppose que tu préfères que cette demande ne parvienne pas aux oreilles de notre hiérarchie ?

Carter donnait l'impression d'être tout juste sorti de l'école, mais il était l'une des personnes les plus douées que Red ait jamais eu l'occasion de rencontrer, et c'était peu dire. Il levait rarement les yeux de son écran et ses doigts étaient toujours en train de danser sur son clavier. Et, le plus important, il était capable de trouver tout et n'importe quoi, là où d'autres ne parvenaient à rien.

— Bien vu. Ce type harcèle un de mes amis qui ne veut pas porter plainte. Il a malgré tout accepté de me raconter ce qui se passait et je voudrais déterminer si ce type représente un danger quelconque ou s'il ne fait que brasser de l'air.

Bien que cette déclaration ne traduise pas l'exacte vérité, elle s'en approchait suffisamment pour être crédible, et Carter n'allait certainement pas chercher à en savoir davantage alors que Red avait tiré d'affaire son petit cul de surdoué quelques mois auparavant. Ils avaient tous les deux juré de garder l'histoire secrète : Carter s'était montré un peu trop zélé et s'était introduit dans des systèmes où il n'aurait jamais dû fourrer son nez. Red avait eu vent de l'affaire en lisant un rapport qui lui passait entre les mains et s'était débrouillé pour que cette « erreur » soit corrigée avant que Carter ne s'attire de réels ennuis.

— Tout ce que tu pourras récolter comme information sera bienvenu, conclut Red.

— Pas de problème, affirma le jeune informaticien.

Satisfait et confiant, Red le laissa à son ordinateur.

Il était ce matin affecté à la circulation. Il y avait apparemment eu des plaintes concernant des demi-tours interdits au carrefour, aussi allait-il se poster non loin de la zone incriminée afin de dissuader les éventuels contrevenants, ce qui n'était jamais qu'une autre façon de dire qu'il allait dresser tout un tas de contraventions. Les riverains s'en sortaient généralement avec un avertissement, mais les autres ne bénéficiaient pas d'une telle indulgence. Red conduisit sa voiture de patrouille vers l'une des grandes entrées du palais de justice et s'y gara en marche arrière. Cette matinée s'annonçait ennuyeuse au possible compte tenu du fait que, garé comme il l'était, les automobilistes ne pouvaient manquer de le voir et donc de faire plus attention. C'était sans doute le but recherché, mais cela impliquait qu'il aurait fort peu à faire.

Red s'installa confortablement dans son siège, moteur en marche, air conditionné à fond, et pointa son radar sur l'endroit précis où il estimait que l'efficacité de l'appareil serait optimale. Il arrivait parfois que, profitant du fait que le feu était vert et la circulation fluide, des gosses essaient de voir à quelle vitesse ils pouvaient traverser la ville au volant de leur voiture vrombissante. Pour l'heure, il se préparait à une succession d'heures monotones qui menaçaient de le faire mourir d'ennui, avec pour toute distraction le bruit de sa radio et le spectacle des voitures.

Il resta immobile des heures durant, hormis les mouvements destinés à dégourdir ses jambes et à soulager son dos. Tous les conducteurs semblaient décidés ce matin à respecter le code de la route. Soudain, il entendit l'appel réclamant du renfort et il y répondit sans prendre une seconde de réflexion. Il démarra, sirène hurlante et phares allumés, et se dirigea à toute vitesse à l'adresse signalée quelques blocs plus loin. Il se gara derrière le véhicule de l'agent de police Aaron Cloud dans une rue proprette sur laquelle s'alignait toute une rangée de maisons mitoyennes.

— La propriétaire de la maison nous a signalé un individu au comportement suspect dans le jardin de derrière. Elle est en ligne en ce moment avec le central, et apparemment, l'homme ne fait rien d'autre que tourner en rond, au sens propre. Elle n'arrête pas de crier que cet abruti est en train de saccager ses fleurs.

Aaron eut un sourire en faisant le point de la situation et Red hocha la tête. Ils frappèrent à la porte d'entrée, qui s'ouvrit immédiatement.

— Dieu merci, vous voilà ! s'exclama une vieille dame élégamment vêtue, son téléphone serré dans sa main. Il est là-bas.

Elle les précéda à travers la maison et en profita pour mettre fin à sa conversation téléphonique.

— Je l'ai aperçu qui déambulait et lui ai demandé de partir. Il m'a répondu par des gestes obscènes, si vous voyez ce que je veux dire, et a continué à vagabonder dans le jardin. Il est tombé par deux fois et quand il s'est approché de la maison, j'ai remarqué qu'il avait un regard exorbité et halluciné.

— Merci, Madame. Nous allons sortir et voir ce qui se passe. S'il vous plaît, restez à l'intérieur et verrouillez les portes, juste au cas où.

Red s'exprima sur un ton qui se voulait résolument rassurant et ouvrit la porte de derrière. Accompagné de son collègue, il sortit dans le jardin.

— Monsieur, vous savez que vous êtes dans une propriété privée et que vous n'avez rien à faire ici ? demanda Aaron en s'adressant au suspect.

L'homme se tenait près du garage, face au mur, dans une attitude qui laissait supposer qu'il avait l'intention de se soulager sans égard pour la pudeur du voisinage.

— C'est chez moi, ici, rétorqua-t-il.

— Non, c'est faux. Il s'agit de la maison de quelqu'un d'autre et vous n'avez rien à y faire. Maintenant, il faut quitter les lieux.

Aaron jeta un regard entendu à Red ; cette situation n'avait malheureusement rien de nouveau pour eux. Le suspect les ignora royalement et commença à uriner sur le coin du mur du garage. Les deux policiers se rapprochèrent, mais restèrent néanmoins à bonne distance jusqu'à ce qu'en ait terminé. Il n'y avait aucune raison de courir le moindre risque et les fluides corporels, quelque que soit leur nature, pouvaient se révéler dangereux.

— Bon, ça suffit maintenant ! Faites demi-tour et allongez-vous sur le sol, commanda Aaron.

Le suspect se retourna et s'immobilisa. Il avait les yeux grands comme des soucoupes.

— Il est chargé à bloc, constata Red. Appelle une ambulance. Le dernier mec que j'ai vu dans cet état n'a pas tenu jusqu'à l'hôpital.

Aaron passa l'appel radio tandis que Red avançait prudemment et lentement vers l'homme.

—Allongez-vous tout de suite et laissez-nous vous aider, recommanda Red, décidé dans un premier temps à tenter la manière douce.

Il posa les mains sur ses hanches et se redressa de toute sa taille dans l'espoir d'intimider l'homme désorienté. Les yeux du suspect s'écarquillèrent davantage et il consentit enfin à s'agenouiller, puis à s'allonger sur le ventre.

Red lui passa les menottes et le fit rouler sur le dos.

— J'ai besoin d'aide, se plaignit l'homme à terre.

— Je sais. Nous avons déjà appelé une ambulance. Restez calme et respirez aussi profondément que possible. Vous pouvez faire ça pour moi ?

L'homme hocha la tête.

— Dites-leur de se dépêcher, implora-t-il tandis qu'il pâlissait à vue d'œil et que sa respiration se faisait de plus en plus laborieuse.

C'est avec un immense soulagement que Red entendit résonner au loin les sirènes de l'ambulance.

— Reste avec lui, demanda-t-il à Aaron. Je vais guider les secours et leur expliquer ce qui est arrivé la dernière fois que nous avons eu affaire à un cas identique. Avec de la chance, nous parviendrons peut-être à sauver celui-là.

Il se redressa et courut vers la porte d'entrée.

L'ambulance venait juste d'atteindre le tournant quand Red y parvint à son tour. Il leur fit signe et les conduisit jusqu'à la maison. Les ambulanciers ne perdirent pas de temps pour ouvrir les portes de l'ambulance et saisir leurs kits de secours.

— J'ai déjà eu l'occasion de voir ça il n'y a pas si longtemps, expliqua Red tout en leur tenant le portail grand ouvert. C'est une overdose causée par une héroïne de très mauvaise qualité qui circule en ce moment dans la rue. Notre suspect était encore réactif il y a quelques minutes seulement, mais ça ne veut rien dire : l'état de la précédente victime s'est dégradé extrêmement rapidement.

— Nous avons été briefés à ce propos et nous avons mis en place un protocole de soins adéquat, répondit l'un des deux ambulanciers tandis qu'ils couraient tous vers le jardin.

Dès qu'ils furent sur place, les secouristes se penchèrent sur le corps étendu par terre et Red se mit à l'écart avec Aaron pour les observer durant leur intervention.

— Pouvez-vous nous dire votre nom ? s'enquit Griffiths, l'un des ambulanciers.

Red sortit aussitôt son carnet de notes afin d'y noter la moindre information qu'ils pourraient recueillir, mais il était difficile de comprendre quoi que ce soit. Le suspect devenait de moins en moins cohérent à chaque minute qui passait.

— Pouvez-vous me dire ce que vous avez pris, Fred ? demanda Griffiths, qui avait de toute évidence réussi à comprendre les mots murmurés par l'homme.

Pas de réponse.

— Fred, pouvez-vous me dire ce que vous avez pris ? répéta Griffiths.

— Hér... parvint à prononcer le suspect.

Puis, plus rien.

— Il réagit de la même façon que les autres victimes, affirma Griffiths.

Il commença à examiner les bras de l'homme désormais silencieux. Il travaillait efficacement, sans gestes inutiles, et passa un appel vers l'hôpital qui l'autorisa à pratiquer les soins qu'il envisageait. Red vit le deuxième ambulancier faire une injection au suspect et attendit d'en voir les effets. L'homme respirait avec de plus en plus de difficulté et son état ne parut pas s'améliorer. Cependant, au bout de quelques minutes, il parvint à reprendre des forces et sa respiration se fit plus régulière.

— Cette drogue est particulièrement puissante et elle est coupée avec des adjuvants dont les consommateurs ignorent tout et qui rend l'overdose très rapide, expliqua Griffiths.

— C'est le septième cas dont j'entends parler, précisa Red. La dernière victime que j'ai vue ne s'en est pas sortie.

— Eh bien, je crois que nous sommes arrivés juste à temps. Heureusement pour lui, vous avez agi très vite et vous saviez à quoi vous étiez confrontés.

Griffiths fit un signe aux autres ambulanciers et ceux-ci arrivèrent avec un brancard.

— Nous allons le transporter à l'hôpital afin qu'il soit pris en charge.

Aaron prit ensuite la direction des opérations dans la mesure où l'incident s'était produit dans son secteur. Il s'entretint avec la sécurité de l'hôpital tandis que Red allait parler à la propriétaire. Il lui expliqua les évènements.

— Allez-vous le mettre en prison ? demanda-t-elle d'un ton hautain.

— Oui, Madame, si vous décidez de porter plainte. Nous pouvons ajouter aux charges la possession de substances prohibées. Ce que nous pouvons cependant faire de mieux pour lui est de lui procurer toute l'aide qui lui sera nécessaire afin qu'il puisse s'en sortir.

— Je ne porterai pas plainte si ça permet de le garder en détention provisoire et de l'aider. Ensuite, j'aviserai.

Red eut un sourire discret tandis que la femme s'absorbait dans la contemplation d'un bibelot ornant le bord d'une fenêtre. Les gens ne savaient souvent pas où poser leurs yeux face à lui tant ils déployaient d'efforts pour ne pas avoir le regarder en face. Il haïssait la pensée qu'il passait sa vie à rendre la moitié de l'humanité mal à l'aise.

— Je comprends, Madame. Je m'assurerai qu'il comprenne que vous accepteriez de ne pas porter plainte à l'unique condition qu'il accepte de se soigner. Ça devrait constituer une motivation suffisante. J'ai déjà vu ça par le passé.

Red savait en effet que certains drogués étaient prêts à troquer une incarcération contre une cure de désintoxication. Le spectre de la prison pouvait constituer dans certains cas une excellente motivation.

— Je l'espère en tout cas. Et s'il devait être condamné à des travaux d'intérêt général, vous pourrez me l'envoyer pour qu'il répare mon jardin.

Red se rendit compte qu'elle était terriblement sérieuse et se garda de lui dire que cette perspective était hautement improbable.

— Madame, je jardine à mes heures perdues moi aussi. Je vous laisse mon numéro de téléphone et je serais très heureux de vous aider en cas de besoin.

Elle leva les yeux du vase bleu qu'elle fixait depuis un moment, le saisit d'une main absente et le reposa tout doucement sur le bord de la fenêtre.

— C'est la chose la plus gentille qu'on m'ait proposée depuis des années.

Elle fit quelques pas en avant et lui tapota doucement l'épaule.

— Mais ce ne sera pas nécessaire. J'ai parlé sous le coup de la colère et je n'aurais pas dû m'en prendre à vous.

Son sourire devint radieux.

— Je présume que ça vous arrive souvent… commença-t-elle avant de s'interrompre, bouche bée.

Elle eut un hoquet et se mit à bégayer :

— Oh mon Dieu ! Je ne voulais pas dire…

— Ce n'est rien. Je suis conscient d'être imposant et pas très agréable à regarder.

Elle devint encore plus rouge que les coquelicots qui fleurissaient dans son jardin.

— Peut-être bien, mais cela n'excuse rien. Vous êtes très généreux, fit-elle remarquer. Vous venez de me rappeler que nous gagnerions tous, moi incluse, à voir au-delà des apparences.

Elle se dirigea vers la table du salon pour prendre son portefeuille dans son sac à main.

— Je possède un salon de beauté en ville, et n'y voyez surtout rien de mal, mais je crois que je pourrais vous apporter mon aide si vous me faisiez confiance.

— Quand vous parlez de m'aider, vous pensez à du maquillage ? demanda Red tout en touchant du bout des doigts les cicatrices qui déformaient sa joue.

— Non, répliqua-t-elle en riant. Mais une coupe de cheveux différente pourrait atténuer certaines des cicatrices les plus visibles. Et laissez-moi vous donner un conseil : faites-vous pousser la barbe.

Elle examina de plus près ses joues et continua à lui prodiguer ses conseils :

— Votre barbe poussera partout à l'exception de l'endroit des cicatrices, mais avec le temps, même ces parties seront recouvertes. Si vous prenez rendez-vous, je vous montrerai comment la garder nette et bien coupée. Elle aurait l'avantage de couvrir l'essentiel des marques.

Red en resta stupéfait et se mit à sourire. La plupart des gens se détournait et jamais personne ne lui avait offert le moindre conseil.

— Je vous contacterai, promit-il.

En raison du bon millier de préoccupations qui tournait dans sa tête, il avait oublié de se raser ce matin, et cette omission l'avait mis mal à l'aise toute la matinée, mais il ne pouvait que s'en féliciter à cet instant précis.

— Voici ma carte. Appelez-moi, s'il vous plaît. Bon, maintenant, je suis sûre que vous avez besoin d'un certain nombre d'informations et je dois moi aussi me dépêcher si je veux être à l'heure au travail.

— Bien, Madame, répondit-il.

Il recueillit tous les renseignements pertinents pour son rapport, puis il rejoignit Aaron devant le portail, où ils firent un point de la situation.

— Je vais à l'hôpital pour voir comment se porte notre suspect et m'assurer qu'il a bien été installé dans l'aile sécurisée, lui annonça son collègue.

Il le remercia pour son assistance avant de regagner sa voiture. Red suivit son exemple et reprit son poste d'observation au carrefour. Il récupéra son ordinateur de bord afin de rédiger son rapport avant la fin de son service. Il abandonna sa surveillance juste le temps nécessaire de déjeuner et à l'occasion des quelques demandes d'intervention auxquelles il répondit dans l'après-midi. Quand son service arriva enfin à son terme, il regagna le commissariat et transmit tous ses rapports.

Avant de partir, il descendit voir Carter, toujours en train de taper sur son clavier.

— Je n'ai encore rien pour toi, mais j'aurai des infos demain, l'informa-t-il sans lever les yeux une seconde.

Red se demanda comment il faisait pour connaître chaque fois l'identité de son interlocuteur sans même se donner la peine de lever la tête.

— Merci. J'apprécie ton aide, assura-t-il au jeune informaticien.

— De rien. Tout ce que j'ai collecté jusqu'à présent ne sort pas de la stricte légalité. Tout est exactement comme on doit s'y attendre, ce qui signifie simplement que je dois creuser plus profond. Tout est trop parfait concernant ce type, car personne ne peut l'être à ce point en réalité. Ne t'inquiète pas, mon bébé et moi adorons fouiner partout.

Red lui renouvela ses remerciements avant de l'abandonner à ses travaux. Il quitta l'immeuble et conduisit jusqu'au centre de loisirs. Il n'était pas sûr d'y trouver Terry, mais quand il se renseigna à l'accueil, il apprit que le jeune homme était toujours là.

Le policier se dirigea vers la piscine. Terry se trouvait tout seul dans l'eau, faisant de nouveau des longueurs, à croire qu'il n'avait fait que cela de sa journée. Red reprit son poste d'observation et admira la vue.

— Salut, dit-il à Terry quand celui-ci émergea pour reprendre son souffle à la fin d'une longueur.

— Salut, lui répondit le jeune sauveteur tout en sortant du bassin.

Red observa les gouttelettes d'eau qui glissaient sur le dos du jeune homme et dut retenir le gémissement qui menaçait de sortir de sa bouche. Terry était vraiment magnifique, avec son maillot de bain rouge qui moulait son corps mince et élancé comme une seconde peau. Son bon mètre quatre-vingt le faisait apparaître plutôt mince, mais selon Red, il était l'incarnation vivante de la perfection masculine.

— Tu sais, tu peux tout simplement me ramener à ma voiture et je rentrerai ensuite tout seul chez moi. Si jamais James se montre, je saurai me débrouiller, suggéra Terry avant que Red puisse dire un mot.

— Non, rétorqua doucement Red en passant ses doigts dans ses cheveux. En tout cas, pas avant que la personne que j'ai chargée de vérifier les antécédents de James me fasse part de ses découvertes. Je ne veux pas que tu prennes le moindre risque. Est-ce que tu veux nager encore un peu ? Pendant ce temps, j'en profiterai pour aller voir ma tante. Je ferai vite, alors s'il te plaît, attends-moi et nous rentrerons ensemble. Je te promets que ce qui s'est passé la nuit dernière ne se reproduira pas.

— Dans une heure ? proposa Terry après quelques secondes de réflexion.

Red considéra la question comme un accord implicite.

— Parfait. Je n'en aurai pas pour longtemps : je veux vérifier qu'elle n'a besoin de rien. À tout à l'heure.

Il quitta le bâtiment d'une démarche rapide et décidée, et regagna sa voiture. Peu de temps après avoir pris la route, il se gara devant la maison et utilisa sa clé pour y pénétrer. Il trouva sa tante dans son salon où elle regardait la télévision, le repas que Terry lui avait livré la veille disposé sur le plateau qu'elle tenait sur ses genoux.

— Comment s'est passée ta journée ? demanda-t-elle. Et ton ami allait-il bien la nuit dernière ?

Red remarqua qu'elle regardait vers la porte d'entrée et il présuma qu'elle s'attendait sans doute à voir Terry l'accompagner.

— En fait, non, il n'allait pas très bien. Il se trouvait dans une situation délicate quand je suis arrivé. Comme je voulais qu'il soit en sécurité, j'ai insisté pour qu'il passe la nuit chez moi.

Sa tante le dévisagea intensément l'espace d'un long moment.

— Et il s'est produit quelque chose de plus complexe que le simple fait de partager un lit avec lui, n'est-ce pas ?

Elle soutint son regard jusqu'à ce que Red se détourne, incapable de lui faire face plus longtemps.

— Comment le sais-tu ? s'étonna-t-il dans un murmure.

— Je te pratique depuis ton accident et je te connais sans doute bien mieux que tu ne te connais toi-même.

Elle piqua du bout de sa fourchette un morceau de gratin dauphinois.

— Alors, que fais-tu ici, avec l'air de quelqu'un à qui on a marché sur les pieds en le faisant exprès, au lieu d'être avec lui ? voulut-elle savoir.

—C'est que… En fait, les choses ne se sont pas très bien passées ce matin.

— Qu'est-ce que tu as fait ? s'enquit-elle d'une voix indulgente, teintée malgré tout d'une petite pointe de réprobation.

— Rien du tout. C'est juste que…

— C'est un mauvais coup au lit ?

Red s'étouffa presque à cette question pour le moins directe.

— Oh, s'il te plaît ! Tu crois que j'ignore ce que prendre son pied veut dire parce que je suis restée célibataire toute ma vie ? Je ne suis pas née de la dernière pluie. Il se trouve que les hommes insignifiants parmi lesquels je devais choisir n'ont jamais répondu à mes critères de sélection. J'étais trop exigeante et je refusais la médiocrité. Mais ce n'est pas ce qui m'a empêchée de faire passer des auditions pour le rôle du premier rôle masculin dans le film de ma vie.

Red en resta bouche bée.

— Alors ? insista-t-elle.

— Je ne me sens pas très à l'aise à l'idée de parler de ça, objecta Red.

— Donc, c'est un mauvais coup.

— Mais non, pas du tout ! Bien au contraire même.

— Alors, quel est le problème ? persévéra-t-elle tout en agitant sa fourchette dans l'air.

Red finit par s'asseoir.

— Tu veux vraiment que nous ayons cette conversation ?

— Oui, je le veux et toi, tu en as besoin. Depuis ton accident, tu n'as pas cessé de repousser tous ceux qui tentaient de t'approcher – et avec raison pour certains qui n'étaient rien d'autre que des abrutis. Mais tu as également mis ceux qui en auraient valu la peine dans le même panier sans même te donner la peine d'aller chercher plus loin. Le temps est venu pour toi de t'ouvrir aux autres. Et laisse-moi te dire une dernière chose : quand le destin place dans ton lit un partenaire capable de mettre le feu à tes draps, tu ne lui tournes surtout pas le dos. Ça arrive bien trop rarement dans une existence.

Elle s'interrompit et, le regard perdu dans le lointain, elle parut remonter en pensée le fil de sa vie en un temps où ce miracle lui avait été offert.

— Je l'ai laissé partir et j'ai passé le reste de ma vie rongée par les regrets. Et pourquoi ? Parce qu'il n'était pas le plus beau des hommes et que j'ai cru que je pouvais trouver mieux.

Elle agita sa fourchette de plus belle.

— Pour conclure, sache que j'ai embrassé pas mal de crapauds – et pas des plus laids – avant de réaliser l'énorme erreur que j'avais commise, mais à ce moment-là, il était trop tard.

— Je suis d'accord avec toi sur le fond et c'est ainsi que j'ai vécu la nuit que nous avons passée ensemble. Malheureusement, la lumière du jour est venue jeter une ombre au tableau.

— Laisse-moi deviner : tu as fait marche arrière et il n'a pas apprécié.

Red confirma d'un hochement de tête.

— Il n'a probablement rien compris à ta réaction ou alors il a cru que tu n'étais pas réellement intéressé et qu'il n'avait été que le coup d'un soir. Est-ce que tu y as seulement songé ? Non, bien sûr que non ! Tu es un homme et pas des plus perspicaces pour autant que je puisse en juger, même si tu es certain du contraire. Tu passes à côté des choses importantes… Ou alors ce sont elles qui te passent très largement au-dessus de la tête !

Elle illustra sa dernière déclaration et passant la main au-dessus-de son crâne.

— OK. Alors, quels sont tes conseils ?

Elle leva les yeux au ciel.

— Parle-lui, idiot. Demande-lui ce que cette nuit a représenté pour lui. Il peut en effet ne pas t'apprécier ou ne pas être capable de dépasser tes cicatrices. Mais et si tu te trompais ? Et si la nuit dernière avait été pour lui aussi extraordinaire que pour toi ? Et s'il était capable de voir au-delà des apparences pour percer à jour l'homme que tu es vraiment ? Prendras-tu le risque de le laisser te filer entre les doigts ?

Elle plissa les yeux pendant quelques secondes et tendit sa main vers lui.

— Tu t'es tellement convaincu que personne ne serait jamais capable de passer outre ton aspect extérieur que tu n'as laissé personne essayer.

— Mais après tout ce que j'ai vécu… balbutia-t-il.

— Je sais. Mais les enfants sont cruels. À l'école, tout n'est qu'une question d'apparence, c'est comme ça. Tu as des amis dans la police, non ? Ils se fichent de l'air que tu as. Tout ce qui les intéresse, c'est la façon dont tu fais ton travail et ta capacité à assurer leurs arrières en cas de besoin.

Elle se pencha légèrement et lui sourit tendrement.

— Est-ce que tu réalises que c'est exactement ce à quoi s'attend un petit ami ou un amant ? Il voudra savoir si tu seras un compagnon attentionné, si tu t'occuperas de lui, si tu l'aimeras, si tu l'écouteras. En d'autres termes, il s'intéresse à la façon dont tu assureras ton job de petit ami et oui, il voudra aussi savoir si tu surveilleras ses arrières en cas de besoin. Tu sais au fond de toi comment répondre à toutes ces attentes, alors laisse-toi aller. Et arrête d'écouter cette petite voix intérieure qui ne cesse de te seriner que tu n'es pas assez bien. Parce que c'est complètement faux.

— J'aimerais que les choses soient aussi faciles, répondit Red doucement.

Seigneur, comme il aimerait qu'elles le soient ! Plus que tout au monde.

— Tout ce qui en vaut la peine est difficile, tu en es conscient. Tu dois te battre pour obtenir ce que tu souhaites. Si tu aimes Terry autant que je le pense, alors tu te battras pour lui. Je suis désolée, pour un tas de choses. Mais surtout pour ne pas avoir eu les moyens financiers et les connaissances pour faire tout ce qu'il aurait fallu faire pour toi.

Des larmes perlèrent à ses paupières.

— Hé, arrête. Tu as fait tout ce qui était en ton pouvoir, protesta Red en lui prenant la main.

Il savait qu'elle avait eu peu de moyens à l'époque, et qu'une fois passées les interventions des avocats, des compagnies d'assurance et Dieu seul savait qui d'autre, l'argent avait essentiellement été consacré aux soins et aux traitements de base.

Il serra brièvement sa main et se rendit compte avec effarement à ce contact que sa tante devenait de plus en plus frêle et fragile à mesure que le temps passait.

— As-tu besoin de quoi que ce soit ?

— Non, tout va bien. Va retrouver ce charmant jeune homme et suis mes conseils, ordonna-t-elle avant de se tourner vers la télévision.

— Bien, Madame, rétorqua-t-il, soulagé quand il l'entendit rire doucement. Je passerai te voir demain.

— Mon dîner sera livré, alors pas la peine d'apporter de quoi manger.

— C'est noté. Prépare une liste de choses dont tu as besoin et j'irai à l'épicerie faire les courses.

Il se pencha vers elle et déposa un baiser sur sa joue avant de se diriger vers la porte. Toute son attention s'était déjà reportée sur la télévision et il quitta la pièce doucement, s'assurant de bien fermer la porte derrière lui. Il se dirigea vers son pick-up avec les mots de Tante Margie résonnant dans sa tête. Il se demanda quoi faire de tous les conseils que la vieille dame lui avait prodigués.

Arrivé à la portière de son véhicule, il stoppa net. Mais à quoi rimaient toutes ces tergiversations ? Il était confronté quotidiennement à des criminels, parfois même à des hommes armés. Il courait un danger chaque fois qu'il se rendait à son travail, mais il s'accrochait. Et voilà qu'il éludait ses sentiments envers Terry et fuyait les événements de la nuit dernière. Pas étonnant qu'il se sente aussi mal !

Red ouvrit brutalement la portière de sa voiture et sauta à l'intérieur. Il démarra, et dès que la circulation le permit, il se dirigea le plus rapidement possible vers le centre sportif. Il se gara, courut à l'intérieur du bâtiment et se renseigna à la réception pour savoir où se trouvait Terry.

— Il est parti il y a quelques minutes, l'informa la femme derrière le comptoir.

— Était-il seul ? questionna Red, saisi par une brusque angoisse.

— Je suis désolée, mais je n'ai pas fait attention, s'excusa la réceptionniste avant de répondre au téléphone qui s'était mis à sonner entretemps.

Red se rua hors de l'immeuble, sauta dans sa voiture et conduisit en frôlant de très près les limitations de vitesse vers l'endroit où il savait que la Mustang de Terry était garée. Bingo ! Cet idiot n'en avait fait qu'à sa tête et avait décidé de rentrer sans l'attendre.

— Mais qu'est-ce que tu fabriques ? l'apostropha Red quand il fut garé à hauteur de la portière du véhicule du jeune homme. Tu as failli me faire mourir de peur !

Il descendit de son pick-up en même temps que Terry ouvrait sa portière pour monter dans le sien.

— Je m'apprêtais à rentrer à l'appartement, expliqua Terry. James m'a appelé pour me présenter ses excuses pour la façon dont il s'est comporté la dernière fois.

— Ben voyons ! marmonna Red tandis que son cœur battait la chamade. Et c'est pour ça que tu allais exactement là où il savait pertinemment où te trouver.

Terry s'adossa contre sa voiture.

— Je ne veux pas te déranger plus longtemps, et en plus, tu as été très clair à propos de… euh… à propos de la nuit dernière. Il est donc préférable que je rentre chez moi et que je réfléchisse à la suite des événements. Tu n'as plus à t'inquiéter, tu n'es pas responsable de moi et tu as rempli ton devoir.

Red fonça sur lui.

— Si tu crois une seconde que la nuit dernière ne constituait qu'un… *devoir*… La nuit dernière était…

Les mots lui manquaient pour exprimer ce qu'il ressentait. Merde. Il essayait désespérément d'ordonner ses pensées en phrases cohérentes, mais les émotions se bousculaient en lui et il n'arrivait pas à mettre de l'ordre dans sa tête.

— Laisse tomber ! clama-t-il à bout de patience.

Et il attira Terry à lui et l'embrassa à perdre haleine. Son cœur faillit s'arrêter au premier contact de leur bouche. Besoin, désir, souffrance, chagrin, concupiscence, insécurité, un appel à l'indulgence et à la compréhension… Ce baiser exprimait pêle-mêle tous ces sentiments, à la fois espérés et craints. Terry lui résista un peu avant de se laisser aller contre lui. Red l'entoura de ses bras puissants sans cesser de l'embrasser. Puis il se recula et jeta un coup d'œil aux alentours en espérant que personne n'avait surpris cet échange passionné.

— Pourquoi as-tu arrêté ? balbutia Terry avec un air égaré.

— Parce que je porte mon uniforme et que je doute que le fait d'être surpris en train de t'embrasser comme un obsédé au beau milieu d'un parking public soit une bonne idée.

Red baissa les yeux vers la partie basse de son anatomie.

— Sans compter que je devrais sans doute procéder à ma propre arrestation pour conduite indécente sur la voie publique.

Terry suivit son regard et se mit à rire.

— OK, tu marques un point, concéda-t-il en reculant d'un pas.

Il se rapprocha ainsi de sa voiture, dont il ferma la portière.

— Ça ne pose pas de problème si je laisse la voiture garée ici ?

— Non, aucun. J'ai fait le nécessaire avec le poste de police et personne ne viendra y coller une contravention ou demander son enlèvement, répondit Red tout en prenant Terry par la main pour le conduire vers son pick-up.

Il ne le lâcha que lorsque que le jeune homme atteignit le côté passager. Il fut tenté de l'installer lui-même dans son siège, mais il réussit à juguler ses instincts surprotecteurs, déterminé cependant à ne pas laisser l'objet de sa convoitise s'éloigner de lui plus que nécessaire.

Une fois Terry assis, Red monta à son tour en voiture, décidé à couvrir la distance qui le séparait de chez lui en un temps record. Son corps frémissait d'excitation et une seule pensée l'obnubilait : être seul avec Terry. Il parvint au prix d'un immense effort à recouvrer un certain sang-froid et ce fut animé d'une nouvelle résolution qu'il traversa la ville pour s'arrêter devant le Hanover Grill.

— Qu'est-ce qu'on fait ici ? Après ce baiser, je croyais... commença Terry.

— Je sais. J'ai pensé la même chose. Mais ce n'est pas la bonne façon de procéder. Je sais que cet endroit n'a rien de vraiment spécial. Pour moi, c'est un endroit comme un autre, mais j'ai décidé de t'emmener dîner. Après, nous pourrions prendre une bière et discuter un peu.

— Tu veux dire, faire comme si nous avions un rendez-vous ? s'étonna Terry.

Red se massa nerveusement la nuque avant de répondre.

— Oui, comme dans un rendez-vous. Je sais que ça n'a rien de très sophistiqué, mais je...

Seigneur, comment faire comprendre une émotion à laquelle aucun mot ne pouvait rendre justice ? Autant il ne nourrissait aucune inquiétude quant à sa capacité à agir correctement dans un lit, autant s'exprimer s'avérait pour lui un exercice de haute-voltige. Le fait que se faire comprendre dans son milieu professionnel se résumait essentiellement à donner des ordres ne l'aidait pas : commander et s'exprimer étaient deux choses bien différentes. Or, en cet instant et avec cet homme, l'autoritarisme ne lui apporterait rien de bon.

— J'ai envie d'essayer de rendre les choses entre nous... spéciales, parvint-il à dire tout en se sentant ramené des années en arrière, à l'époque de son adolescence. Je veux que tu saches que la nuit dernière a représenté pour moi plus qu'une partie de jambes en l'air.

Voilà, c'était dit. Enfin, une petite partie du moins.

— Ce n'est pas l'impression que tu m'as donnée ce matin, riposta Terry.

— J'en suis conscient.

Pourquoi les choses sont-elles si difficiles ? pesta Red en son for intérieur.

— Je suis vraiment désolé. Je n'avais aucune intention de te mettre mal à l'aise. J'étais... Cette nuit a été vraiment sensationnelle. C'est ainsi que je l'ai vécue et j'espère que toi aussi.

Terry se pencha à travers son siège afin de pouvoir lui toucher la joue et tracer du bout des doigts la barbe naissance qui ombrait les joues du policier.

— Tu as oublié de te raser, fit-il remarquer dans un murmure.

Red sut que Terry utilisait ce moyen détourné pour lui signifier qu'il comprenait. Il pouvait sentir cette acceptation dans la caresse que lui prodiguait la main du jeune homme, acceptation qui s'étendait également aux cicatrices qui le défiguraient.

— Je pense me laisser pousser la barbe, annonça-t-il.

Terry lui sourit.

— J'aime cette idée. Mais tu n'as pas à te cacher pour moi.

Red déglutit péniblement et poussa un profond soupir.

— Je sais. Mais mon but est purement égoïste.

— Tu sais, être à son avantage et se sentir bien dans sa peau vont de pair. Et si ton apparence physique te satisfait, tu connaitras un nouveau bien-être. Donc, en fin de compte, je pense qu'une barbe t'ira très bien, et si en plus elle a pour effet de te donner le sourire, c'est tout bénéfice. Parce que tu es éblouissant quand tu souris.

Red nourrissait quelques doutes à ce propos et ils durent transparaitre dans son attitude, car Terry se mit soudain à rire.

— Crois-moi sur parole. Je suis un expert en superficialité et je pourrais donner des cours sur l'importance de l'apparence physique dans notre société.

Red leva les yeux au ciel et se mit à rire à son tour. Comme c'était agréable !

— Tu vois. Tu te sens déjà mieux, s'exclama Terry. Et si tu es sérieux concernant ton désir d'améliorer ton look, je pourrais te conseiller un certain nombre de stratagèmes pour y parvenir.

— Comme recourir au maquillage. Quelqu'un me l'a conseillé une fois, répondit Red tout en essayant de ne pas paraître renfrogné. Je me suis même laissé maquiller et j'avais l'air d'un clown au final.

— Non, je ne pensais pas au maquillage.

Terry se redressa sur son siège et ouvrit sa portière.

— Et si je t'en disais plus au cours du dîner ? Je meurs de faim et toi aussi probablement.

Il sortit du pick-up, imité par Red. Ils entrèrent dans le restaurant où la serveuse les installa. Red attendit que Terry soit assis pour prendre place en face de lui. Ils commandèrent chacun une bière que la serveuse s'empressa d'aller chercher après leur avoir remis un menu.

— Bon, allons-y, attaqua Terry. Pour commencer, si tu souhaites améliorer ta dentition, tu as la possibilité de porter un appareil dentaire. Il en existe des modèles pratiquement invisibles qui permettent de redresser très rapidement les dents. Je sais de quoi je parle, parce que j'en ai porté un il y a quelques années.

Terry sourit de toutes ses dents pour faire admirer le résultat et haussa les épaules.

— Le changement d'appareil est un peu douloureux, mais une fois terminé le processus, tu arboreras un sourire parfaitement droit. Comme tu as les dents très blanches, le résultat sera fabuleux. Ensuite, si tu veux consulter un chirurgien esthétique pour les cicatrices…

La serveuse arriva avec leurs bières et Terry se désaltéra avant de poursuivre.

— Tu dois savoir que tout le monde porte des cicatrices. Certaines sont simplement moins visibles que les tiennes.

— Comment quelqu'un d'aussi superficiel peut-il être capable de tant de profondeur ? plaisanta Red.

— Chacun d'entre nous possède une once de superficialité sur certains sujets. Tu avais raison hier : un choix s'offre à moi et j'ai l'opportunité de changer. Je suis conscient que ma vision du monde n'a pas encore évolué, mais après cette histoire avec James, je dois m'obliger à réfléchir davantage.

Il poussa un soupir et but une nouvelle gorgée de sa bière.

— Je ne vais pas te mentir : j'adorerais que tu ne portes aucune cicatrice. Je suis convaincu que tu serais magnifique sans elles. Je le dis en toute honnêteté. Mais est-ce que ça veut dire que je te trouve laid ? Absolument pas !

Red n'était pas très sûr de savoir si Terry était complètement sincère, mais il avait une folle envie de le croire. Le jeune homme soutenait son regard comme jamais il ne l'avait auparavant, et Red fut soudain effrayé par la force de l'espoir qu'il sentait naître en lui.

— Comment peux-tu dire des choses pareilles, toi qui es le plus bel homme qu'il m'ait été donné de rencontrer. Je t'ai suivi au centre sportif ce matin et je t'ai observé pendant que tu nageais. Je n'arrivais pas à te quitter des yeux, pas même une seconde. Et avant de quitter la chambre ce matin, je t'ai regardé dormir et je me suis demandé une nouvelle fois ce que tu pouvais bien me trouver.

Red fut interrompu par le retour de la serveuse, ce dont il se félicita quand il se rendit compte que l'homme mûr qu'il était censé être avait laissé la place à un adolescent geignard en pleine crise existentielle. La jeune femme prit leurs commandes et s'en retourna non sans avoir réussi l'exploit de leur adresser un sourire sans jeter un seul regard à Red.

— Tu vois ? Les gens ne me regardent jamais. Ils préfèrent de loin détourner les yeux.

— C'est parce que tu es vachement grand et que tu ne souris pas. La pensée que tes cicatrices ne sont pas la raison pour laquelle les gens ne te regardent pas ne t'a donc jamais effleuré l'esprit ? Ou alors qu'ils soient refroidis par ton air perpétuellement renfrogné ? Fais-moi confiance quand je t'affirme que tu deviens beaucoup plus abordable quand tu te mets à sourire.

Terry se pencha par-dessus la table.

— Mais écoute bien : c'est dans la chaleur de la passion que tu es vraiment le plus magnifique. Tes yeux brillent et ta peau devient brûlante. Tu es saisissant, et oui, tu es beau.

Red eut un hoquet de surprise et se figea, stupéfait.

— Quoi ? Tu pensais qu'il faisait si sombre dans la chambre que je ne pouvais pas te voir ? Que je m'imaginais dans les bras d'un autre ? Je savais parfaitement avec qui je me trouvais et tu devrais te souvenir qu'il existe bien des manières de *voir* sans avoir recours à ses yeux. Cette nuit, je t'ai vu avec mes mains, avec ma bouche et avec ma peau.

Le regard de Terry devint incandescent à cette évocation.

— Je sais que tu as une cicatrice sur le torse parce que je l'ai sentie, tout comme je peux situer celles qui sont sur tes bras parce qu'ils m'ont tenu. Elles ne signifient rien pour moi et je ne les prends en compte que parce qu'elles font partie de toi.

— Je ne comprends pas, s'étonna le policier.

Terry sourit, scruta la salle et se pencha à nouveau.

— J'admets bien volontiers que je suis superficiel. Mais ce trait de caractère ne me définit pas à lui tout seul. Regarde le mec assis à la table là-bas, intima-t-il en indiquant d'un mouvement de la tête un homme assis dans un coin du restaurant. Voici ce que je vois : il a besoin de toute urgence d'une bonne coupe de cheveux et ses vêtements sont sans doute choisis par sa mère, qui le considère toujours comme un petit garçon et est persuadée qu'il est incapable de le faire par lui-même. Ce serait si facile de me moquer de lui.

Red comprenait très bien le sens des paroles de Terry, car il avait lui aussi remarqué l'homme en question et noté son étrange apparence.

— Mais en fait, il ne s'agit que de choses concrètes qu'il lui serait tout à fait possible de modifier et qui lui permettrait de ne plus outrager le sens de l'esthétique de toutes les personnes ici présentes. Pour être franc, son pantalon constitue un véritable cri de détresse du style « au secours, délivrez-moi de ce déguisement ridicule de golfeur », et je crois personnellement que le magasin où il a acheté cette chemise à carreaux mériterait d'être brulé de fond en comble.

Terry eut un nouveau sourire et secoua doucement la tête.

— Mais jamais je ne m'abaisserai à moquer de la façon dont ses mains tremblent quand elles tiennent son verre car il ne peut rien y faire. Je ne suis pas si cruel ni si mesquin. J'avoue aimer les belles fringues et paraître à mon avantage. Est-ce si mal de désirer une belle vie, entouré de belles choses ?

— Et moi, je vois que tu n'es pas aussi vain que tu le laisses supposer, constata Red.

— La plupart de ceux qui sont accusés d'être superficiels ne le sont pas autant qu'on pourrait le penser. La plupart du temps, il ne s'agit que d'un camouflage, d'une armure pour maintenir les autres à distance. Nous, les superficiels, possédons des boucliers pour nous protéger de la cruauté du monde. Tu pourrais supposer que le fait de n'avoir jamais été blessé comme tu l'as été m'a immunisé contre la souffrance. Et tu aurais tort. J'ai beau avoir eu et avoir des parents aimants, ils n'ont pas pu me protéger des moqueries et de la méchanceté des autres enfants.

— Toi ?

Terry confirma d'un hochement de tête.

La serveuse arriva avec leurs plats et les plaça devant chacun d'eux.

— Puis-je vous apporter autre chose ? demanda-t-elle.

Red leva la tête et lui sourit.

— Non, merci beaucoup.

À sa grande surprise, elle lui retourna son sourire avant de s'éloigner. Red savoura du regard son hamburger, préparé exactement comme il l'aimait, nappé de mayonnaise et de morceaux de tomates. Il s'en saisit et avala une bouchée avec délectation.

Terry mordilla ses frites tout en l'observant.

— La révélation de mon homosexualité n'est pas venue de moi. Elle a été dévoilée alors que j'étais au lycée. J'avais pris conscience à cette époque que j'étais gay, et il y avait ce garçon avec lequel j'ai fait l'idiot, rien de vraiment sérieux, juste des tripotages d'adolescents. Mais il l'a raconté à l'un de ses amis, et peu de temps après, toute l'école était au courant. Lui n'a pas eu à faire face aux conséquences : il jouissait d'une grande popularité et a échappé à toute publicité. J'avais quant à moi une cible accrochée dans le dos. Donc, pour me protéger, je me suis réfugié derrière le sarcasme et me suis conduit comme les autres s'y attendaient : j'ai été la tantouze la plus garce de toute l'histoire de mon lycée.

Terry avala la moitié d'une frite et reposa l'autre dans son assiette.

— Et comment cette stratégie a-t-elle fonctionné ?

—. Certains de mes camarades trouvaient que j'étais cool, tout spécialement les filles. Les garçons me prenaient pour un monstre et ne rataient pas une occasion de me prouver leur dégoût chaque fois qu'ils pensaient pouvoir s'en sortir sans accro. Pendant ce temps, j'apportais un soin extrême à mes vêtements et je mettais un point d'honneur à me moquer de leur apparence ou de ce qui paraissait un défaut à mes yeux. Il n'a pas fallu longtemps pour que je devienne aussi prétentieux qu'eux, et au fil du temps, je suis devenu de plus en plus insensible. Je n'y voyais aucun inconvénient, car ça impliquait qu'il ne restait plus rien à blesser. J'ai enfoui toutes mes émotions, caché toute ma souffrance au plus profond de moi, et j'ai mis dans la natation toutes mes forces et toute ma détermination. Nager était une activité pour laquelle je me savais doué et qui me procurait un exutoire, même quand je devais m'exhiber dans un maillot de bain rose.

Terry eut un sourire malicieux à l'évocation de ce souvenir si particulier.

— Un maillot de bain rose ? Tu n'osais tout de même pas ? s'écria Red.

— Rose fuchsia. Je n'avais aucune chance de passer inaperçu ! Mais je gagnais aussi. Au début, l'entraîneur ne savait pas quoi faire de moi, mais tout a changé quand j'ai commencé à gagner. À partir de ce moment, le fait que je porte un bikini de femme lui a été égal. Je me sentais chez moi dans l'eau de la piscine. Et c'est toujours le cas à l'heure actuelle.

— C'est ce que j'ai pu constater. Ton directeur m'a vu ce matin et nous avons un peu bavardé. Il m'a appris qu'il avait été entraîneur avant de prendre la direction du centre. Tu l'as énormément impressionné et il affirme que tu es très doué et que tu devrais essayer d'intégrer l'équipe américaine de natation.

— Je suis trop vieux pour ça, et en plus, je ne surveille plus suffisamment mon alimentation. Je ne peux pas revenir en arrière et je....

— Conneries ! rétorqua Red tout bas. Tu peux faire exactement tout ce que tu veux, surtout ce que tu aimes. Je ne suis pas James et je ne suis aussi égoïste que lui. Je peux l'être, mais pas pour ça. Je m'assiérai au bord de la piscine pour rédiger mes rapports si cela veut dire qu'il me suffit de

91

lever les yeux pour t'admirer évoluer dans l'eau, avec ton maillot rose et tout le bazar.

— Tu dis n'importe quoi ! protesta Terry.

— Non, tu peux le faire si tu le désires vraiment. Ton directeur prétend que tu enchaînes les longueurs à une vitesse phénoménale et que c'est d'autant plus admirable que tu ne fais que t'entraîner. Il m'a indiqué la date des sélections et je parie qu'il accepterait de te coacher si tu le lui demandais.

Terry le fixa, bouche bée.

— Non, il n'en est pas question. J'avoue que l'idée est plutôt exaltante, mais c'est un projet qui nécessite de l'argent que je ne possède pas. Il faut des sponsors et ….

— Tout ce que tu as à faire est de nager vite et de gagner. Le reste viendra en son temps. Mais la décision t'appartient et je ne ferai rien pour te pousser à agir contre ton gré. Mais si tu décides de te lancer, je ne chercherai pas non plus à t'en dissuader.

Red avala une bouchée de son hamburger avant de poursuivre :

— Réfléchis bien à ce que tu veux.

— D'accord. Mais ça doit être réciproque.

Il leva son verre, immédiatement imité par Red. Ils trinquèrent et Terry prit conscience qu'ils venaient de conclure un pacte, et bien qu'il en ignorât les implications, il savait avec certitude que sa vie venait tout juste de changer.

LORSQU'ILS EURENT achevé de dîner, Terry reçut quelques appels et Red sut instantanément que l'un d'eux émanait de James rien qu'à la façon dont le jeune homme pâlit en voyant le numéro de l'appelant. Il prit malgré tout l'appel et s'entretint brièvement avec son ex-petit ami, juste le temps de lui ordonner de le laisser en paix tout en sachant que James n'allait pas lui obéir. Red perçut la détermination avec laquelle le jeune homme avait mis les choses au point et il tint à lui faire part de son admiration.

— Tu as fait exactement ce qu'il fallait, le félicita-t-il.

— Tu as obtenu des infos sur lui ? s'enquit Terry tandis qu'il rangeait son téléphone dans sa poche.

L'appétit l'avait soudain déserté et il contempla son assiette d'un regard morne.

— Pas encore, mais ce n'est qu'une question de temps. Mon ami sent qu'il y a chez James quelque chose de louche et que tout ce qu'il doit faire, c'est fouiller dans sa vie afin de découvrir de quoi il retourne. James ignore que nous enquêtons sur lui et j'ai bien l'intention qu'il ne l'apprenne pas. S'il flaire le moindre problème, il soupçonnera en premier lieu son entourage et pas nous. En tout cas pas, tout de suite.

— Je voudrais tellement avoir un moyen de pression à utiliser contre lui.

Red secoua doucement la tête.

— Non. Nous agirons dans le cadre de la loi. Je le neutraliserai et il ira en prison sur la base des preuves que nous parviendrons à réunir contre lui. C'est la seule méthode.

— Peut-être, mais ce n'est pas ainsi que James se conduit, objecta Terry.

Red repoussa son assiette et fixa le jeune homme pour l'inviter à s'expliquer.

— Je n'ai été le témoin direct de rien de spécifique, mais j'ai surpris des conversations entre certains de ses amis. En gros, ils considéraient James comme un maniaque du contrôle pour qui tous les moyens employés sont bons pour parvenir à ses fins. Le contrôle est tout ce qu'il comprend et ses employés lui sont loyaux uniquement en raison de la crainte qu'il leur inspire.

— OK, souffla Red. À nous de dénicher ce qu'il peut bien cacher.

Dès qu'ils eurent fini de dîner, Red paya la note. Ils quittèrent le restaurant et reprirent le chemin du domicile du policier. Red gara son pick-up à sa place habituelle. Puis, il se tourna vers le jeune homme :

— Je crois que ma tante est impatiente de te voir demain.

— Oh ! Je la verrai sûrement pendant ma tournée de livraison, après mon travail. Je rentrerai à la maison tout de suite après.

Red ne perdit pas sa salive à argumenter avec lui. Il avait déjà essayé, et par ailleurs, il ne pouvait pas le retenir prisonnier. Terry avait le droit de ne pas vouloir rester avec lui, il était un adulte responsable qui menait sa propre vie – vie qui n'incluait pas de squatter la chambre d'ami d'un policier. Red ne pouvait qu'espérer que l'enquête sur James porterait ses fruits, car il avait besoin de savoir le jeune homme en sécurité.

— Je sais que tu me crois fou de vouloir retourner à mon appartement, mais c'est l'endroit où je vis et je refuse de laisser James m'en chasser. S'il y parvenait, il aurait gagné et il n'est pas question que je lui offre ce plaisir.

James ne se voit que dans le rôle du vainqueur. Donc, je dois m'efforcer de vivre le plus normalement possible.

Terry s'agita légèrement sur son siège.

— J'ai l'intention d'organiser une brocante pour me débarrasser de tous les cadeaux qu'il m'a offerts. J'ai besoin de faire table rase du passé et de repartir de zéro.

— Ce n'est pas une mauvaise idée, mais tu ne dois pas te mettre en danger pour ça. Tu dis toi-même que James veut toujours tout maîtriser et tu ignores de quoi il est capable pour te contrôler.

Red se pencha par-dessus le siège et tendit la main pour toucher le bandage qui ornait toujours la main de Terry, conséquence de la dernière visite de son ex petit ami.

— Je ne peux pas m'imposer à toi indéfiniment, finit par dire le jeune homme.

— Prenons le temps de nous assurer que tu es en sécurité et de découvrir ce qu'il mijote. D'accord ? Avec de la chance, j'aurai du nouveau dès demain.

Red était sur le point de descendre de son véhicule quand son téléphone se mit à sonner. Il prit l'appel et entendit la voix paniquée de sa tante :

— Il y a quelqu'un à la porte ! se mit-elle à crier.

Red entendit quelqu'un frapper à grands coups sur la porte d'entrée.

— J'arrive tout de suite. Va t'enfermer dans la salle de bain et n'en sors pas.

Terry referma sa portière. Red se remit au volant et actionna la sirène. Il démarra en trombe et slaloma entre les voitures qui se trouvaient sur sa route. Il pila devant la maison de sa tante, contre la porte de laquelle un homme était appuyé.

— Mais il est fou ! s'exclama Terry en regardant à travers la vitre.

— Appelle le 911 et dis-leur que nous avons besoin de la police et d'une ambulance tout de suite. Donne-leur l'adresse et mon nom.

Il prit à peine le temps de terminer sa phrase et jaillit de la voiture comme un boulet de canon. L'homme en guenilles semblait avoir besoin du soutien de la porte pour tenir debout.

— Qu'est-ce que vous faites ? tempêta le policier, prêt à agir en cas de besoin.

La seule réponse qu'il obtient fut un « aidez-moi » à peine audible avant que les jambes de l'homme se dérobent sous lui et qu'il s'affaisse sur le sol.

Des sirènes résonnèrent dans le lointain. Red reconnaissait la souffrance et le désarroi qui crispaient le visage de l'homme avachi. Il était trop tard pour lui. Le policier sentit sa poitrine se serrer et la bile envahir sa bouche. Il se précipita vers l'homme toujours immobile et se pencha sur la poitrine de celui-ci à la recherche d'un souffle. En vain. L'ambulance arriva et se gara derrière son pick-up. Griffiths sortit du véhicule.

— En voilà un autre, annonça Red d'une voix lugubre tandis que l'ambulancier s'approchait.

— On dirait bien, oui, confirma Griffiths en s'agenouillant près du corps.

— Il s'agit du domicile de ma tante et je dois y entrer : elle est morte de peur. Cet homme frappait comme un malade à sa porte et essayait de pénétrer dans la maison. Je reviens tout de suite.

Red regarda en direction de Terry, qui était resté près de la voiture. Comme répondant à cet appel muet, le jeune homme vint le rejoindre. Red déverrouilla la porte et les deux hommes pénétrèrent dans la maison.

— Tante Margie ! C'est moi. Tout va bien maintenant. Où es-tu ?

— Il a essayé de me tuer !

— Non. Il était malade et il cherchait de l'aide. Tout va bien. Il est en train d'être soigné en ce moment. Une ambulance est garée devant la maison et je suis là. La police ne devrait pas tarder à arriver.

Les lumières des véhicules d'urgence faisaient penser à des guirlandes de Noël qui entoureraient la maison, et Red pressentit que tous les policiers disponibles avaient répondu à son appel de détresse.

Sa tante était sortie de la salle de bain où elle s'était enfermée en suivant ses conseils. Il se hâta à sa rencontre, et le temps qu'il l'installe dans son fauteuil, elle s'était suffisamment calmée pour cesser de trembler. Son visage reprenait progressivement des couleurs.

— Il tambourinait à la porte et hurlait qu'il voulait entrer. J'ai vraiment cru qu'il allait me faire du mal.

L'air égaré de sa tante lui rappela celui de l'adolescent terrorisé qu'il avait été à sa sortie de l'hôpital, changé à tout jamais, orphelin et n'ayant plus aucune idée de qui il était.

— Je comprends. Mais ne t'en fais plus : tout va bien se passer maintenant.

Red entendit l'eau d'un robinet couler et Terry arriva avec un verre d'eau qu'il tendit à la vielle dame. Elle s'en saisit et le but pratiquement en entier.

— Il n'arrêtait pas de frapper à la porte et je ne savais pas quoi faire.

— Tu as bien réagi en m'appelant, la rassura-t-il tandis que les battements frénétiques de son propre cœur ralentissaient.

La peur déformant la voix de sa tante lui avait glacé le sang.

— Il ne cherchait pas à entrer en fait. Tu es en sécurité maintenant, insista-t-il tout en jetant un coup d'œil autour de lui. Terry va rester avec toi pendant que je vais voir ce qui se passe à l'extérieur.

Une grande activité régnait au dehors. Il croisa le regard de Terry, qui lui fit signe d'un mouvement de tête qu'il avait compris. Le jeune homme s'assit dans le fauteuil voisin de celui dans lequel était assise la vieille dame et s'adressa à elle d'un ton calme et doux.

Red se dirigea vers la porte d'entrée, l'ouvrit et constata que, comme c'était prévisible, la moitié des voisins se tenaient sur le trottoir. Il rejoignit les secouristes et les policiers qui discutaient et il leur fit le point de la situation telle qu'il l'avait découverte en arrivant.

— On n'arrête pas d'avoir des appels… commença Griffiths.

— Nous essayons de remonter la source, précisa Red, mais la plupart de ceux qui auraient pu nous y aider sont morts.

Griffiths approuva d'un hochement de tête.

— Celui que nous avons ramassé un peu plus tôt dans la journée est vivant, mais toujours inconscient, d'après les dernières nouvelles.

Bien qu'il ne soit pas sur l'affaire, Red avait contacté le policier en charge de ce cas et lui avait offert son aide. Il n'y avait en réalité qu'un seul moyen de mettre un terme à cette saloperie, et cela consistait à remonter à la source du trafic. Red détestait la drogue et ses dealers qui, à ses yeux, représentaient la lie de l'humanité. Il avait été le témoin de ce que les êtres humains pouvaient se faire les uns aux autres, mais ces pourvoyeurs de mort s'enrichissaient en profitant de la vulnérabilité de leurs congénères et en les manipulant. En dépit du profond mépris qu'il nourrissait à l'égard de ces racailles, Red voulait par-dessus-tout mettre hors d'état de nuire leurs patrons, ces types imbus de leur puissance et planqués dans leurs bureaux, bien à l'abri de la saleté régnant dans les rues de la ville.

— Ça va ? lui demanda Griffiths au bout de quelques secondes.

Red prit conscience qu'il n'avait rien entendu de ce qui venait d'être dit et qu'il n'avait cessé de serrer et desserrer les poings si fort que ses mains en étaient douloureuses.

— Ouais. Celui-ci s'est approché trop près de chez moi, expliqua-t-il en observant la petite maison de Tante Margie.

Il songea qu'il était peut-être temps de suggérer à la vieille dame qu'il vienne s'installer avec elle. Sa maison était assez grande pour l'accueillir et il serait ainsi en mesure de veiller sur elle. Mais rien que la perspective d'avoir à poser la question l'emplissait de crainte. En effet, sa fière et indépendante parente allait à n'en pas douter refuser cette idée de but en blanc. Il était prêt à parier sa chemise.

— Il cognait à la porte de la maison de ma tante, précisa-t-il pour Griffiths.

— Nous allons prendre le corps et nous charger du reste. Avec un peu de chance, son autopsie apportera quelques-unes de réponses que nous attendons.

— On en est maintenant à au moins une douzaine de cas, constata Red.

Et il ne prenait en compte que les cas dont il avait personnellement eu connaissance. Il devait cependant en exister bien d'autres.

— Est-ce que tu sais si d'autres régions que la nôtre sont touchées par le même phénomène ?

Il devait impératif qu'il s'entretienne avec le policier en charge de l'affaire… Dès demain.

— Je sais qu'il existe d'autres rapports, mais les informations n'ont pas encore été rassemblées et les différents services ne communiquent pas de la même manière les uns avec les autres. Ils agissent chacun dans leur coin et rien ne transpire de leurs enquêtes respectives.

Les petites communes avaient depuis toujours l'habitude de faire les choses à leur manière et n'avaient pas l'intention de changer de méthode, à moins d'y être contraintes. Malheureusement, cette volonté rendait le recueil pourtant indispensable des données pratiquement impossible. Seule l'attention que les médias pouvaient éventuellement porter à une affaire permettait de vaincre les résistances, mais en dehors de cette situation, l'échange d'informations restait rare. L'État avait bien eu quelques velléités de changement, mais le seul résultat obtenu consistait en l'établissement de statistiques dressées après les faits. Ce constat causait bien plus de frustration que de satisfaction.

— N'hésite pas à me contacter si tu as besoin de moi, assura Red tout en jetant un regard autour de lui.

L'excitation était retombée et les voisins rentraient chez eux les uns après les autres. Certaines des voitures de police avaient déjà quitté les lieux, de même que les pompiers. Red s'assura que plus personne n'avait besoin de lui, rentra chez sa tante et verrouilla la porte derrière lui.

Il trouva Tante Margie en grande conversation avec Terry, ce qui ne le surprit pas. Ce qui l'étonna en revanche, c'était le fait qu'ils riaient et gloussaient comme des enfants.

— Oh, Red ! Terry connaît des histoires terriblement cochonnes. Comme celle de la rencontre entre la drag queen et le motard lors de la Gay Pride et… commença-t-elle avant de se mettre à pouffer de rire. Bref, apparemment, l'un des deux a eu la plus grande surprise de sa vie !

— Terry, qu'est-ce que tu fabriques ?

— Elle était contrariée, alors que je l'ai distraite ! rétorqua le jeune homme avec un air d'innocence sur le visage que Red savait parfaitement factice.

— Ne te conduits pas comme un rabat-joie, lui ordonna sa tante tout en se levant de son fauteuil. J'ai eu très peur et Terry m'a permis de penser à autre chose. Tout le remue-ménage est-il terminé ?

— Je l'espère, répondit Red en lui prenant le bras et en se demandant où elle pouvait vouloir aller. Est-ce que tu vas bien ?

— Seigneur, oui. J'ai eu une sacrée frayeur, c'est tout. Mais j'ai déjà connu pire.

Elle se tourna vers les deux jeunes gens :

— Avez-vous dîné ?

— Oui, merci. Red m'a invité au restaurant, précisa Terry.

— Au Hanover Grill, je parie.

Elle darda un regard sévère sur son neveu.

— La prochaine fois que tu sors avec quelqu'un, tu vas devoir faire les choses correctement. Je t'ai éduqué mieux que ça, le sermonna-t-elle.

Elle se rassit, décidant finalement qu'aucune raison ne justifiait qu'elle quittât son fauteuil.

Red s'interrogea sur la teneur de la conversation que Terry et elle avaient eue, en dehors bien sûr des histoires salaces que le jeune homme avait décidé de partager avec sa tante. Il se garda bien cependant de poser la question à voix haute… pour l'instant.

— Est-ce que tu as besoin de quoi que ce soit ? se contenta-t-il de demander.

— Non, tout va bien. Pourrais-tu juste vérifier qu'il n'a pas abîmé la porte ? Il frappait dessus vraiment très fort.

Tante Margie s'était affaissée dans son fauteuil et Red sut que la poussée d'adrénaline qui l'avait animée jusque-là était en train de s'estomper.

— Je le ferai, la tranquillisa-t-il tout en se penchant vers elle pour lui effleurer la joue d'un baiser. Je suis content que tu m'aies appelé et que tout se soit bien fini.

Elle caressa doucement sa joue ombrée de barbe, mais n'ajouta pas un mot.

— Je vous verrai demain quand je viendrai vous livrer votre repas, annonça Terry.

Il lui tendit la main et elle s'agita jusqu'au moment où il s'approcha suffisamment pour qu'elle puisse le prendre dans ses bras. Red s'écarta de quelques pas et crut voir sa tante murmurer à l'oreille du jeune homme.

— Bonne nuit, lui souhaita Terry avant de rejoindre Red.

Ils quittèrent la maison et Red vérifia l'état de la porte avant de se diriger vers son pick-up, toujours garé à moitié en travers de la route. Heureusement que la circulation était fluide. Une fois installés, Red roula en direction de sa maison.

— Qu'est-ce que Tante Margie t'a murmuré à l'oreille ? ne put-il s'empêcher de demander.

— Si elle avait voulu que tu le saches, elle l'aurait dit à voix haute, répliqua Terry.

— Donc, elle t'a bien dit quelque chose, jubila Red, heureux d'avoir amené Terry à vendre la mèche et curieux d'en savoir davantage.

— Je sais garder un secret, se défendit le jeune homme en croisant les bras sur sa poitrine en signe de défiance. Et inutile de jouer au flic avec moi. Je ne suis pas un suspect à qui tu dois tirer les vers du nez ! Même si faire semblant pourrait être amusant... Je pourrais être le suspect et toi le mauvais flic, tu me menacerais avec ta matraque à moins que je parle... Ou que je te fasse la meilleure pipe de toute ta vie.

Red faillit en perdre le contrôle de sa voiture et se retrouver sur l'autre file de la circulation.

— Tu vas réussir à nous tuer.

— Et moi qui pensais que vous, les flics, étiez comme les scouts : toujours prêts ! se moqua Terry.

Red secoua la tête et tenta d'effacer de sa tête l'image des lèvres de Terry serrées fermement autour de son sexe. Le jeune maître-nageur lui faisait désirer et espérer des choses complètement déraisonnables.

— Je t'ai eu, hein ? questionna Terry d'une voix on ne peut plus sérieuse.

Quand Red lui jeta un coup d'œil, il constata que le jeune homme ne plaisantait plus du tout. Il était au contraire sérieux et grave. Red avala sa salive avec difficulté et se concentra sur sa conduite. Il ignorait comment sa température avait pu grimper aussi rapidement, mais était déterminé à cacher à son compagnon la réaction que ses propos avaient provoquée.

— S'il te plaît, ne recommence plus, recommanda Terry d'un ton posé. Je déteste quand on essaie de me manipuler ou de jouer avec moi. James n'arrêtait pas de me poser des questions comme tu viens de le faire. Il ne se conduisait jamais de façon franche et directe et j'étais toujours en train de me demander ce qu'il cherchait et ce qu'il voulait.

— On dirait que ton ex était du genre plutôt soupçonneux.

— On peut le dire, en effet.

Red avait l'intention de découvrir s'il avait de bonnes raisons de l'être. Il aurait décidément fort à faire demain. Ils arrivèrent au domicile du policier et Red se gara à l'arrière, coupa le moteur, mais resta au volant. Il prit son carnet de notes et commença à y écrire. Son esprit tournait à plein régime depuis quelque temps et il devait tout noter afin d'être certain de ne rien oublier.

— Tu vas bien ? lui demanda Terry en lui effleurant le bras.

— Oui, répondit-il brièvement tout en gribouillant fébrilement sur son carnet. Certaines idées me sont venues en t'écoutant et je veux les mettre par écrit afin de m'en rappeler demain. Je déteste James, tu le sais. J'ai beau ne l'avoir jamais rencontré, je le déteste de toutes mes forces.

Red commença à trembler sous la violence de cette émotion.

— Tu l'as aimé et je le hais pour ça aussi. Il t'a blessé et c'est une autre raison pour le haïr. Et pour finir, je déteste qu'il te rôde autour et qu'il te dérange.

Il ferma son carnet et le rangea dans sa poche.

— Je ne l'ai jamais rencontré, mais je sais intuitivement que c'est un enfoiré de première. Il aurait dû t'encourager dans tes projets au lieu de te couper de tes amis et de t'empêcher de faire ce que tu aimais.

— Je le sais, dit doucement Terry. Mais je pensais à l'époque que James voulait me garder pour lui tout seul, tout le temps, sans aucune interférence.

Terry ouvrit sa portière, mais ne sortit pas du véhicule.

— Ce type d'attention est une addiction qui ressemble un peu à celle qui rongeait ce mec qui est mort aujourd'hui. Être désiré aussi passionnément procure des sensations vertigineuses et incroyables, et j'avais grâce à elles l'impression d'être spécial. Je me disais aussi que si j'étais digne d'être l'objet d'un tel désir, alors celui qui m'entourait d'une telle adoration le méritait lui aussi.

— Peut-être, mais il n'aurait jamais dû abuser de son pouvoir, objecta Red avec plus de véhémence dans la voix qu'il l'aurait souhaité.

Ses sentiments pour Terry prenaient de plus en plus d'importance et il ne pouvait plus revenir en arrière ; néanmoins, la prudence lui dictait de s'armer pour une future déception et un cœur brisé. Il avait l'impression d'être un wagonnet chahuté sur les montagnes russes, grimpant haut pour redescendre presque au ras du sol à une vitesse effrénée, dévalant les bosses et les creux avec une rapidité hallucinante. Fataliste, il se disait qu'il n'avait plus qu'à attendre de voir où tout ceci allait le mener – et tant pis pour son cœur.

— J'en suis parfaitement conscient maintenant, mais à l'époque… commença Terry sans faire un geste.

Puis, presque timidement, il tendit la main vers le policier. Le regard du jeune homme était intense et lui causait une brûlure presque palpable. Il agissait comme un lance-flammes dont la cible unique était son cœur et qui transformait son sang en une coulée de lave dévorante et insatiable. Il en eut le souffle coupé et ce fut à son tour de se figer. Il n'avait jamais osé espérer de toute sa vie être regardé de la façon dont Terry le regardait en ce moment et ce, en plein jour, sans rien pour se dissimuler, dénudé de tous ses artifices et pourtant glorieux dans sa vulnérabilité.

Il était en train de se demander lequel des deux était en fait le plus fragile quand une soudaine réalisation le frappa de plein fouet : Terry et lui se ressemblaient beaucoup et éprouvaient une angoisse similaire. Au fond, ils n'étaient pas si différents que ça. Après son accident, Red s'était persuadé qu'il aurait à se battre pour tout, que son corps abîmé lui rendrait les choses infiniment plus difficiles, contrairement à celles et ceux qui, dotés d'un physique avantageux, possédaient en quelque sorte un passeport donnant accès à une vie agréable et généreuse. Il avait été porté par cette certitude, du moins jusqu'à aujourd'hui. Car en cet instant précis, il reconnaissait sans l'ombre d'un doute dans le regard de Terry les mêmes insécurités qui l'avaient paralysé pendant de longues années. Contre toute attente, ce jeune homme si beau, avec ses sublimes yeux bleu turquoise et sa peau merveilleusement cuivrée, lui ressemblait à plus d'un titre.

Le policier répugnait à briser le charme qui paraissait les unir alors qu'ils restaient assis dans l'espace confiné du pick-up. Leur connexion, unique en cet instant et ce lieu, dépassait le contact léger de leurs mains. Red ouvrit brièvement la portière avant de la refermer presque immédiatement. Il saisit la main de Terry, la porta à ses lèvres avant de la reposer sur la banquette. Puis, il se força à ouvrir la portière et à sortir de la voiture.

L'obscurité régnait lorsqu'ils traversèrent le jardin. Red avait aménagé une partie de ce dernier en terrasse et installé une banquette ornée de coussins et abritée par une pergola. Les après-midis d'été, il aimait s'asseoir à l'ombre sur la banquette et savourer une bière bien fraîche. C'est vers cet endroit que Terry entraîna Red. Le policier ne résista pas et s'assit sur la banquette, puis attira le jeune homme sur ses genoux. Tandis que les lueurs rosées du soleil couchant se teintaient de pourpre, Red se mit à embrasser Terry, tout doucement pour commencer. Mais à mesure que le contact de leurs lèvres se prolongeait, sa maîtrise de lui-même se fissura. La bouche de Terry avait un goût de whisky et lui montait à la tête plus efficacement que la plus puissante des drogues fabriquées par les hommes.

Le pourpre laissa la place à l'indigo et l'obscurité estompa les contours de la silhouette du jeune sauveteur. Mais Red n'avait pas besoin de sa vue puisque qu'il pouvait compter sur ses oreilles, et le plus important, sur ses mains et ses lèvres. Il étreignit Terry plus fort, approfondit son baiser et se laissa complètement aller.

Son univers se réduisit alors au corps qu'il tenait dans ses bras. Le chant des criquets qui d'ordinaire peuplait la nuit s'était tu, les oiseaux et les petits animaux qui furetaient dans les broussailles dans la journée avaient disparu. Ce fut l'impression qu'il eut. Même l'eau qui cascadait dans la fontaine artificielle quelques pas plus loin ne chuchotait plus. Dieu sait qu'il adorait le bruit de cette fontaine, mais là, tout de suite, il aimait mille fois plus les petits gémissements qu'émettait Terry.

— J'ai toujours cru que l'accident m'avait transformé en monstre, tu sais, murmura-t-il en deux baisers, entre deux respirations. J'étais le monstre des contes de fées : hideux, mal-aimé et désespéré.

Red entendit Terry soupirer et deux bras minces virent se nouer autour de son cou.

— Je crois que tu as oublié une partie de l'histoire, objecta Terry.

Il bougea sur les genoux de Red et ses lèvres se posèrent et dévorèrent celles du policier. Red se demanda brièvement ce qu'avait voulu dire le jeune homme par-là, pensée fugace qui ne dura que le temps d'un battement de cœur tant il était incapable de se concentrer sur quoi que ce soit d'autre que Terry. Cette étreinte volée au crépuscule réduisit à néant toute prudence et toute velléité de protéger son cœur d'une souffrance qu'il croyait inévitable et qu'il pressentait intolérable.

Red s'agita sur la banquette pour s'approcher du bord et Terry enroula ses jambes autour de sa taille. Red l'étreignit aussi fort qu'il l'osait et la chaleur de leur baiser embrasa la nuit. Il caressa le dos de Terry et saisit à deux mains les fesses du jeune homme, malaxant et massant à travers le tissu la chair ferme. Dans sa fièvre, il en vint désespérément à souhaiter vivre un conte de fées dans lequel il aurait le pouvoir le dissoudre les vêtements de son jeune amant afin de le prendre là, sans plus attendre, dans ce jardin, sous ce ciel et au cœur de cette nuit. Son désir, qu'accompagnaient un certain désespoir et une certaine fébrilité, les enfermait dans une bulle protectrice qui abolissait le pragmatisme du monde réel.

Sans rompre leur étreinte, Red se leva et, Terry dans ses bras, se dirigea vers la porte de derrière. Il transféra tout le poids du jeune homme dans une seule main afin de pouvoir récupérer de l'autre les clés dans sa poche et ouvrir la porte. Au prix de quelques acrobaties, il atteignit son objectif, et une fois à l'intérieur de la maison, il referma la porte d'un coup de pied. À partir de là, il n'eut plus que Terry en tête. Il s'en remit à sa parfaite connaissance de l'intérieur de la maison et à son GPS interne pour trouver le chemin vers sa chambre. Sa chambre et son lit… Et toutes les envies impudiques qu'il nourrissait à propos du corps de son compagnon.

— Red, murmura Terry alors que le policier l'allongeait sur le lit et se mettait à lui ôter ses vêtements.

Il se mit à gémir quand Red lui releva la chemise et découvrit un mamelon auquel il s'attaqua avec voracité.

— Red… C'est un surnom ? parvint à demander Terry.

— C'est un diminutif, expliqua tout bas Red. Pour Redmond.

— Redmond, répéta Terry. Redmond…

Le prénom sonnait comme une prière sur les lèvres du jeune homme et Red savoura ce son comme un nectar. Ses poils se hérissèrent sur ses avant-bras et un grand frisson le secoua de la tête aux pieds. Jamais encore il n'avait entendu son prénom prononcé d'une telle manière, comme avec dévotion ou émerveillement. Red avala directement à leur source les prochains mots que Terry aurait pu être encore capable d'articuler. Le temps des bavardages était révolu. Terry se mit à geindre et sursauta violemment sous l'effet d'une légère morsure sur son téton et se lança à son tour avec ardeur à l'assaut des lèvres de Red. Ce baiser en entraîna un deuxième, puis un troisième et le monde disparut dans le ballet haletant et vorace auxquels se livraient leurs lèvres et leur langue. Red crut que son cœur allait cesser de battre sous la violence des émotions qui l'agitaient. L'effet que cet homme avait sur lui dépassait de très loin sa compréhension, mais il accepta d'emblée la nécessité de s'accommoder de ce constat et de l'accepter aussi longtemps que cette relation durerait.

Red parvint à enlever sa chemise à Terry et la jeta sur le sol à côté du lit. Les chaussures suivirent, tombant sur le plancher avec un bruit sourd, puis vinrent les chaussettes et la ceinture. Red dut s'écarter pour finir de déshabiller complètement son compagnon. Terry ne voulut pas être en reste et se mit à tirer à son tour comme un forcené sur la chemise du policier, qui décida sous le coup de l'impatience de l'aider et se chargea lui-même de se dévêtir. Red avait l'impression que la proximité de Terry le jetait pieds et poings liés dans un maelstrom de sensations auquel il n'avait aucun désir d'échapper.

Il se rapprocha de Terry lentement, tendit la main et lui caressa doucement la cheville, s'y attarda une seconde avant de remonter le long de la peau douce de la jambe. Oh putain, quelle sensation renversante ! Il savait que beaucoup de nageurs avaient pris l'habitude de se raser, mais il vivait là une expérience inédite. Il se fit la remarque que Terry avait dû se raser dans la journée, car sa peau n'avait pas été aussi lisse la nuit dernière. Sa main poursuivit sa lente progression, dépassant le genou et effleurant une cuisse tout à la fois ferme, galbée et musclée. Red était en passe de devenir accro à cette combinaison proche de la perfection.

— Quand t'es-tu rasé ? questionna-t-il entre deux battements de cœur.

Il n'obtint pas de réponse, mais d'une certaine manière, aucune n'était nécessaire. Il souhaitait simplement que Terry sache qu'il avait remarqué la différence. Quand il grimpa sur le lit et s'installa entre les jambes de Terry, ce dernier, tout comme il l'avait fait la nuit précédente et un peu plus tôt dans le jardin, noua ses jambes autour de la taille du policier, accueillant avec bonheur le poids de ce corps sur le sien.

— Putain, j'adore cette sensation, s'extasia Terry en se pressant sur le dos de Red pour qu'il s'appuie davantage contre lui, désireux de faire partager son bonheur à son partenaire.

Red s'arrangea pour remonter Terry un peu plus haut sur le lit afin d'installer sa tête sur l'oreiller. Une fois satisfait, il se mit à embrasser le jeune homme avec passion. Puis, lentement, ses lèvres tracèrent une ligne incendiaire vers la nuque, qu'il mordilla et dont il goûta la saveur saline, résultat des longues immersions dans l'eau chlorée de la piscine. Il inspira à plusieurs reprises afin de s'approprier le plus possible cette odeur qui n'appartenait qu'à Terry. Et ce dernier n'en finissait plus de gémir, parfois bruyamment, parfois doucement, tandis que Red s'attardait sur un endroit particulièrement sensible de la nuque ou vagabondait le long de la clavicule. Jamais auparavant il n'avait considéré ces endroits du corps comme érotiques, mais Terry lui démontrait le contraire de façon magistrale. Le jeune homme se mit à trembler sous les caresses appuyées de son compagnon.

— Je te veux, supplia Terry soudainement.

— Je sais, je peux le sentir. Mais pas tout de suite.

Red calma Terry d'une voix douce, puis concentra toute son attention sur le torse musclé et sculpté, taquina chaque téton du bout de la langue avant de descendre le long du ventre contracté pour parvenir enfin à la verge dressée de Terry. Il se mit à la sucer sans attendre, la prenant profondément dans sa bouche et serrant fortement ses lèvres autour. Le cri de Terry transperça le silence et ses hanches eurent un brusque sursaut qui les fit décoller littéralement du lit.

Une odeur légèrement musquée emplit l'air de ses effluves enivrants et capiteux. Red se mit à sucer plus fort, mobilisant tout le savoir-faire de sa bouche, de sa langue, de ses lèvres et de ses mains pour faire naître encore plus d'excitation et de faim chez Terry. Il voulait le rendre fou de désir, et selon toute apparence, il ne se débrouillait pas trop mal.

— Redmond ! l'avertit Terry d'un seul cri.

Red s'arrêta, se demandant quel était le problème. Terry se mit à haleter et à tressaillir sur le lit.

— Trop vite, balbutia-t-il.

Red libéra le sexe de son partenaire et se redressa pour fusionner leurs bouches en un baiser exigeant, que Terry ne tarda pas nourrir de sa propre faim. Il savait très bien comment exprimer ses besoins sans avoir besoin de recourir aux mots, et lorsqu'il agrippa les fesses de Red pour presser son corps contre le sien, le message ne prêtait à aucune confusion.

Red se pencha vers la table de nuit afin d'y récupérer les objets dont il avait besoin. Il ignora comment il se débrouilla et y parvint, tant le ballet incessant des mains de Terry sur son corps lui mettait l'esprit en déroute. Ses mains paraissaient être partout à la fois et toujours en mouvement. Red adorait le fait que le jeune homme le désire avec une telle intensité et qu'il n'éprouve aucune timidité à ce sujet, lui qui répugnait tant à toucher ses propres cicatrices. Les souvenirs dont elles étaient la concrétisation étaient bien trop douloureux, et la sensation de ses mains sur la marque qui courait le long de son pectoral droit pour rejoindre son épaule lui rappelait toutes les épreuves endurées. Mais le contact de Terry ne lui apportait que réconfort et douceur.

— Je n'attends que toi, murmura Terry.

Red tira violemment sur le tiroir, qui tomba sur le sol avec un grand bruit.

— Je n'arriverai à rien si tu continues à me distraire comme ça, grommela-t-il.

Il se pencha vers le sol et trouva enfin ce qu'il cherchait. Il ignora le reste, décidant qu'il aurait tout le temps de ranger plus tard. Il jeta le préservatif sur le lit et décréta qu'il était grand temps qu'il se livre à son tour à quelques manœuvres de distraction. Il pressa Terry contre le matelas, l'incitant à s'étendre de tout son long, et se mit en demeure de lécher sa poitrine et son ventre comme il l'aurait fait avec la plus grande sucette du monde. Terry tremblait de tous ses membres sur le lit et chacune de ses respirations s'accompagnait de petits gémissements plaintifs.

— Merde, Red ! se mit-il à jurer au bout de quelques minutes de ce traitement.

Red se mit à rigoler et continua à affoler Terry par son manège, déterminé à détourner son attention. Au bout de quelques instants, il se dit qu'il avait dû atteindre son objectif, en tout l'espéra-t-il. Il se sentait pour sa part sur le point d'exploser comme une super nova. Il finit par se redresser et Terry en profita pour se jeter carrément sur lui. Red eut tout à coup entre les mains un homme gesticulant et plein d'agressivité, animé par une volonté farouche de le mettre sur le dos. Il se laissa faire et Terry érafla son torse du bout des ongles, le plongeant dans une chaleur digne de rivaliser avec celle du soleil.

— Oh putain ! s'exclama Red.

— Retour à l'envoyeur, marmonna son tourmenteur.

Des retours comme celui-ci, Red en redemanderait tous les jours de la semaine et à toute heure du jour. Sa principale préoccupation était de ne pas succomber au violent désir de s'emparer sur le champ de la bouche de Terry, de le posséder et de le faire sien pour toujours.

— Tu vois l'effet que tu as sur moi ? Tu me rends complètement fou ! assena Terry avant d'avaler dans sa bouche gourmande le sexe du policier.

Il se mit à le sucer avec force, encore et encore, fit tourbillonner sa langue sur le gland jusqu'à ce que Red soit sur le point d'exploser en mille morceaux.

Terry le conduisait au bord du précipice et Red empoigna tellement fort les draps qu'il ne fut pas loin de les déchirer.

— Ce n'est pas comme ça que tu vas arriver à tes fins, parvint-il à dire entre ses dents serrées, les muscles de son ventre se contractant.

— Tu veux que j'arrête ?

Red savait que le jeune homme plaisantait. Bien sûr qu'il ne voulait absolument pas que cesse cette délicieuse torture, bien au contraire. Il voulait de toute son âme tout ce qui se déroulait dans cette chambre et bien plus encore. Il voulait le présent et le futur, mais s'il fallait choisir, il prendrait le présent et ferait l'impasse sur le futur pour le moment.

Terry bougea comme un chat, d'un mouvement fluide et gracieux. Red le sentit chercher quelque chose sur le lit, et quand il l'eut trouvé, il se mit à califourchon sur le policier et commença à glisser d'avant en arrière sur le sexe de celui-ci, tout en le fixant d'un regard intense.

Red crut qu'il allait rendre son dernier soupir, à moins qu'il ne soit déjà mort et arrivé au paradis. Peut-être avait-il croisé le chemin d'un ange d'un genre particulièrement pervers. Peu importait au fond. Ses neurones étaient en train de fondre et son cerveau de disjoncter. Le court-circuit survint quand Terry s'arrêta tout d'un coup de bouger, se recula et enroula ses doigts autour du sexe de son amant.

— Merde ! grogna Red.

Il aurait été incapable d'en dire plus tant sa gorge était serrée, mais de toute façon, il ne savait plus quoi dire. Terry lui adressa un sourire machiavélique et reprit pour un temps ses caresses, avant de s'arrêter une nouvelle fois. Red ne put que lui rendre son regard, fasciné et éperdu. Le jeune homme récupéra le préservatif, et après en avoir déchiré l'emballage, l'enfila sur son sexe avec une telle dextérité qu'elle devait être un cadeau du

Ciel, et une telle lenteur qu'elle s'apparentait à une torture tout droit venue de l'enfer.

— Tu me le paieras, menaça Red.

Terry ne répondit pas et se contenta de sourire. Il farfouilla sur le lit et prit le tube de lubrifiant. Après en avoir enduit le bout de ses doigts, il en répandit sur le préservatif, élevant de plusieurs degrés le niveau d'excitation dans lequel Red était plongé.

— C'est toi qui voulais prendre ton temps, se moqua Terry.

Red s'immobilisa et attendit, impatient. Terry tendit la main derrière lui et Red se serait damné pour assister au spectacle de Terry insérant ses doigts dans son propre corps et les bougeant à l'intérieur de lui. Terry eut un petit gémissement et Red fut ébranlé par un tressaillement qui sembla interminable. Puis, le jeune homme se souleva et se positionna juste au-dessus du sexe de Red. Il se figea quelques secondes, comme suspendu par des fils invisibles. Les deux hommes se mirent à respirer à l'unisson. Enfin, lentement, extrêmement lentement, Terry abaissa son corps et Red atteignit le nirvana. Il se sentit enveloppé par la chaleur émanant du corps de Terry. Il poussa ses hanches vers le haut tandis que Terry abaissait les siennes en criant. Lorsque le jeune homme s'installa complètement sur lui en s'empalant sur son sexe, Red, incapable de taire son plaisir, lança à son tour un cri retentissant.

— Seigneur ! se mit-il à jurer.

Il poussa son bassin vers le haut, levant ses hanches afin de pénétrer plus encore le corps qui s'offrait à lui.

— Ouais, répondit Terry. Il m'arrive d'aimer prendre les choses en main.

— Je vois ça, acquiesça Red, la vue brouillée.

Quand Terry commença à onduler des hanches, il abandonna toute velléité de conserver un semblant de contrôle et se contenta de se préparer pour ce qui s'annonçait être une fantastique chevauchée. Terry était un athlète qui s'entraînait tous les jours et avait ainsi acquis une grande endurance. Il s'en servait à présent sans retenue et descendait sur Red de plus en plus vite, le prenant en lui le plus intimement possible. La chambre s'emplit de plaintes et de cris de passion que Red n'aurait jamais crus entendre un jour.

Au bout de quelques minutes, emporté dans son élan, Terry se souleva tellement haut que le sexe de Red s'échappa. Le policier saisit immédiatement cette occasion pour attraper le jeune homme, le serrer contre sa poitrine et le plaquer contre le lit, le pressant contre le matelas.

Terry poussa un cri perçant avant de se mettre à gémir tandis que Red se présentait à l'entrée de son corps et pénétrait d'un seul grand coup dans un anus qui l'accueillait de son étroitesse moite et chaude. C'était parfait. Red était cerné par la plus absolue des perfections.

Il était désormais trop emporté par la passion pour faire preuve de retenue et de douceur. Il *avait besoin* de cette étreinte au-delà de toute mesure.

Terry paraissait ressentir la même chose, à en croire sa façon de se mouvoir, d'aller à la rencontre de chaque poussée, gémissant, grognant et jurant tout à la fois.

— Oh, putain ! jura Terry. Vas-y, baise-moi plus fort.

Red accéléra la cadence autant qu'il en était capable, agrippant Terry aux hanches et mettant toutes ses forces dans chacun de ses coups de butoir. Il se sentait dans l'un de ces moments spéciaux où un individu se devait de donner tout ou rien. Il décida que ce serait tout et ne fit rien pour cacher cette résolution à Terry. Il guetta le signe d'une quelconque hésitation sur son visage, mais n'en vit aucun. Terry s'offrait comme il recevait : sans retenue.

— Mon Dieu, ouiiiiiii !

Il aurait voulu que cet instant dure pour toujours, mais il savait qu'il n'y avait aucune chance que son vœu soit exaucé. La tension et la chaleur qui régnaient entre eux étaient trop intenses pour être contenues trop longtemps.

— Oui, comme ça ! s'écria Terry.

Red inclina légèrement les hanches et Terry se cambra tout en se mettant à hurler de plus belle.

— Ne t'avise surtout pas de t'arrêter ! commanda-t-il.

Red avait perdu depuis longtemps toute capacité de s'arrêter. Le train était devenu fou et dévalait la pente à toute vitesse. Tout ce qu'il pouvait faire désormais, c'était tenir le volant et admirer Terry alors que celui-ci les emportait pour le voyage de leurs vies.

Soudain, le jeune homme hoqueta. La sueur perlait sur sa peau et la rendait doucement luisante dans la faible lueur de la lumière provenant du couloir. Ses yeux se plantèrent dans ceux de Red et ne s'en écartèrent pas – pas une seule seconde. Ce regard délibéré aurait suffi à le faire aimer de Red.

Dès que le mot « aimer » entra dans sa tête, Red se statufia et il eut l'impression d'avoir été percuté par un camion. Il s'efforça donc de repousser ce verbe avec violence et préféra se perdre dans le regard adorateur que Terry posait sur lui. Il pourrait passer le reste de sa vie perdu dans de tels yeux.

— Red, s'il te plaît, tiens bon encore un peu, juste encore un petit peu, supplia Terry.

Cette prière suffit à le ramener à l'instant présent.

Red écarta la main avec laquelle Terry se masturbait et se mit à le caresser. Il voulait être le dispensateur de son plaisir et celui qui l'amènerait au pinacle de la béatitude. Il se mit à faire glisser et tourner sa main sur la verge du jeune homme qui frappait maintenant le matelas de ses poings serrés. Dieu, qu'il était beau, avec tout ce feu qui embrasait ses yeux comme de la lave en fusion. Au bout de quelques minutes, Terry se mit à haleter et à gémir sans pouvoir se retenir. Red le sentit se raidir et devina en ressentant les petits frissons qui parcouraient son corps qu'il était tout proche de l'abandon total.

— Red, s'il te plaît, gémit-il à nouveau.

Red intensifia la force et la vitesse de ses caresses. Terry se cambra soudain, puis tout son corps se contracta et son dos se cambra. Son sexe frémit dans la main de Red et il commença à jouir alors même que Red sentait l'orgasme monter en lui. Le policier s'affaissa sur le corps de son partenaire, perdu dans un abîme de passion dont il n'avait aucune chance ni aucun désir de s'extraire.

RED DEMEURA immobile pendant un long moment. Les choses étaient d'une perfection miraculeuse, et comme ce genre d'épanouissement ineffable avait tendance à ne pas durer, il tenait à profiter de chaque seconde. Il ferma les yeux et écouta la respiration apaisée de Terry tout en caressant du bout des doigts le torse du jeune homme. Il se contenta de rester là, à savourer son sentiment de plénitude.

Terry rompit le charme en s'étirant et s'extirpant doucement de l'étreinte de Red dont le poids l'écrasait toujours. Leurs corps se désunirent et cette séparation fit naître un grognement de protestation chez chacun d'eux. Puis, le silence envahit la chambre, un silence empreint de satisfaction et de contentement, une pause où toute parole serait déplacée. À cet instant précis, Red tenait entre ses bras l'objet de tous ses désirs. Parler ne rendrait pas l'instant plus précieux pour autant et ne ferait au contraire que le déprécier par des superflus. Il préférait de loin rester allongé, les yeux clos, et prétendre que Terry lui appartenait et que ce moment pourrait durer éternellement. Il n'avait jamais cru qu'une chose pareille arriverait à quelqu'un comme lui. Mais comme il avait besoin de croire le contraire, et il pria pour que le rêve dure aussi longtemps que possible.

— Nous allons finir par rester collés l'un à l'autre, plaisanta Terry qui venait de se rendre compte que chaque fois qu'il tentait de s'écarter, Red ne l'en serrait que davantage.

— Je peux facilement concevoir des choses plus pénibles que d'être collé à toi, marmonna Red en bougeant légèrement.

Terry se mit à rire et voulut se redresser. Red le laissa faire et Terry sortit du lit.

— Allez viens, je veux te faire profiter d'un des plaisirs simples de la vie, annonça-t-il en saisissant la main de Red pour le tirer hors du lit.

Ils se rendirent dans la salle de bain. Terry ferma la porte et fit couler l'eau dans la douche.

— Ah ! Donc, l'un des plaisirs de la vie est donc de te voir tout mouillé, s'exclama Red, déjà convaincu en son for intérieur.

Terry ne répondit pas à la taquinerie. Il se glissa simplement entre les bras de Red.

— Je pourrais vraiment m'habituer à ce genre de choses, murmura le policier.

Cette constatation n'était destinée qu'à lui, mais elle exprimait une vérité inévitable. La vitesse avec laquelle il s'était habitué à tenir Terry dans ses bras avait quelque chose d'effrayant.

Red vérifia la température de l'eau et ils grimpèrent dans la douche et tirèrent le rideau derrière eux. L'eau glissa sur leurs peaux et le corps humide de Terry se pressa contre le sien. Ils restèrent ainsi pendant quelques secondes. Terry réussit à trouver le savon et se mit à le faire mousser sur Red. Il ne fallut pas longtemps avant que l'opération de savonnage devienne réciproque et qu'ils frottent, se cajolent et se caressent dans un ballet d'effleurements moussants et de baisers affamés. Leur désir grandit jusqu'à ce que Red se retrouve pressé contre le carrelage de la douche, Terry agenouillé devant lui et le suçant avec enthousiasme. Red sentait ses genoux trembler et la seule chose qui le maintenait debout était le mur contre son dos et les lèvres exquises de Terry autour de lui. Quand il jouit pour la seconde fois de la soirée, il dut mobiliser toute son énergie pour ne pas s'écrouler sur le sol de la douche.

— Donne-moi juste une minute et je vais… haleta Red.

— Personne n'a donc jamais rien fait de vraiment désintéressé pour toi ? questionna Terry. Détends-toi. Tout n'a pas être réciproque ou équitable, il est parfois agréable de simplement donner.

Terry posa une main sur la poitrine du policier qui vint la recouvrir de la sienne. Tandis que Red se penchait, le jeune homme leva la tête pour recevoir le baiser de son amant. L'urgence et l'avidité laissèrent place à la douceur, à la tendresse et à cette autre émotion que Red n'était pas encore disposé à nommer. Il s'y refusait tant il était persuadé que cette chose miraculeuse s'évaporerait dès qu'il lui aurait donné un nom.

VI

TERRY GLISSAIT dans l'eau. Il adorait cette sensation aussi familière que celle que peut ressentir un voyageur retrouvant son foyer après un long voyage. Elle lui avait tellement manquée quand il avait été obligé d'abandonner la natation. Avec le recul, il admettait que renoncer à sa passion n'avait pas été la chose la plus intelligente à faire, mais à cette époque, James avait rendu cette décision logique et incontournable. À cette évocation, il perdit sa cadence et il lui fallut se concentrer pour la récupérer. Il devait vraiment expulser James de son esprit, il avait compris que penser à son ex-petit ami était le meilleur moyen de perdre le rythme aussi bien de sa nage que de sa vie.

— Tu dois te concentrer et faire abstraction de tout le reste.

Terry se redressa et se rapprocha du bord du bassin.

— Hé, dit-il pour saluer son directeur, Steve, qui venait de s'agenouiller auprès du bord.

Terry ôta ses lunettes afin d'avoir une vision plus nette.

— J'étais en train de t'observer, Terry. Tu es vraiment bon, sans doute l'un des nageurs les plus rapides qu'il m'ait été donné de rencontrer. Tu devrais faire de la compétition et gagner des médailles. J'ai de l'expérience et je pourrais t'entraîner si tu le souhaites. Le Centre pourrait te sponsoriser.

— Merci pour le vote de confiance, répondit le jeune homme tout en essuyant l'eau qui ruisselait de son visage. Mais je pense que ça fait trop longtemps que je suis hors course. Sachez cependant que j'apprécie votre proposition à sa juste valeur.

Steve se redressa.

— D'accord. Écoute, je peux comprendre que tu ne veuilles pas te remettre à la compétition : la natation à haut niveau exige beaucoup d'efforts, de sacrifices et tout le monde n'est pas capable de respecter la discipline inhérente à tout sport de compétition. Mais je crois que tu te caches derrière le fait que tu as cessé de nager et que tu utilises ton inactivité comme une excuse. Tu es déjà rapide et un entraînement ne ferait que te permettre de gagner en vitesse. En plus, tu passes déjà une grande partie de ton temps dans l'eau. Pourquoi ne pas décider de devenir le meilleur dans ton sport préféré ?

— Red m'a dit que vous lui aviez parlé, se rappela Terry en clignant des yeux.

— Nous avons un peu discuté en te regardant nager, admit Steve tout en s'agenouillant à nouveau. Je suis convaincu que tu devrais reconsidérer la question. Les sélections pour les Jeux Olympiques auront lieu l'année prochaine dans le district de Columbia. Nous pourrions t'y préparer en travaillant ensemble.

L'excitation qui faisait vibrer la voix de Steve était contagieuse. Les Jeux Olympiques avaient toujours été le rêve de Terry, un rêve auquel il avait dû renoncer pour passer plus de temps avec James.

— C'est très tentant, Steve, concéda Terry qui sentait se réveiller en lui une certaine exaltation ainsi que son esprit de compétition.

— Je suis sérieux, Terry. Le centre pourrait te sponsoriser et je serais plus que flatté de pouvoir t'entraîner, insista le directeur en fixant Terry d'un regard très intense. Pense-y. Tu n'as pas à me répondre sur le champ, mais ne tarde pas trop quand même. Comme tu l'as dit toi-même, tu ne t'es pas entraîné depuis longtemps et nous devrons travailler d'arrache-pied afin de rattraper le temps perdu. Je suis intimement persuadé que tu peux y arriver.

— Merci encore d'y croire. Je vais y réfléchir très sérieusement, promit Terry tout en souriant.

— Bien. Mais quoi que tu décides, fais en sorte de garder les idées claires et focalise-toi sur ta nage. Tu avais perdu le rythme et tu frappais l'eau comme une enclume.

Sur ce constat un rien sévère, Steve tourna les talons et dirigea vers la sortie.

— Merci encore, s'écria Terry.

Il remit ses lunettes et plongea dans l'eau. Au bout de quelques minutes, il avait réussi à faire le vide dans son esprit et il enchaîna les longueurs de façon efficace et méthodique. À une époque, il avait rêvé d'avoir l'occasion de nager ainsi dans les Caraïbes, au-dessus d'un récif. Il avait imaginé nager parmi les poissons, voire devenir l'un d'eux et les suivre dans leurs voyages. Quelle perspective extraordinaire !

Il veilla à garder le compte de ses longueurs et atteignit sa vitesse de croisière. Il savait qu'il devait raffermir ses muscles de façon à ce qu'ils réagissent au quart de tour afin de rendre le mouvement proche de la perfection. Terry était conscient qu'il souffrirait d'un handicap certain s'il décidait de se lancer. En effet, les nageurs avec lesquels il entrerait en compétition seraient sensiblement plus grands que lui et leurs bras plus longs. Et il ne pourrait absolument rien y faire, et la seule façon de pallier ces inconvénients était de s'astreindre à un entraînement plus rigoureux. Heureusement, il avait l'avantage de posséder de grandes mains et d'être plus léger, ce qui facilitait son déplacement dans l'eau.

Il termina ses longueurs sans cesser de songer à son avenir et à ce qu'il souhaitait en faire, puis, une fois son parcours achevé, il se hissa sur le bord de la piscine et s'y accouda, les yeux clos et un sourire sur les lèvres.

— J'espérais bien te trouver ici.

Terry était capable de reconnaître cette voix entre toutes et sa sensation de détente fut instantanément remplacée par de la prudence et de la méfiance.

— Tu n'es pas retourné à ton appartement, poursuivit James d'une voix doucereuse.

Terry perçut sous la fausse gentillesse l'acier du reproche implicite et comprit également que James n'avait pas cessé de le surveiller.

— Un ami m'a hébergé, répondit-il.

Il s'éloigna du bord et fit face à James. Il était vraiment très beau, personne ne pouvait prétendre le contraire. Il était même plus que cela. Grand et large d'épaules, il possédait une présence impossible à ignorer, et lorsqu'il daignait vous prêter attention, vous ne pouviez que vous sentir spécial. Ses yeux étincelaient, aussi bleus que l'océan. Mais Terry les voyait désormais pour ce qu'ils étaient : froids.

— Qu'est-ce que tu veux, James ? Je dois aller me changer et me préparer pour le travail.

— Tu sais parfaitement ce que je veux. Je t'ai laissé tout le temps nécessaire pour que tu te rendes compte à quel point tu étais bien avec moi.

James fit un pas pour s'écarter du bord de la piscine et Terry fut certain qu'il cherchait à lui en mettre plein la vue afin qu'il sache ce à quoi il avait renoncé.

— Qui va te sortir chaque nuit dans des endroits branchés et t'acheter les somptueux vêtements que tu aimes porter ? s'enquit James en dardant son regard acéré dans les yeux de Terry.

— James, je suis parti. Et je suis heureux.

Terry sut qu'il n'avait pas prononcé les bonnes paroles quand il aperçut les ombres obscurcir ce regard azur.

115

— Tu m'as manqué et tu m'appartiens, proclama James qui se pencha et tendit la main vers Terry. Je t'aime, Terry. Tu ne dois pas en douter.

— Non, tu ne m'aimes pas, contra le jeune homme tout en s'éloignant du bord. Tu me veux dans ta vie au même titre que tu veux ta voiture ou la maison dans laquelle tu habites. Non, tu ne m'aimes pas réellement.

— Et qui a dit ça ? demanda James d'une voix plus forte qui rebondit sur les murs et résonna dans l'immense pièce. Qui t'a fichu une idée pareille dans la tête ? J'ai toujours pris soin de toi pendant que nous étions ensemble. Je t'ai acheté tout ce que tu désirais et nous sommes allés en vacances dans le monde entier. Je t'ai traité comme un prince et c'est ainsi que tu me remercies ?

Il n'élevait plus la voix, mais la puissance et la colère dans son ton étaient immanquables.

La porte de la piscine s'ouvrit soudain avec un claquement qui n'était pas sans rappeler un coup de feu. Même James sursauta, ce qui ne fut pas sans faire sourire Terry. Red s'avança, impressionnant dans son uniforme. James se tourna pour lui faire face et Terry observa le duel silencieux de leurs yeux qui s'affrontaient tandis qu'ils se fixaient durement.

— Ceci une conversation privée entre mon petit ami et moi, tonna James d'une voix impérieuse.

— Quelqu'un nous a signalé une dispute, et comme j'étais dans les environs, j'ai décidé de venir voir par moi-même, répondit posément Red.

Puis, il se tourna vers Terry.

— Tout va bien, Monsieur ?

Terry cligna des yeux à plusieurs reprises, se demandant ce qui se passait.

— Oui merci, parvint-il à balbutier.

Red se retourna vers James.

— Je crois qu'il est préférable que vous partiez, Monsieur. Vos cris mettent les gens mal à l'aise, conseilla Red, presque déférent. Je crois qu'il s'agit d'un simple malentendu qui pourra être réglé de façon raisonnable en un temps opportun, n'est-ce pas ?

James se drapa dans sa dignité comme s'il s'agissait d'un manteau d'hermine.

— Bien sûr. Je ne réalisai pas que je criais, se défendit-il.

Puis, il se tourna vers Terry.

– Nous en parlerons plus tard, lui annonça-t-il avant de se diriger vers la sortie.

Terry le regarda partir, et dès que la porte se referma, il se tourna vers Red pour exiger une explication.

— Il faut que tu t'habilles et que tu viennes avec moi au poste, l'enjoignit Red en secouant doucement la tête. Je ne veux pas dire quoi que ce soit ici.

Terry sortit de l'eau et saisit sa serviette de bain pour se sécher. Il remarqua que Red ne le quittait pas des yeux et il s'en félicita. Il aima tellement cette sensation qu'il fit en sorte que le policier ne perde pas une miette du peu que couvrait son maillot de bain.

— C'est cruel, murmura Red.

Terry lui décocha un sourire aguicheur avant d'enrouler la serviette autour de sa taille et de se diriger vers les vestiaires. Il se changea le plus rapidement possible et retourna vers Red, qui s'entretenait avec Steve.

Julie arriva à ce moment-là et elle se précipita vers lui en le voyant. Il l'attira entre ses bras et l'étreignit.

— Comment va ta mère ?

— Bien mieux, Dieu merci ! Elle va se remettre, répondit Julie avec un immense soulagement dans la voix. Je viens juste de rentrer et j'ai pensé que je ferais aussi bien de venir travailler.

Elle se tourna alors vers Red.

— Mais qu'est-ce qui se passe ?

— Je ne sais pas trop… répondit Terry. James était là il y a cinq minutes. Écoute, j'ai plein de choses à te raconter, mais j'ai une urgence.

Terry vit Steve s'écarter de Red et se diriger vers son bureau. Le policier vint les rejoindre, Julie et lui.

— Tu as des ennuis ? s'enquit Julie.

— Non. Mais je te raconterai tout un peu plus tard, je te le promets, répondit le jeune homme. J'ai un tas de scoops pour toi. À plus tard, d'accord ?

— D'accord, dit la jeune femme, manifestement confuse par la tournure des événements tandis que Red et Terry quittaient le bâtiment.

— C'était quoi cette comédie ? Pourquoi as-tu fait comme si tu ne me connaissais pas ? interrogea Terry dès qu'ils furent à l'extérieur.

— J'étais en route pour venir te voir. Nous avons découvert certaines choses sur James et nous espérons que tu pourras nous aider à y voir plus clair. J'ai fait l'idiot, car je ne veux pas qu'il se doute de quoi que ce soit. Qu'il continue de croire que je ne suis qu'un flic qui passait dans les environs et à qui on a demandé de jeter un œil à ce qui paraissait n'être qu'une dispute.

Ils arrivèrent à la hauteur d'une voiture de police et Red scruta les environs.

— Je crois que James est déjà parti. Je m'étais presque attendu à le voir encore dans les parages. C'est un type particulièrement sournois.

Red ouvrit la portière et Terry grimpa dans le véhicule. Comme il n'était jamais monté dans une voiture de police auparavant, il prit quelques instants pour détailler l'intérieur.

— Je ne m'attendais pas à tout ça, fit-il remarquer en désignant d'un geste de la main l'ordinateur de bord et les autres équipements.

— Cette voiture est pratiquement un bureau mobile, avec notamment un centre de communication et une station radar. Ces véhicules sont parfois même blindés, expliqua Red en fermant sa portière et en mettant le moteur en marche.

Terry boucla sa ceinture, se demandant toujours ce qui se passait. Quand Red lui avait dit qu'il enquêtait sur James, il s'était attendu à ce qu'il déniche des contraventions impayées ou peut-être quelques plaintes pour tapage nocturne. Mais il s'agissait apparemment de délits beaucoup plus graves.

Le trajet jusqu'au poste fut relativement rapide. Red se gara et Terry le suivit à l'intérieur du bâtiment. Il pensa qu'il allait être conduit dans l'une de ces petites salles d'interrogatoire filmées par la télévision, mais Red le fit asseoir en face d'un banal bureau en acier.

— Je présume que tu as trouvé quelque chose, avança Terry.

Red hocha la tête.

— Qu'est-ce que tu peux me dire sur les affaires de James ?

— Je sais qu'il possède une entreprise de transport routier basée dans un immeuble du centre-ville. Il m'a expliqué qu'il s'occupait de distribution de marchandises et j'en ai déduit qu'il était une sorte d'UPS, mais en plus important. Je suis allé quelques fois à son bureau, mais je suis toujours resté dans la voiture. Pourquoi ?

Red pivota sur son siège et un autre policier s'avança.

— Terry Baumgartner, voici l'agent Aaron Cloud. Il dirige cette enquête et je l'assiste.

Terry serra la main de l'agent.

— Je vous aiderai de mon mieux, même si je ne vois pas très bien comment.

L'agent Cloud tira une chaise pour s'y asseoir.

— Eh bien, cette enquête a pris dernièrement un tour très particulier. Red, qui s'inquiétait pour votre sécurité, a demandé à l'un de ses amis de fouiller dans le passé de James Guthrie.

— Red m'a en effet informé de ce qu'il comptait faire, confirma Terry tout en se mordillant les lèvres. Je ne lui ai pas causé de problèmes, n'est-ce pas ?

— Non, pas du tout, répondit Aaron Cloud. Cependant, cette demande initiale et les informations qui ont été recueillies ensuite ont eu pour conséquence l'ouverture d'une investigation complémentaire.

Terry jeta un regard à Red tout en se demandant si l'agent Cloud avait l'habitude de s'exprimer comme un personnage de série télévisée.

— Terry, il y a beaucoup d'argent qui transite par la société de James, vraiment beaucoup parfois. Sa société pourrait bien être une façade pour du blanchiment d'argent. James a la réputation de dépenser sans compter. Quand vous étiez ensemble, comment payait-il pour ses achats ?

— En liquide, répondit Terry. Il en avait toujours plein les poches et il dépensait l'argent comme si c'était de l'eau... Mais ça ne signifie pas pour autant qu'il faisait quoi que ce soit de répréhensible. Beaucoup de gens paient en liquide. James répétait qu'il détestait les cartes de crédit, quelque chose qui avait à voir avec ses parents qui s'étaient lourdement endettés. Alors il n'en utilisait jamais.

Terry l'avait une fois interrogé à propos de cette habitude plutôt surprenante, mais il n'y avait plus repensé par la suite.

Red et l'agent Cloud n'arrêtaient pas de prendre des notes.

— J'ai déjà indiqué à Red où James vivait et son goût prononcé pour les voitures de luxe. Il adore attirer l'attention.

— Dans quelle sorte d'endroit avait-il l'habitude de vous emmener lorsque vous sortiez tous les deux ?

— Dans des restaurants et des clubs. Il paraissait y connaître tout le monde et les gens venaient à sa rencontre pour discuter avec lui. Dans ces cas-là, je m'excusais et j'allais prendre un verre. Ça arrivait en général plusieurs fois par soirée et ils s'entretenaient de sujets sans importance, comme des noms de sociétés, des noms de rues. C'était du chinois pour moi.

— Donc, vous êtes en train de dire que vous ne savez rien du tout ? insista l'agent Cloud.

— J'ai vécu avec lui pendant neuf mois avant de réaliser qu'il tentait de prendre le contrôle de mon existence. J'ai pris mes jambes à mon cou et je veux qu'il reste en dehors de ma vie. S'il a fait quoi que ce soit d'illégal, je ne me suis aperçu de rien. De toute façon, même s'il s'était livré à un trafic quelconque, je suis persuadé qu'il aurait fait en sorte que je n'en sache rien.

— Pourquoi ça ? s'enquit Aaron.

— J'ai toujours eu l'impression qu'il ne me faisait pas confiance pour les sujets qui le concernaient vraiment. Ce qui était aussi bien compte tenu du fait que je me serais enfui si je m'étais rendu compte qu'il avait des activités illégales.

Terry avait vu suffisamment d'épisodes des *Experts* pour savoir qu'il ne voulait en aucun cas être mêlé à ce genre d'histoires.

— Est-ce que vous connaissez la provenance de son argent ? demanda-t-il aux deux hommes.

Il comprit rien qu'en les regardant qu'ils l'ignoraient.

— Non, nous ne le savons pas. Tout paraît normal de l'extérieur. Ce sont les sommes elles-mêmes qui le rendent suspectes.

— Je sais de source sûre que James peut compter sur une armée d'avocats, j'en ai parfois rencontré quelques-uns quand ils nous rejoignaient pour des dîners d'affaires. De même que le type qui se prétendait son comptable.

Terry essayait de se rappeler tout ce qu'il avait pu voir au cours de sa vie commune avec James.

— Il y avait aussi un homme qui gérait son argent, un surdoué des placements qui conduit une Ferrari, je crois. Une noire, si mes souvenirs sont bons.

Les deux policiers griffonnaient sur leurs calepins tous les propos de Terry.

— James trouvait que c'était une belle bagnole et parlait de s'en offrir une identique. Mais il a abandonné cette idée il y a six mois et n'en a plus jamais reparlé.

— Qu'est-ce que vous pouvez nous apprendre d'autre sur James ? demanda l'agent Cloud.

— Mais que voulez-vous savoir ? Vous allez devoir me donner des indices, les gars. Je suis resté à peu près trois mois dans sa maison avant de déménager. C'est un endroit gigantesque et oppressant où chaque mur est décoré d'œuvres d'art que j'ai personnellement trouvées atroces, mais que James affectionne. Il y a également des photos de lui posant avec des célébrités dont je ne pourrais affirmer qu'elles sont authentiques, vu que je suis bien placé pour savoir qu'il n'a jamais croisé le chemin de qui que ce soit de célèbre pendant la durée de notre vie commune, et que pour ma part, je n'ai jamais eu l'occasion de me faire photographier au milieu des beaux mecs d'une équipe professionnelle de football.

— Qu'est-ce qui l'intéresse ? En dehors des hommes ? chercha à savoir l'agent Cloud, non sans avoir jeté un regard en coin à Terry d'abord, puis à Red.

— Vous voulez dire côté pervers ? Comme du fétichisme ? ironisa le jeune homme. Rien de très bizarre, pour autant que je m'en souvienne. Il adore tout maitriser en toutes circonstances. Êtes-vous réellement à la recherche de secrets de chambre à coucher ?

— Non, pas vraiment, répondit le policier. Est-il fidèle ?

Terry ouvrit la bouche pour répondre par l'affirmative avant de la refermer, se rendant compte qu'il n'en savait strictement rien. James aurait bien pu baiser avec la moitié de la ville qu'il n'en aurait rien su.

— Il prétend l'être, déclara Terry.

Soudain, il se sentit utilisé et sali comme s'il avait vendu son corps au plus offrant, à l'instar d'une pute pas très intelligente et vénale. Si le nombre de fois où ils avaient baisé durant leur courte vie commune pouvait servir de référence, James avait pu coucher avec la moitié des mecs de la ville depuis leur séparation.

— James était toujours prêt pour le sexe, toujours gonflé à bloc, concéda le jeune maître-nageur, qui se sentait de plus en plus idiot d'avoir cru aux déclarations d'amour de son ex.

Red dut sentir son malaise, car il intervint pour la première fois dans la conversation.

— Écoutez, Terry, je sais que nous vous mettons dans une situation particulièrement inconfortable et je veux que vous sachiez que votre honnêteté ne fait pas de vous un moins que rien, affirma-t-il en jetant un coup d'œil à son collègue pour obtenir son soutien. Des individus comme James savent utiliser les gens et arriver à leurs fins.

— Y avait-il des clubs ou des endroits en particulier qu'il aimait fréquenter ? demanda Aaron.

— Oui. Il aimait tout spécialement le *Café Fresco*, où il était connu comme le loup blanc, il a fréquenté pendant un temps *Bronco's*, mais a cessé d'y aller après une embrouille concernant…

Terry réfléchit, histoire de rassembler ses souvenirs, avant de poursuivre :

— Je crois que c'était en janvier. Oui, c'est ça, au mois de janvier, juste après cette grande tempête. Il s'est pris la tête avec les propriétaires et il n'y a plus mis les pieds. J'ai déduit d'après les rumeurs qu'on lui avait fait comprendre qu'il n'était plus le bienvenu et qu'il avait virtuellement été exclu. Mais je n'en sais pas plus.

— Nous allons parler aux propriétaires pour voir ce qu'ils peuvent nous apprendre à ce sujet, annonça l'agent à Red, qui approuva d'un hochement de tête.

Terry se dit qu'il allait finalement pouvoir les aider. Légèrement rassuré, il adressa un sourire à Red.

— Et après cet incident, quels étaient ses lieux de prédilection ? poursuivit l'agent Cloud.

— Ici et ailleurs. Il ne se rendait plus dans les clubs, car il prétendait qu'ils étaient destinés à des gosses et qu'il n'en était plus un. C'est à ce moment que nous avons commencé à aller au *Café Fresco* et chez *Char's*. Il appréciait la nourriture. Une fois qu'il est devenu un habitué des lieux, les propriétaires se sont mis à lui lécher les bottes et c'est le genre d'attitude dont il raffole.

L'agent Cloud resta silencieux quelques instants après cette déclaration.

— Vous ne l'avez jamais vu se livrer à quoi que ce soit d'illicite ? intervint Red.

— Si par cette question vous entendez vendre de la drogue ou frapper des gens, la réponse est non. James aimait par-dessus tout être le centre de l'attention, mais s'il estimait que quelqu'un ne lui prêtait la considération qu'il jugeait lui être due, il se contentait de l'ignorer et de l'exclure de son cercle de connaissances. D'une façon générale, il était plutôt généreux avec son entourage, offrant des repas et des tournées, dépensant sans compter. Mais…

Terry s'interrompit, un souvenir remontant brusquement à la surface de sa mémoire.

— Quoi ?

— James avait un petit ami avant moi. Je crois qu'il se prénommait Kirk. Je l'ai rencontré une fois il y a environ quatre mois, et il m'a fait immédiatement penser à un animal aux abois. Ce soir-là, il dinait au *Café Fresco* avec des amis à lui et j'ignorais alors qui il était. James est allé le saluer et ils se sont parlés pendant quelques minutes. Puis, Kirk et ses amis ont quitté le restaurant. James a fait appeler le directeur pour lui demander de mettre leur note sur son compte et de faire en sorte qu'aucun d'eux ne revienne.

Terry frissonna légèrement en évoquant cet évènement et dut attendre quelques secondes avant de reprendre la parole :

— La façon dont il s'est exprimé m'a laissé croire un moment que son souhait était qu'ils ne reviennent plus… jamais.

— D'accord… s'empressa de dire Red.

— J'ai posé quelques questions après cet incident, mais aucun des amis de James ne voulait en parler. Je n'ai jamais revu Kirk, mais un des barmen m'a confirmé qu'il venait régulièrement dîner, mais qu'il ne l'avait jamais revu après cette soirée.

— Connaissez-vous le nom de famille de Kirk ?

— Non, désolé. Mais un des barmen – James l'appelait toujours Slim – pourrait peut-être vous renseigner. C'est lui qui s'occupait de James quand nous allions dîner chez *Fresco*, et s'il y travaille toujours, il pourra vous aider. Mais je dois vous avertir que je ne l'ai pas vu lors de ma dernière visite, alors il est possible que ça vous conduise à une impasse.

Terry vérifia l'heure sur l'horloge accrochée sur le mur en face de lui.

— Je dois retourner travailler maintenant. Julie peut se débrouiller toute seule pendant un moment, mais nous avons des classes entières prévues aujourd'hui et notre présence à tous les deux est nécessaire.

— Bien. Je vais vous raccompagner, répondit Red.

Terry se leva et suivit Red à travers la pièce et vers l'accueil.

— Tu penses que je vous ai été utile ?

— Oui, assura Red tandis qu'ils se dirigeaient vers la voiture de police. Je viendrai te chercher après le travail pour t'emmener à ton appartement. Tu pourras y récupérer les choses dont tu as besoin ou envie, mais je ne pense pas que tu doives y retourner après ça, en tout cas pas jusqu'à ce que nous ayons une idée plus précise de ce qui se passe avec James.

Red s'efforça d'adopter un ton raisonnable et rassurant.

— Je doute que Guthrie se sente concerné par ta sécurité s'il apprend que tu nous as parlé.

Il monta en voiture, imité par Terry.

— Je ne veux pas qu'il t'arrive quoi que ce soit et je n'ai pas confiance en James. Je sais que tu ne le crois capable de te faire du mal, mais j'ai remarqué à la piscine à quel point il était furieux et combien il avait du mal à se maîtriser.

— Je sais, je l'ai vu moi aussi. J'ai toujours cru que James n'était rien d'autre qu'un petit ami hyper dominateur, et je ne l'ai jamais suspecté d'être une sorte de criminel. Est-ce que tu crois qu'il est lié à la mafia ?

Red éclata de rire.

— J'en doute. La mafia préfère agir dans l'ombre et ne tolèrerait personne d'aussi voyant et avide d'attention que James. Mais mon instinct me souffle qu'il a les mains sales, même si je ne sais pas encore exactement à quel point.

Il tendit la main et caressa la joue de Terry.

— Par conséquent, laisse-moi te ramener à ton travail et venir te récupérer à la fin de ta journée afin de t'aider à assurer tes livraisons de repas. Tante Margie va adorer te revoir.

— Je suis parfaitement capable de livrer les repas sans une escorte de la police, protesta Terry.

— Et si James te suivait ou te faisait suivre ? Ta voiture ne passe pas exactement inaperçue. Alors fais-moi plaisir, d'accord ?

— D'accord, capitula le jeune homme.

— Bien. J'ai informé ton directeur que James t'ennuyait et il ne sera plus autorisé à entrer dans le centre. Tu devrais y être en sécurité pour l'instant, mais fais quand même attention aux personnes autour de toi. Essaie de voir si qui que ce soit te surveille ou te porte une attention particulière. C'est un signe qui ne trompe pas en général : des individus qui voulaient assassiner un président se sont trahis au beau milieu d'une foule à cause de l'attention anormale qu'ils portaient à leur cible.

Terry leva les yeux au ciel.

— C'est ça. Et c'est aussi le cas des filles qui ne me quittent pas du regard à la piscine au lieu de prêter attention au professeur de natation. Je présume qu'elles travaillent pour James et que je dois les faire arrêter séance tenante.

— Petit malin, rétorqua Red.

Terry éclata de rire.

— Tout ira bien. La piscine est toujours bondée et Julie et moi travaillerons ensemble. Ne te fais pas de souci. Je garderai mon téléphone à portée de main au cas où quelque chose se produirait. Tu pourras ainsi te précipiter à mon secours et me sauver comme la demoiselle en détresse que je suis.

Il ponctua sa déclaration en battant des cils de manière exagérée. Il était conscient de se conduire un petit peu comme un idiot, mais il voulait insister sur le fait qu'il n'avait pas besoin d'être surveillé toute la journée.

— Tu n'es pas une demoiselle et ce n'est pas ce que je voulais dire. Je veux simplement que tu sois prudent, le réprimanda Red d'une voix sérieuse qui effaça le sourire sur les lèvres de Terry. Je pense sincèrement que James est dangereux et je ne veux pas qu'il t'approche.

— Est-ce que tu es jaloux ?

— Non, répliqua Red un peu trop vite.

Terry se détourna pour regarder à travers la vitre.

— Tu sais, ce vert n'est décidément pas une couleur qui te convient. Tu sais, ce vert si particulier qui évoque la jalousie...

— Alors que je fais preuve de franchise envers toi et que je te fais part de mes inquiétudes, toi, tu trouves amusant de te moquer de moi, lui reprocha Red d'un ton blessé.

Le jeune homme lui fit face et soupira.

— Je ne faisais que te taquiner. Je sais que tu ne me prends pas pour une demoiselle en détresse et je te jure que James ne m'intéresse plus du tout. Il appartient à une page de ma vie qui est tournée depuis des mois déjà.

— C'est un gros con, bougonna Red.

— Mais pourquoi est-ce qu'il te rend aussi nerveux ? Ça ne tient certainement pas uniquement au fait que tu le considères dangereux. Quelque chose d'autre te tracasse et ne prétends pas que ça n'a pas d'importance. Cette attitude maussade et renfrognée n'est pas plus attirante que la jalousie.

Terry attendit que Red quitte le parking et prenne le chemin du centre de loisirs. Il ignorait si Red allait se décider à lui donner des explications tandis qu'il l'observait se mordiller la lèvre inférieure.

— Nous nous sommes rencontrés lui et moi pour la première fois aujourd'hui, consentit à dire Red au bout d'un moment, tout en serrant le volant si fort que ses jointures en blanchirent. J'ai compris en le voyant ce qui t'a plu et les raisons pour lesquelles tu es resté avec lui. Il est vraiment très beau et... comment dire... J'ai réalisé un certain nombre de choses, c'est tout.

— James est une tête de nœud. Toi et cet agent dont le nom m'échappe m'avez permis d'appréhender les implications de vos questions. Je n'ai réalisé la gravité de son comportement que presque trop tard, et pour couronner le tout, vous le soupçonnez de se livrer à des activités illicites sous le couvert de sa société. Ta réaction est incompréhensible, sauf si tu penses que je suis suffisamment superficiel et stupide pour préférer être avec un enfoiré qui m'a traité comme si j'étais sa propriété exclusive, plutôt qu'avec un homme qui fait tout son possible pour me prouver qu'il tient à moi et qu'il me veut en sécurité.

Ils étaient arrivés. Red stoppa la voiture et Terry ouvrit la portière et descendit sans attendre. Malgré son désir de prendre rapidement ses distances, il s'attarda suffisamment longtemps pour entendre la réponse de Red :

— Je serai là quand tu sortiras du travail et nous ferons ensemble les livraisons, annonça le policier d'un ton qui n'admettait aucune objection.

Terry ferma la portière et se dirigea vers le club. Arrivé à la porte, il se retourna pour voir si Red le regardait toujours, puis il entra dans le bâtiment.

TERRY PASSA toute la journée assis sur son perchoir à surveiller les nageurs, et il aida occasionnellement certains enfants lors de leurs leçons de natation. Il adorait cette partie de son travail : aider les plus jeunes souvent très effrayés par l'eau à surmonter leur peur s'avérait très gratifiant. Et, cerise sur le gâteau, il pouvait ainsi partager une activité qu'il aimait tout particulièrement.

— Tu as quelque chose de prévu ce soir ? Tu veux sortir ? lui demanda Julie lorsqu'ils eurent fini leur service et qu'ils se dirigèrent vers les vestiaires.

— Je livre des repas et ensuite je vais chez Red.

— Qui est Red ? voulut-elle savoir en lui attrapant le bras. Je sais bien que j'ai été hors circuit à cause de ma mère et du reste, et j'aimerais beaucoup savoir ce qui a bien pu se passer en mon absence.

Ses yeux s'agrandirent soudain et sa bouche forma un *o* parfait avant qu'elle la camoufle derrière sa main.

— Tu as un nouveau petit ami !

Terry l'arrêta d'un geste de la main.

— Écoute, je ne suis pas très sûr de savoir où j'en suis. Pour faire court, tu te souviens du flic à la piscine ? Celui avec les cicatrices sur le visage ? Il se trouve que sa tante est l'une des bénéficiaires des repas que je livre. J'étais chez elle quand j'ai reçu l'appel de James. Elle s'est énormément inquiétée à mon sujet et elle a donc envoyé Red à mon appartement. Ce soir-là, James s'est introduit chez moi et les choses ont dégénérées.

Terry se mit à parler de plus en plus vite à mesure de son récit.

— Tu n'étais pas chez toi à cause de ta mère et Red a décidé de m'emmener chez lui. Une chose en entraînant une autre, je ne suis pas retourné chez moi pour des raisons de sécurité. Je ne sais pas encore quelle place Red occupe dans ma vie et je m'efforce de le comprendre. Ça ne fait que deux jours que nous nous connaissons, mais un milliard de choses se sont produites durant ce court laps de temps.

— Incluant l'apparition inopportune de James et l'arrivée de Red en sauveur, compléta Julie. Comme c'est romantique !

Elle ne put s'empêcher d'adopter un ton mélodramatique à souhait. Terry décida de ne pas y prêter attention et se tourna vers le vestiaire des hommes.

— Attends une seconde ! Je suis un peu perdue, là ! s'exclama Julie.

Terry fit volte-face.

— Chérie, tu *es* un peu perdue ? En seulement quarante-huit heures, ma vie a été complètement mise sens dessus-dessous et ma vision du monde altérée par un homme dont je me suis moqué la première fois que je l'ai vu.

Il s'approcha tout près d'elle.

— Et tout ça par ta faute. Je suis devenu bénévole pour aider les autres, j'ai repris la lecture d'un livre acheté il y a un an. Bon, à ma décharge, ce n'est pas comme si j'avais eu le temps de m'y plonger à cause de mon emploi du temps, mais l'histoire a l'air plutôt intéressante.

— Donc, tu te « dé-superfiabilises » en quelque sorte, conclut Julie avec un air si suffisant que Terry ressentit une féroce envie de la frapper.

— Je suppose qu'on peut dire les choses comme ça, soupira-t-il d'une voix exagérément dramatique. Je l'aime vraiment bien, c'est un type super…

— Où est le problème alors ?

Julie vint se placer à ses côtés. Les autres maîtres-nageurs avaient pris leurs postes respectifs et une flopée d'enfants entraient dans la piscine. Julie et Terry devaient donc veiller à ne pas parler trop fort.

— Il est mauvais au lit ? Je pose la question en partant du principe que tu as déjà couché avec lui, bien évidemment.

Terry se mit à rougir violemment sans pouvoir s'en empêcher.

— Donc, tu as bien couché avec lui. Mec, tu n'as pas perdu de temps ! Donc, si tu es réticent… c'est qu'il n'a pas été à la hauteur.

— Julie, il est hors de question que j'aborde ce sujet avec toi, affirma Terry d'une voix catégorique alors même que ses joues étaient sur le point de prendre feu.

— Oh... commença Julie avant d'ouvrir la bouche en grand. Ooooohhh !

— Ouais, c'est exactement ça.

Un frémissement parcourut la colonne vertébrale de Terry au souvenir de la nuit précédente. Il dut produire un effort considérable pour le chasser de sa mémoire sous peine de devoir piquer un sprint vers les douches.

— Encore une fois, où est le problème ? Est-ce qu'il te traite convenablement ? Est-ce un type bien ?

Ses questions crépitaient comme une mitraillette et Terry hocha la tête à chacune d'elles.

— A-t-il davantage de cicatrices sous son uniforme ? Es-tu gêné par son apparence ? C'est ça le problème, son visage ?

— Julie, stop ! Son apparence ne me pose aucun problème. D'ailleurs, je ne fais plus attention à ses cicatrices. C'est un homme suffisamment généreux pour offrir son aide à une personne qu'il ne connaît ni d'Ève ni d'Adam, juste parce qu'il traverse une période difficile. Il est doté d'un très grand sens moral.

— Tu sais ce que ça signifie ? Tu as le béguin !

Terry eut envie de la gifler, mais préféra lever les yeux au ciel.

— Je ne vais pas discuter de ça avec toi alors que nous sommes sur notre lieu de travail. Mais tu es à côté de la plaque, contesta Terry en s'affaissant sur une des chaises appuyées contre le mur et en drapant sa serviette autour de son cou. Je ne sais pas où j'en suis. Je sais que je l'apprécie énormément, mais je n'arrête pas de me demander si mes réactions envers lui ne sont pas dues uniquement aux problèmes que me cause James ou s'il n'est pas qu'un moyen pour moi de rebondir après ma rupture.

— Tu préfèrerais que ce soit le cas ?

Terry secoua la tête.

— Donc, tu l'aimes vraiment bien.

— Oui, vraiment. Il peut être réellement adorable et attentionné, mais également impétueux et audacieux. Il est solide comme un roc, mais il sait écouter.

— Il a toutes les qualités de l'homme idéal.

— C'est peut-être ce qu'il est vraiment. Mais comme mon choix en matière de mecs s'est avéré particulièrement désastreux ...

128

— Stop ! James appartient au passé. Tu l'as quitté et tu as réussi à lui échapper. Ne le laisse pas affecter, aujourd'hui, ton éventuelle relation avec un homme que tu apprécies et qui pourrait te rendre la réciproque. James utilise les autres, en tout cas, c'est ainsi que je le perçois d'après la façon dont tu me l'as décrit. Crois-tu que Red serait capable de se comporter ainsi ?

— Non, s'offusqua Terry.

Immédiatement, il sentit l'étau de l'insécurité se relâcher. Alors qu'il n'éprouvait aucun doute quand il se trouvait avec Red, il ne pouvait pas s'empêcher d'être taraudé par l'incertitude dès qu'il était livré à lui-même. Il n'était pas ainsi avant sa rupture avec James. Encore un point négatif à porter au bilan de sa relation avec cet enfoiré.

— Red me permet d'être moi-même, d'être celui que je souhaite être de toutes mes forces. Tu comprends ?

Terry peinait à trouver les mots pour exprimer le fond de sa pensée.

Julie lui tapota l'épaule.

— Tu es un homme chanceux et tu n'en as même pas conscience. Ce que tu décris est ce que chacun d'entre nous espère trouver un jour : une personne qui nous complète. Bien sûr, Red ne correspond peut-être pas à ta vision du Prince Charmant, mais manifestement le destin s'en fiche. Il semblerait que tu aies trouvé ta moitié.

Elle se détourna pour prendre la direction du vestiaire des femmes et Terry aurait juré l'entendre grommeler « petit veinard ».

Il prit une douche, se changea et rangea ses affaires dans son sac de sport. Quand il traversa l'accueil, il aperçut Red assis sur l'une des chaises près de la porte, observant les gens qui allaient et venaient. Le policier se leva et Terry le rejoignit tout en souhaitant une bonne soirée à tout le monde.

— Nous allons à mon appartement ? demanda-t-il pour avoir l'assurance que tout était normal.

— Oui. J'ai jeté un œil sur ta voiture et rien de suspect n'est à signaler. Personne ne s'en est pris à elle et elle peut donc rester garée sans problème encore quelques jours. Les gars continuent à se demander à qui elle appartient, ce qui signifie qu'ils l'ont à l'œil.

— Par conséquent, si quoi que ce soit arrive, ils le remarqueront, n'est-ce pas ?

Red acquiesça.

— Bon. De toute façon, j'envisage de la vendre, fit-il remarquer. Je crois qu'il est grand temps que je tourne la page.

129

Il adorait sa Mustang, mais il était plus que jamais déterminé à se débarrasser de tout ce qui lui venait de James et la voiture était un héritage non négligeable de cette relation passée. Il observa les maisons qui défilaient par la vitre de la voiture, songeant qu'il causait un gigantesque gâchis.

— Tu vas bien ? s'inquiéta Red tandis qu'il garait sa voiture derrière l'immeuble de Terry.

— Ça va, oui. Je suis juste en train de m'apitoyer sur moi-même.

Terry ouvrit sa portière et descendit du véhicule. Il attendit Red et ils s'avancèrent vers l'immeuble. Rien ne paraissait anormal alors qu'ils montaient les escaliers pour atteindre le deuxième étage. La porte de son appartement étant toujours fermée, Terry récupéra ses clés et la déverrouilla. La porte s'ouvrit après une légère poussée.

Red passa son bras devant le jeune homme et le fit reculer d'un pas. Terry s'écarta de façon à permettre au policier de scruter l'intérieur de l'appartement.

— Quelque chose ne va pas ? s'inquiéta-t-il.

Il eut beau chercher du regard, il ne nota rien de bizarre. L'appartement ne lui semblait pas différent, rien n'était dérangé ni cassé.

— Tout parait normal, non ?

Red fit un pas à l'intérieur et Terry le suivit. Le silence régnait à l'exception du ronronnement du réfrigérateur.

— Je vais aller vérifier la chambre. Reste ici, et s'il se passe quoi que ce soit, cours.

Red poussa la porte de la chambre et Terry le vit se détendre brièvement avant de se raidir brusquement.

— Quoi ? s'alarma Terry en fermant la porte d'entrée.

Red recula tandis que Terry traversait le salon pour le rejoindre sur le seuil de la chambre.

— Tout me semble norma... commença-t-il à déclarer avant de s'interrompre.

Il vit alors ce qui clochait : un tas brillant de verre brisé. Il s'approcha et remarqua les nombreux éclats de verre.

— Il est venu ici, parvint-il à dire d'une voix étranglée.

— Qu'est-ce que c'est ? voulut savoir Red.

— James avait l'habitude de me comparer à du cristal finement et magnifiquement taillé, et il a trouvé logique de m'offrir plusieurs objets dans cette matière, expliqua-t-il.

Puis, il se tourna vers sa commode et la désigna du doigt :

— Il y avait un vase posé sur le dessus de la commode et je crois que les débris sont tout ce qu'il en reste.

Il prit une grande inspiration pour raffermir sa voix.

— Je crois aussi qu'il cherche à m'avertir qu'il me brisera tout comme il a cassé ce vase en cristal.

Il fit le tour du lit en prenant garde à ne pas marcher sur les bris de verre et à ne rien déranger. Davantage de cristal brisé gisait sur le tapis. Terry eut un hoquet de surprise et se tourna vers Red.

— Il est au courant pour toi.

— Au courant de quoi ?

— Regarde, ils sont rouges, fit remarquer le jeune homme en pointant du doigt des éclats de cristal.

— Ça n'a pas peut-être aucun rapport, objecta doucement Red en lui touchant le bras.

Terry devina que son compagnon cherchait à se montrer rassurant, mais il ne pouvait empêcher ses genoux de trembler et son souffle de s'accélérer.

— Je ne possède rien qui soit de cette couleur, expliqua-t-il. Qui que soit la personne qui a pénétré chez moi – et je suis convaincu qu'il s'agit de James – a apporté cet objet avec lui. Il me passe un autre message : il me traitera comme il a traité ce vase et il se fiche que tu te mettes en travers de sa route.

— Il devient de plus en plus audacieux, en déduisit Red en faisait le tour de la pièce du regard. Il a dû s'attarder un long moment dans ta chambre.

— Que veux-tu dire ?

— Sortons d'ici. Nous achèterons en route ce dont tu penses avoir besoin.

Red prit le bras de Terry et le guida hors de la pièce et de l'appartement. Une fois qu'ils eurent verrouillé la porte et atteint le hall, Red passa un appel.

— Aaron, Terry et moi sommes à son appartement, dit-il.

Puis, il décrivit ce qu'ils avaient découvert.

— Je suis prêt à parier qu'il a caché une caméra quelque part dans l'appartement. Son intention était de laisser un message et il a obligatoirement voulu s'assurer que son destinataire l'avait bien reçu.

Terry s'appuya contre le mur tandis que Red écoutait la réponse de son interlocuteur.

— D'accord. Nous avons une ou deux choses à faire et je le sors ensuite d'ici.

Il hocha la tête comme pour approuver les propos de son collègue et détailla la forme qu'avait prise le message laissé par James et sa signification.

— Je suis d'accord. Nous devons agir vite avant que la situation se dégrade.

Le cœur de Terry battait la chamade. Il attendit que Red ait achevé sa conversation avant de l'interroger :

— On y va ?

— Oui. Nous allons livrer ces repas aussi vite que possible. Aaron est en route et va inspecter ton appartement pour recueillir des indices, même s'il existe peu de chance de trouver quoi que ce soit. Si tu as raison, James aura pris toutes les précautions pour ne laisser aucune trace qui nous permettrait de remonter jusqu'à lui.

— Nous irons à ton appartement après les livraisons ?

— Non. Je resterai en contact avec Aaron, mais toi et moi allons faire une virée en ville. Il faut que nous parlions au personnel du *Bronco* et nous devons agir avec prudence. Je ne serai plus dans ma juridiction et ma démarche n'aura rien d'officiel.

— Ne t'inquiète pas, je connais une personne qui peut nous aider, affirma Terry en souriant.

Ils quittèrent l'immeuble et se dirigèrent vers le pick-up. Red démarra et Terry le guida vers les locaux de Lavelle, où ils récupèrent les plateaux-repas. La livraison se passa sans encombre, et lors de leur passage chez Tante Margie, ils s'assurèrent qu'elle avait n'avait besoin de rien. Durant tout le temps qu'avait duré leur trajet, Red n'avait cessé de surveiller les environs.

— Est-ce que nous sommes suivis ? s'inquiéta Terry.

— Je ne crois pas. De toute façon, la seule chose qu'ils verraient, ce sont deux hommes livrant des repas à domicile. C'est une formidable couverture que je devrais garder en réserve en cas de besoin. En plus, tous ces stops rendraient fou n'importe qui essayant de nous filer.

Comme ils mouraient tous les deux de faim, Red s'arrêta à un drive-in sur la route qui les conduisait à Harrisburg. Leurs hamburgers avalés, ils reprirent la route et Red se gara non loin du club. Il était très tôt, et dans la lumière des stroboscopes qui pulsait au son d'une musique encore supportable, peu de clients occupaient le club. Terry poussa Red vers une des tables.

— Voici Bull, c'est à lui que tu dois parler.

— Seigneur ! s'exclama doucement Red. Et moi qui me trouvais immense !

— Bull est grand, mais pas aussi costaud que toi. C'est le chef de la sécurité et le propriétaire du club. Rien de ce qui se passe ici ne lui échappe.

Terry croisa le regard de Bull et lui fit un signe de la main.

Il avait eu l'occasion de le rencontrer à plusieurs reprises. Tristan, un des camarades d'école de Terry, était ami avec l'associé de Bull.

Celui-ci se dirigea vers leur table.

— Est-ce que Zach est là ? demanda Terry d'une voix joviale.

— Pas ce soir, non, répondit Bull avec un rien de suspicion.

L'homme semblait ne faire confiance à personne.

— James n'est pas là, n'est-ce pas ? s'enquit-il en faisant le tour du lieu d'un regard inquisiteur, son crâne chauve luisant sous le feu des lumières.

Bull transpirait l'intimidation par tous les pores de sa peau, mais Terry se doutait qu'il s'agissait plutôt d'une posture que de sa nature réelle.

— Je ne suis plus avec lui, expliqua Terry. Je me suis rendu compte que je m'étais trompé sur son compte.

Bull hocha la tête.

— Ce n'est pas la première fois que ce genre de méprise se produit, fit-il remarquer d'un ton philosophe.

Red se leva et Terry fit les présentations :

— Bull, voici Red. Il est… Il s'intéresse à James et j'espérais que tu acceptes de lui raconter ce qui s'était passé avec lui il y a quelques mois.

Bull examina Red des pieds à la tête.

— Vous êtes flic ?

— Oui, mais je ne suis pas en service, avoua Red. Votre aide me serait précieuse.

Bull ne s'attendait pas à une telle franchise et son visage trahit malgré lui sa surprise.

— Je ferai de mon mieux.

Bull tira une des chaises et s'y assit. Il se tourna et fit un signe à l'un des barmen qui lui apporta aussitôt un verre rempli d'un liquide transparent qui aurait aisément pu être pris pour de l'alcool, mais que Terry soupçonna n'être en fait qu'une boisson non alcoolisée, suspicion qu'il préféra garder pour lui. Il commanda pour sa part une bière et Red l'imita. Puis, le barman s'éloigna sans dire un mot.

— Terry m'a expliqué que James avait été banni du club il y a plusieurs mois de ça. Pourriez-vous me dire pourquoi ? demanda Red en se penchant par-dessus la table. Je sais que vous ne me connaissez pas, mais je vous assure que je ne suis pas là pour vous attirer des ennuis. Nous sommes en train d'enquêter sur James Guthrie, principalement à cause de Terry, et le terrain d'investigation devient de plus en plus vaste et il est urgent que nous parvenions à mieux appréhender la situation.

Le regard de Red se posa rapidement sur Terry avant de revenir se fixer sur Bull.

Ce dernier leva son verre et en avala une gorgée.

— Nous n'avons jamais été en mesure de prouver quoi que ce soit, sinon nous aurions prévenu la police et l'aurions laissé gérer le problème. Quand James a commencé à fréquenter le club, des substances illicites ont brusquement commencé à faire leur apparition. Ce club est et a toujours été un endroit au-dessus de tout soupçon. Par le passé, nous nous sommes débarrassés d'un type louche et un autre a tenté de prendre sa place. Les drogues ne font pas partie de notre programme de développement. Je ne les ai jamais tolérées et ça n'est pas près de changer. Elles n'apportent que des ennuis.

— Donc, vous l'avez exclu uniquement sur la base de soupçons ?

— Pas seulement. Comme je l'ai dit, nous n'avons pas pu réunir de preuves tangibles à ce sujet. Je l'ai fichu dehors pour avoir molesté l'un des serveurs. Il avait apparemment décrété que le personnel faisait partie de la carte des consommations. Je ne supporte pas non plus ce genre de comportement. Je me soucie de mes employés et j'exige qu'ils soient traités avec respect. Je dirige un club et non un bordel ou un repaire de drogués.

— Je ne remettais en cause votre jugement, se hâta de préciser Red. Je posais juste la question. James donne l'impression de dépenser son argent sans compter et une telle source de revenus doit être difficile à refuser quand on dirige une affaire. Je ne voulais rien insinuer.

— C'est logique, concéda Bull.

— Bull, intervint Terry, as-tu remarqué quoi que ce soit de particulier une fois que James a cessé de fréquenter ton club ?

— Un truc vraiment moche avait commencé à circuler dans les rues de la ville et est apparu d'un coup dans le club. Nous cherchions un moyen de gérer le problème quand il a disparu de lui-même, comme par hasard en même temps que James.

Bull se tourna vers Red.

— Je ne peux pas vous en dire plus, mais tout ce que je sais, c'est que l'irruption des drogues chez moi a coïncidé avec le moment où James s'est mis à fréquenter le club. Cette saloperie le suivait à la trace. Dieu merci, elle a pris la sortie en même temps que lui, surtout cette putain d'héroïne, un truc vraiment nocif.

— La police a remarqué elle aussi l'arrivée de cette nouvelle héroïne et certaines des personnes qui en ont consommé en sont mortes.

Terry fut touché par la colère qui faisait vibrer la voix de Red. Il aurait été tellement facile pour le policier de mépriser celles et ceux qui s'adonnaient à cette addiction – ce n'était après tout que des drogués, des personnes à problèmes dont nul ne prenait la peine de se soucier. Contrairement à Red pour qui ils existaient et qui méritaient d'être aidés.

— Ça ne m'étonne pas. Je suis intrigué : pourquoi vous en préoccuper ? Ce n'est pas comme si les drogués vous rendaient la vie facile. Certains pourraient penser que quelques drogués de moins dans les rues soulageraient la police et réduirait le chiffre d'affaires des vendeurs de came.

Le regard de Bull était intense et Terry se sentit heureux de ne pas en être la cible. Il avait malgré tout envie de s'agiter sur son siège par solidarité avec Red.

— Certains en effet pourraient penser ainsi. Mais la seule chose qui rendrait mon travail plus facile serait de pouvoir éradiquer cette merde. Point barre.

Les deux hommes s'affrontèrent du regard.

— J'ai vu deux personnes mourir devant moi au cours des derniers jours à cause de cette saloperie, en partie parce que je suis arrivé trop tard pour les secourir. Je crois avoir réussi à en tirer un autre d'affaire, mais seul l'avenir nous dira si j'ai raison. Les médecins ne sont pas certains qu'il ne souffre pas de dommages cérébraux permanents. Peut-être aurait-il été préférable qu'il meure. Je ne sais pas. Je croyais avant que tout était soit blanc, soit noir, mais je ne possède plus beaucoup de certitudes auxquelles me raccrocher ces derniers temps. En revanche, je sais sans l'ombre d'un doute que cette nouvelle drogue est un vrai poison et que beaucoup d'autres personnes vont mourir parce qu'ils ignorent la nature de ce qu'ils consomment.

Bull hocha la tête et se leva.

— J'ignore ce que James fabrique et comment il se débrouille pour couvrir ses traces, mais il est dedans jusqu'au cou. J'ai comme un sixième sens pour ce genre de chose et toutes mes alarmes internes s'affolaient dès qu'il était dans les parages.

Il regarda vers la porte avant de reporter son attention sur eux.

— Je ne viendrai pas témoigner, alors pas la peine de me le demander. J'ai un club à diriger et c'est la seule chose qui compte à mes yeux.

Bull fixa Terry, qui sentit la sueur lui couler dans le dos.

— Tu ferais bien de te débarrasser de James.

— C'est fait, assura le jeune homme.

— James le menace, précisa Red.

— Des types comme James n'aiment pas perdre, rien ni personne, résuma doctement Bull tout en récupérant son verre vide. Ils peuvent donner un temps l'illusion de se résigner, mais ils finissent par revenir, l'esprit plein d'idées de revanche, tout spécialement s'ils considèrent que leur réputation a été mise à mal. Je vous souhaite bonne chance à tous les deux.

Sur ces mots, il tourna les talons et traversa le club, fendant la foule avec facilité.

— Et merde ! bredouilla Terry dont la main tremblait en saisissant son verre.

Il en avala la moitié d'un coup afin d'essayer de calmer ses nerfs à vif, le posa, plus le reprit à nouveau pour le finir.

— J'étais… J'étais…

— Hé, tu ne savais pas, le rassura Red en lui prenant la main.

— Mais il… C'est un… bégaya Terry.

Puis, il se leva et alla au bar commander une autre bière. Il la paya et revint s'asseoir en face de Red, regrettant sur le champ de ne pas avoir pris une boisson plus forte.

— Terry, tu ne savais pas qui il était vraiment, insista Red.

Mais Terry n'était pas disposé pour l'instant à être consolé. Il se sentait transi jusqu'à la moelle des os et ressentait une légère nausée. Dire qu'il croyait seulement sortir avec un mec alors qu'il était la nana d'un baron de la drogue. Jamais il ne parviendrait à surmonter une telle épreuve.

— Ça n'a aucune importance, dit-il avec dégoût.

Il posa son verre sur la table avec davantage de brusquerie qu'il le voulut et une partie du liquide ambrée se renversa.

— Je n'ai pas su le voir pour ce qu'il était. Je n'ai pas vu au-delà des vêtements de prix, des grands restaurants, des voitures de sport et de tous les avantages que son argent lui permettait d'acquérir. Je n'étais avec lui que pour ça. Je me suis persuadé que je l'aimais et qu'il m'aimait en retour.

Mais ce ne sont que des conneries. Je ne représentais rien à ses yeux et il n'était pour moi qu'un moyen d'obtenir ce dont j'avais envie.

Il reprit son verre, qu'il vida d'un trait avant de le reposer sur la table.

— Je parie qu'il voyait d'autres hommes derrière mon dos et ça aussi, j'aurais dû m'en douter.

Ses mains tremblaient et il ferma les yeux en tentant désespérément de tenir ses angoisses à distance.

— Est-ce que tu... te protégeais ? voulut savoir Red.

— Oui, évidemment, mais je ferais sans doute mieux de passer un test pour être rassuré. Dieu seul sait qui il ramenait avec lui à la maison, soupira-t-il tout en regardant subrepticement vers le bar.

— Je trouve que tu as assez bu, décida Red qui se leva sans avoir terminé son verre.

Terry fut très tenté de le finir à sa place, mais il se contenta de suivre Red. Il s'attendait à être conduit vers la porte et fut donc très surpris quand ils se retrouvèrent sur la piste de danse. Red se tourna vers lui et lui prit la main.

Terry se mit à danser avec Red et fit de son mieux pour le suivre. La façon de bouger du policier était pour le moins inhabituelle et, comment dire, presque incongrue. Ses mouvements manquaient d'élégance, de rythme et de coordination, et auraient pu parfois s'avérer dangereux pour les autres danseurs. Pourtant, en dépit de toutes ces imperfections, c'était la danse la plus spectaculaire que Terry ait vue de toute sa vie. Il éclata soudain de rire et fut imité quelques secondes plus tard par Red. Le vide se fit autour d'eux, les autres danseurs préférant se tenir à l'écart. Ce fut un moment chargé d'une joie simple et d'une certaine insouciance. Quand le morceau arriva à son terme, Red l'attira à lui, l'entoura de ses bras et l'embrassa à perdre haleine au vu et su de tout le monde. Ils s'attirèrent quels sifflets et peut-être même quelques regards jaloux.

— Il est temps de rentrer, annonça Red.

Terry acquiesça et, tenant toujours la main de Red, ils quittèrent la piste de danse et se dirigèrent vers la sortie. Bull se tenait près de la porte et il les suivit sur le trottoir.

— Vous êtes conscients que votre petit numéro va finir par arriver aux oreilles de James, n'est-ce pas ?

Red eut un mouvement de tête. Terry retint son souffle, blessé que cet instant partagé puisse ne représenter rien d'autre qu'une comédie.

— J'avoue ne pas avoir vu les choses sous cet angle au début, mais il se peut que vous voyiez juste. Je crois qu'il est grand temps que James apprenne qu'il ne peut plus s'approprier tout ce qu'il désire.

— Il découvrira qui vous êtes, prévint Bull. Vous ne passez pas exactement inaperçu, Monsieur le policier.

— J'espère qu'il aura suffisamment peur pour se trouver un trou de souris très profond dans lequel se planquer en compagnie de toutes les autres vermines de son espèce. On peut aussi espérer qu'il ait assez de bon sens pour quitter OK Corral [1] pendant qu'il le peut encore.

La véhémence contenue dans la voix de Red était à la fois effrayante et exaltante, et Terry hésitait sur le bon adjectif.

— Je doute qu'il soit disposé à suivre l'un ou l'autre de vos conseils, objecta Bull doucement. Les types comme lui aiment les affrontements et leur égo est de la taille de l'Everest. Que ça ne vous empêche cependant pas de passer une bonne nuit tous les deux.

Terry et Red prirent congé et allèrent vers le pick-up de Red. Celui-ci demeurait silencieux et marchait les mains enfoncées dans ses poches.

— J'ai fait une erreur, finit-il par dire. James découvrira que nous étions ensemble. J'ai peut-être tout foutu en l'air. Il saura que j'étais avec toi ce soir et ne perdra pas de temps à faire le rapprochement avec l'incident de la piscine.

— Sans doute, mais si tu prends en compte le message qu'il a laissé avec le cristal rouge, il a déjà rassemblé les pièces du puzzle. Nous devons avant tout essayer de savoir ce qu'il mijote. Si Bull a raison et que James est aussi instable qu'il le pense, la chose la plus sûre à faire est de le mettre hors-jeu.

Terry ouvrit la portière et grimpa dans la voiture. Red s'installa derrière le volant et se tourna vers lui :

— Ne t'approche de James sous aucun prétexte, le tança-t-il. Si jamais tu l'aperçois, tu préviens immédiatement la police.

— Qu'est-ce qui te prend ? s'étonna Terry.

— Je ne veux pas que tu t'imagines que tu peux aller le trouver et le cuisiner pour en apprendre plus sur ses intentions. Tu as dit « nous », mais

1 Référence à Wyatt Earp, assistant marshall de la ville de Dodge City de 1876 à 1877 et dont la vie a fait l'objet de plusieurs films, notamment « Règlement de comptes à OK Corral » (réalisé en 1957 par John Sturges et interprété par Burt Lancaster) et « Wyatt Earp » (réalisé en 1994 par Lawrence Kasdan avec Kevin Costner dans le rôle principal).

c'est à moi seul d'agir. Toi, tu restes à l'abri et à l'écart des problèmes dans la mesure du possible. Est-ce que tu entends ?

— Oui, Votre Majesté. Un sourd t'entendrait. Je suis parfaitement capable de prendre soin de moi. C'est ce que j'ai fait ces dernières années. Je me suis peut-être trompé parfois, mais j'assume mes erreurs et tu n'as pas à me dire ce que je dois faire.

Il ressentait une telle colère qu'il sortit du pick-up et en claqua la portière de toutes ses forces. Le véhicule oscilla et Terry s'en éloigna à grandes enjambées.

Il continua de marcher afin de mettre le plus de distance entre lui et Red, son humeur s'assombrissant à chaque pas. Soudain, il entendit des bruits de pas derrière lui. Il jeta un coup d'œil par-dessus son épaule et accéléra l'allure.

Sa fuite fut stoppée quand des bras l'enlacèrent par la taille et l'immobilisèrent.

— Je n'avais pas l'intention de te dire comment te comporter, lui murmura Red à l'oreille. Je suis épouvanté à l'idée que James puisse te faire du mal. Je ne pourrais pas supporter qu'il t'arrive quoi que ce soit…

— Mais pourquoi ne pas l'avoir dit tout simplement ?

— Parce qu'il m'arrive d'être un grand nigaud qui aime donner des ordres et prendre des décisions à la place des autres. J'ai l'habitude de diriger les choses, c'est dans ma nature. Je sais que j'ai eu tort, mais sache que mes actions sont guidées uniquement par mon besoin de te savoir à l'abri. Merde, je ne veux personne d'autre près de toi, à part moi-même, si ça va à l'encontre de tes souhaits. Je peux tout supporter à partir du moment où je sais que tu es sais sain et sauf.

Terry cessa de vouloir s'échapper et se tourna vers le policier.

— Pourquoi ne me l'as-tu pas dit tout de suite ? Tu n'avais pas besoin d'être aussi autoritaire !

— Je sais. Je suis désolé, s'excusa Red en étreignant plus étroitement son compagnon. Je n'avais pas l'intention de te hurler dessus. Je cherche à minimiser les risques.

Terry ferma les yeux sans plus chercher à fuir. Il sentit dans ses cheveux le souffle de la respiration de Red. Il ne se sentait pas prêt à passer l'éponge – pas tout de suite – mais il appréciait d'être ainsi tenu par une personne pour laquelle il savait compter, même si cette dernière avait la subtilité d'un éléphant dans un magasin de porcelaine. Gardant les yeux fermés, il mit ses bras autour de Red et posa la tête sur la poitrine du policier.

— Je n'aurais pas dû de mon côté me montrer aussi susceptible, murmura-t-il dans la nuit.

Il leva les yeux et accrocha le regard de Red.

— Est-ce que nous venons d'avoir notre première dispute ?

— Probablement, répondit Red avec un sourire. Et vraisemblablement pas la dernière si nous décidons de passer plus de temps ensemble. Mais, d'après les films que j'ai vus, il y a des compensations non négligeables aux scènes de ménage : il paraît que les réconciliations sur l'oreiller sont fantastiques.

Terry éclata de rire.

— Je ne crois pas que le sexe soit un problème.

— Dieu merci ! Nous sommes au moins bons à quelque chose.

Le rire de Red se mêla à celui de Terry et ils ne s'interrompirent que pour échanger un baiser passionné.

— Nous devrions retourner à la voiture avant de provoquer un attroupement.

Terry approuva et s'écarta de Red. Un éloignement devenait impératif sans quoi il allait se laisser aller à faire des choses strictement interdites en public. Ils regagnèrent le pick-up et reprirent la route. Après avoir pris l'autoroute, ils s'engagèrent sur le pont qui enjambait la rivière Susquehanna et traversèrent Carlisle. Soudain, le téléphone de Red se mit à sonner et il y répondit en branchant son kit mains-libres.

— Bonjour, Tante Margie. Est-ce que tout va bien ?

— Oui, chéri. Mais j'ai envie d'une glace et je viens de m'apercevoir que je n'en ai plus. Es-tu chez toi ?

— Non, pas encore. Terry et moi venons de quitter un club à Harrisburg et nous sommes sur le chemin de retour. Nous pouvons faire un arrêt en cours de route et t'en acheter. Quel parfum préfères-tu ?

— *Rocky Road* [2]. Et choisis un parfum pour toi et Terry. J'ai des nappages et tout ce qu'il faut à la maison.

Red ne put s'empêcher de sourire en l'entendant si joyeuse.

— D'accord. Juste le temps d'acheter la glace et nous sommes là.

Il mit fin à l'appel et se tourna vers son passager :

— Ça ne t'ennuie pas, n'est-ce pas ? Je sais bien qu'il s'agit d'un <u>prétexte pour nous</u> faire venir parce qu'elle a envie d'avoir de la compagnie.

2 Carré à base de chocolat serti, au choix selon la recette, de guimauves, cerises glacées, raisins secs, éclats de biscuits ou fruits à coque.

Malgré mes visites régulières, Tante Margie passe beaucoup de temps toute seule.

— Ça ne me dérange pas.

Terry pouvait attendre encore un peu avant de se retrouver seul avec Red. Ils sortirent à High Street et trouvèrent une épicerie à la lisière de la ville. Red trouva la glace pour sa tante et Terry choisit un grand pot de glace au chocolat fourré à la menthe. Ils payèrent et reprirent la route.

Enfin arrivés, après avoir tourné un certain temps à la recherche d'une place où garer la voiture, ils frappèrent à la porte de la maison où la vieille dame, qui avait déjà installé sur la table de la cuisine les bols et les nappages pour la glace, les attendait avec une impatience non dissimulée.

— Tu aurais pu te contenter de nous demander de passer, tu sais. Tu n'avais pas besoin d'une excuse, fit remarquer Red en déballant les glaces.

— Comme si tu allais rater une occasion de déguster une bonne glace, le taquina-t-elle.

Terry camoufla son sourire derrière sa main. Connaître les points faibles de Red pourrait s'avérer utile, et en cas de besoin, il pourrait le séduire en lui faisant le coup de la crème glacée.

Red remplit les bols et ils allèrent s'installer tous les trois sur le canapé dans le salon.

— Donc, vous êtes allés danser tous les deux ? s'enquit Tante Margie. Red est une véritable catastrophe sur une piste de danse. Je me souviens qu'il a failli éborgner la mariée à un mariage auquel il avait été invité.

— Tante Margie ! Mais c'est faux ! C'était l'une des demoiselles d'honneur et c'est elle qui a insisté alors que je l'avais avertie que je dansais comme un pied. C'est entièrement sa faute.

Terry ne parvint pas à garder son sérieux. La vision de Red gesticulant sur la piste de danse avec une fille vêtue d'une robe de demoiselle d'honneur rose bonbon était trop comique. Il explosa d'un rire tonitruant.

— Seigneur ! parvint-il à dire une fois qu'il eut retrouvé son souffle. Il va falloir t'enchaîner sur une chaise lors du prochain bal de police, sinon tu vas effrayer les donateurs potentiels.

— C'est la raison pour laquelle je ne danse pas, expliqua Red avec bonne humeur.

— Tu as dansé avec moi ce soir, releva Terry tout en se rapprochant du policier. Faisons un pacte : tu ne danses qu'avec moi. Tu fais preuve d'un peu trop d'enthousiasme pour être lâché au milieu d'une foule.

— Enthousiaste… Quel bel euphémisme ! taquina la vieille dame.

— Je suis venu parce que tu voulais de la glace, Tante Margie, se défendit Red. Je n'avais pas compris que tu cherchais une occasion de me torturer.

Terry se rendit compte que Red jouait la comédie et faisait semblant d'être vexé, et lui asséna un coup de coude dans les côtes accompagné d'un clin d'œil afin de lui faire comprendre qu'il avait découvert son stratagème.

— En fait, j'ai trouvé plutôt mignon qu'il m'invite à danser. Ça faisait longtemps que ça ne m'était pas arrivé. C'est une expérience que je ne risque pas d'oublier.

Rien ne pourrait effacer de sa mémoire un tel spectacle, compte tenu de la façon dont Red bougeait. Mais il ne livra pas le fond de sa pensée, car il ne voulait minimiser le risque que Red avait pris en se mettant intentionnellement dans une position embarrassante et ce, uniquement pour lui faire plaisir. Rien ne pouvait être plus important qu'une telle générosité.

— C'est ce qu'on dirait, en effet, ironisa Red avant de se concentrer sur sa crème glacée.

— Tu ne gagneras jamais aucun prix pour ta grâce et tu peux abandonner tout espoir de participer un jour à *Danse avec les stars*, mais bon, c'est à toi de voir. Tu m'as invité à danser en sachant que tout le monde te regarderait, murmura Terry.

— Tu m'as donné l'impression d'avoir envie de danser, lui répondit Red sur le même ton.

— C'est vrai, et je danserai à nouveau avec toi à la première occasion, déclara le jeune homme.

Il posa son bol sur la table basse et se rapprocha tout près de Red.

— La prochaine fois, pense à danser comme si tu faisais l'amour debout tout habillé. Je te garantis que si tu y arrives, tu deviendras le meilleur danseur de chaque soirée.

Red se figea et devint tout rouge. Tante Margie regardait la télévision et ne s'aperçut donc de rien.

— Maintenant, finis ta glace et dis bonne nuit à ta tante afin que je puisse te monter ce que je veux dire.

Red termina son dessert à une vitesse presque supersonique, tant et si bien qu'il finit avant Terry. Il se leva ensuite afin de laver son bol et s'absenta un moment pour aller appeler l'agent Cloud. Lorsqu'il revint, Tante Margie avait achevé elle aussi sa crème glacée et Terry en avait profité pour laver la vaisselle et la laisser sécher sur l'évier. Le jeune homme était plus que prêt à suivre Red dès que celui-ci donnerait le signal du départ.

Comme Tante Margie s'endormait dans son fauteuil, Red l'aida à se lever et la conduisit dans sa chambre. Quand il eut vérifié que la vieille dame était confortablement installée pour la nuit, les deux hommes quittèrent la maison, verrouillèrent la porte et marchèrent dans la nuit pour rejoindre le pick-up.

— Qu'est-ce que t'a dit Aaron quand tu lui as raconté ce que nous avons découvert ?

— Juste que nous avions du pain sur la planche.

Red scruta les parages et accéléra l'allure. Une fois qu'ils furent à l'intérieur du véhicule et que les portières furent closes, il poursuivit :

— Il est très surpris par le lien que nous avons établi entre James et la drogue trafiquée tout en souhaitant qu'il soit réel, même s'il n'est pas entièrement convaincu. Nous allons devoir trouver des éléments plus probants si nous voulons prouver que James est un dealer.

— Je suppose qu'il est plus facile pour Bull d'exprimer ce qu'il croit être la vérité que pour toi de le prouver afin de pouvoir arrêter James.

— Et les affaires de drogue sont les plus difficiles à résoudre. Les gros poissons se cachent derrière tout un paquet d'intermédiaires qui sont trop effrayés pour parler ou qui ne savent absolument rien. En plus, quand la police parvient à mettre un de ces petits dealers et son fournisseur derrière les barreaux, ils sont remplacés dès le lendemain. Et nous nous retrouvons à la case départ.

Red paraissait profondément découragé.

— Mais si James utilise sa société pour distribuer la drogue…

— Nous serions en mesure de décapiter l'organisation, au moins pour un temps, expliqua-t-il tout en prenant la route. C'est comme ça que les choses fonctionnent entre la police et les trafiquants, chaque avancée de notre part les motive pour devenir plus rusés et mettre au point de nouvelles tactiques pour nous mettre en échec.

Terry se sentait tellement fatigué qu'il n'arrêta pas de bailler durant tout le trajet. Il eut à peine la force de bouger tandis que Red sortait du véhicule et le suivre lui demanda un effort considérable. Red passa par la porte de derrière, et une fois à l'intérieur, écouta les bruits de la maison.

— Tout va bien ? demanda Terry après que la lumière eut été allumée.

— Oui. Je crois que je suis un peu paranoïaque, répondit son compagnon sur un ton d'excuse en verrouillant la porte derrière eux. Mais ça n'a rien d'étonnant après tout. James ne correspond pas à l'idée que je m'étais faite de lui, et pour couronner le tout, l'enquête que j'ai lancée juste pour m'assurer que tu ne courais aucun risque vient de déboucher sur un truc beaucoup plus gros et plus grave.

— Je comprends que tu veuilles t'assurer qu'il ne tentera rien contre nous. Mais je suis convaincu que le meilleur moyen de le mettre hors d'état de nuire est de découvrir ce qu'il cache.

— Ça, c'est mon boulot et celui de la police d'une façon générale. Ton travail à toi est de rester hors de son radar. Et c'est tout. S'il te plaît, reste à l'écart et ne t'en mêle pas. Cette enquête dépasse notre juridiction et va impliquer la police de Harrisburg et potentiellement d'autres services selon l'importance du trafic.

— Mais je veux aider, protesta Terry.

— Je le sais, mais fais-moi confiance quand je te dis que c'est en restant à l'abri que tu m'aideras le mieux. Si je veux pouvoir faire correctement mon travail, je ne dois pas avoir à m'inquiéter constamment pour toi, parce que si je crois ne serait-ce qu'un instant que tu cours un danger quelconque, je serai incapable de me concentrer et réagir comme il se doit.

— Je n'ai pas l'intention de me transformer en héros ni de faire quoi que ce soit de stupide, le rassura Terry. Au fait, est-ce que la police a pu trouver des indices dans mon appartement ?

— Rien en dehors des bris de verre. Il n'y avait pas de caméra. Les enquêteurs ont découvert que le verrou avait été forcé et que l'intrus ne s'est pas attardé. Aaron partage ton avis, à savoir que James a voulu te laisser un message.

— Je ne crois pas être capable de retourner vivre là-bas, déplora le jeune homme à qui cette simple perspective donnait des frissons. Je vais devoir chercher un autre appartement et prendre un nouveau départ. Pour commencer, je vais me débarrasser de tous les cadeaux offerts par James, y compris la Mustang. Je me demande même si je ne vais pas m'installer dans une autre ville.

— Est-ce vraiment ce que tu souhaites ? demanda Red.

Merde ! Terry comprit à cette question qu'il venait de réfléchir à voix haute sans faire attention à ses propos.

— Non, pas du tout, se hâta-t-il de démentir. Je pensais à voix haute et ça n'avait aucun rapport avec toi.

La journée avait été longue et toute cette histoire avec James l'avait vidé de toute son énergie. Il se sentait violé, terrorisé et complètement perdu. À cet instant précis, Red représentait sa seule ancre au beau milieu du chaos qu'était devenue sa vie.

— Tu crois qu'on peut monter ? Je n'ai plus envie de parler ou de penser à tout ça.

Il se sentait tellement fatigué. Il avait vécu ces quelques mois bercé par l'illusion qu'il avait réussi à échapper à James et à poser les fondations d'une nouvelle vie. Grossière erreur de sa part, compte tenu du fait que son ex présentait toutes les caractéristiques du psychopathe.

Red lui saisit la main et le guida à travers la maison vers l'escalier.

— Va dans la salle de bain. Je te rejoindrai dans un instant.

Terry obéit d'un air absent. Il utilisa les WC et fit un brin de toilette, et découvrit Red qui attendait derrière la porte quand il sortit de la salle de bain.

Il se rendit dans la chambre, se déshabilla et se glissa avec soulagement sous les couvertures. Il n'était pas d'humeur à se lancer ce soir dans une grande entreprise de séduction et n'aspirait qu'à une seule chose : oublier, même si ce n'était que pour un court moment. Quand Red le rejoignit, il le regarda se dévêtir et éteignit ensuite la lumière. Il avait besoin d'obscurité et de silence. Red grimpa dans le lit et vint le prendre dans ses bras jusqu'à ce Terry soit blotti dans la chaleur de son corps.

— Je suis là, je te promets que personne ne pourra te faire du mal, le rassura le policier.

— C'est trop tard, murmura le jeune homme dans le noir.

— Ce que je vais dire va sans doute te paraître un cliché, mais James ne peut te prendre que ce que tu lui laisseras prendre. Le seul pouvoir qu'il possède est celui que tu lui attribues. Il ne peut pas t'atteindre ici, et si ça ne dépendait que de moi, il n'aurait plus jamais l'occasion de t'approcher. Je vais finir par l'avoir et il ne représentera plus aucune menace pour personne. Je t'en donne ma parole.

C'est une promesse à laquelle Terry avait désespérément besoin de croire.

VII

RED RESSERRA son étreinte. Il n'était pas certain de savoir ce que Terry avait exactement, mais il avait cependant compris que l'oubli figurait en bonne place dans la liste de ses souhaits immédiats. Red savait qu'il pouvait l'y aider en l'étourdissant de caresses qui le feraient frissonner de désir et non pas de peur. Néanmoins, comme il craignait que le moment ne soit pas propice au sexe, il se contenta de raffermir son étreinte autour du jeune homme.

— Tu es capable de réussir tout ce que tu entreprendras, j'en suis convaincu.

— Comment peux-tu affirmer un truc pareil après tout ce qui est arrivé ? contesta Terry. Tu es censé me dire que tout va finir par s'arranger et que je vais couler des jours heureux.

— Les choses s'arrangeront d'elles-mêmes quand tu seras prêt à les laisser faire.

Terry se retourna pour lui faire face.

— Je me demande comment les choses pourraient s'arranger si James est vraiment le salaud que Bull nous a décrit. S'il y a un fond de vérité dans tout ça, alors James ne manquera pas d'envoyer des hommes à ma recherche.

— Il n'est pas encore prouvé qu'il possède un tel pouvoir. À l'heure actuelle, la seule certitude que nous ayons est qu'il gère plutôt bien ses affaires si on s'en tient à la piste financière. Mais ça ne suffit pas à faire de lui une grosse pointure dans tout le pays. Autrement dit, il est juste le dealer le plus efficace du mois ou de l'année. Personnellement, j'ai tendance à croire qu'il est de mèche avec une personne plus importante encore. Donc, si nous parvenons à coincer James et à lui faire suffisamment peur pour qu'il se mette à table, nous atteindrons un plus gros poisson. Bien sûr, ce n'est qu'une hypothèse. Aaron aimerait que tu viennes au poste demain à la première heure pour répondre encore à quelques questions. Mais ne te monte pas la tête : c'est à la police de réunir les preuves contre James.

Red omit de préciser qu'une équipe était déjà à pied d'œuvre pour rassembler les pièces du puzzle et passer au crible toutes les données déjà rassemblées. Aaron avait été si excité quand Red lui avait rapporté les propos de Bull qu'il avait bien cru que son collègue allait s'étouffer au téléphone.

— Ferme les yeux et essaie de dormir, suggéra-t-il. Ne pense plus à rien.

— Je n'y arrive pas, regretta Terry en tremblant entre les bras de Red. Comment suis-je supposé fermer les yeux et oublier que j'ai couché avec un trafiquant de drogue ? Que se serait-il passé s'il avait essayé de me rendre accro ?

— Les toxicos sont avant tout des clients, continuellement à la recherche d'un fournisseur qui puisse leur permettre d'assouvir leur addiction. Malheureusement, les rues sont pleines de clients qui n'attendent que l'occasion d'être cueillis. Tu ne corresponds pas à cette cible. James te voulait dans sa vie parce qu'il aimait s'exhiber avec un bel homme qui lui apportait en plus une certaine respectabilité, à défaut d'un meilleur terme. Rien ne prouve que tu n'aurais pas fini par découvrir sa vraie nature à un moment ou à un autre ou – même si ça parait insensé à la lumière des récents évènements – qu'il ne t'aurait pas spontanément tout avoué. Si ça s'était produit, il n'y aurait eu plus de retour en arrière possible, et à la seconde où tu aurais été au courant de ses affaires, tu serais devenu une menace et tu aurais été pris au piège.

— Est-ce que tu essaies de me flanquer la trouille ? s'alarma Terry.

— Non. Je dis juste que tu es parti à temps, riposta Red en dégageant le front de Terry et en l'embrassant doucement sur la bouche. Tu comprends ?

Terry ne prononça pas un mot ; il passa ses bras autour du cou de Red et approfondit le baiser, gémissant de cette façon particulière qui faisait vibrer sa gorge et qui semblait se répercuter dans tout le reste de son corps. Red savoura par peau interposée cette exquise sensation, puis amena Terry à s'allonger sur le dos. Il fit glisser ses mains le long des bras du jeune homme et les leva au-dessus de la tête de ce dernier. Terry gémit doucement quand Red se mit à lui sucer durement la base du cou.

— Qu'est-ce que je vais dire au travail ? s'indigna le jeune homme dans un murmure qui se transforma en grognement.

— Tu n'as rien à dire du tout. Laisse ceux qui verront ma marque s'interroger, mais il s'agit de quelque chose de privé, juste entre toi et moi.

Red souffla dans l'oreille de Terry avant d'en sucer le lobe. Le jeune maitre-nageur geignit et roula la tête sur le côté afin de lui offrir un meilleur accès. Red fit courir sa langue derrière cette oreille tout en écoutant et se réjouissant des soupirs qu'il provoquait.

Il traça son chemin à coups de langue et d'effleurements de lèvres le long du torse, puis du ventre de son compagnon, dont les muscles se contractaient. Il haletait et les gémissements venaient s'intercaler entre deux inspirations fiévreuses. Red se concentra afin de garder Terry sur la brèche, s'assurant de le surprendre et ne laissant rien deviner de l'endroit où il sera embrassé, léché, ou touché d'une seconde à l'autre. Terry se laissait faire et Red festoyait littéralement sur le corps de son jeune amant, le goûtant de toutes les façons imaginables. Il s'enivrait de l'odeur émanant de cette chair offerte sans réserve, mais il retrouvait ses esprits à chaque fois que sa langue se posait sur la peau du jeune homme, sur son sexe suppliant.

— Red, se plaignit Terry doucement.

— Quoi ? Je prends mon temps.

— Mais je n'arrive plus à penser maintenant !

Red le suça plus fort, répondant à une attente implicite du jeune homme.

— Oui, suce-moi, supplia-t-il en se cambrant.

Red le prit au mot et sa bouche s'empara entièrement du sexe de Terry.

— Oh mon Dieu !

Red sourit autour de la verge du jeune homme avant de faire tournoyer sa langue autour du gland. Terry s'agrippa à la tête de lit et Red se réjouit d'être capable de faire naître une telle réaction. Terry se tordait désormais sur le lit, gémissant, suppliant, essoufflé. Les plaintes qu'il émettait n'avaient pas d'équivalant en ce monde et rien ne pouvait être aussi bon pour Red qui avait toujours rêvé d'avoir un jour quelqu'un dans sa vie. Il avait du mal à réaliser que ce souhait avait été exaucé, et en vérité, il n'était même pas certain de la réalité de ce qu'il vivait en ce moment. Il n'avait cependant aucune intention d'aller chercher midi à quatorze heures. Aussi longtemps que Terry resterait avec lui, il s'efforcerait de le rendre aussi heureux et comblé que possible.

— Merde, Red ! s'écria Terry tandis que Red bougeait sa tête de plus en vite, suçant et aspirant avec une faim manifeste.

Terry avait un goût musqué et chaud, absolument parfait d'après Red. Le policier fit monter ses mains le long du ventre, puis du torse du jeune homme afin de lui pincer les mamelons sans interrompre ses succions.

— Est-ce que tu essaies de me tuer ?

148

— Pas du tout, répondit Red en lâchant provisoirement la verge de son partenaire. Mais tu voulais trouver l'oubli, non ?

— Je ne sais plus qui je suis, soupira Terry dont la poitrine se soulevait comme un soufflet de forge.

— Parfait, rétorqua Red avec un sourire tout en saisissant les chevilles de Terry dans ses mains pour les soulever du lit.

— Qu'est-ce que tu fais ? s'enquit Terry.

— Je te prépare, mon cœur.

Il ramena les jambes de Terry sur sa poitrine et souffla doucement sur son anus. Le jeune maitre-nageur se mit à trembler tandis que Red taquinait cette partie sensible de son anatomie du bout du doigt. Puis, Red remplaça son doigt par sa langue.

— Red !

— Personne n'a donc jamais fait ça pour toi ? s'étonna Red en faisant une pause.

— Non, geignit Terry.

— D'accord. Alors prépare-toi pour la découverte de ta vie.

Red se mit à lécher avec enthousiasme, faisant tourner sa langue sur les plis de la peau avant de l'insérer doucement dans la cavité qui s'offrait. Le goût de Terry explosa dans sa bouche. Les jambes du jeune homme se mirent à trembler et un long gémissement sortit de sa gorge, exprimant à la fois une souffrance et un besoin.

— Red, qu'est-ce que… Comment… bégaya Terry, rendu incohérent par l'assaut de sensations inédites.

Red fut heureux d'avoir réussi à l'amener aussi loin. Il voulait faire de cet instant un souvenir dont Terry se souviendrait toute sa vie.

— S'il te plaît, baise-moi.

— Ça va venir, promit Red.

Il enfonça sa langue plus loin dans le corps du jeune homme, lui caressant les cuisses, puis les fesses qu'il écarta afin d'avoir un meilleur accès.

— Red ! s'impatienta Terry.

Le policier finit par avoir pitié et s'empressa de récupérer un préservatif et le lubrifiant dans le tiroir de la table de nuit. Il taquina l'anus avant d'y glisser lentement un doigt lubrifié. Il fut surpris par la chaleur qu'il ressentit et hoqueta de surprise. Il fit coulisser son doigt d'avant en arrière, puis en ajouta un autre et les écarta à l'intérieur de l'anus. Quand le jeune homme se mit à trembler de plus belle, Red retira ses doigts, enfila le préservatif et fixa Terry droit dans les yeux.

Sans à-coups et le plus délicatement possible, il pénétra le corps de Terry. La chaleur respective de leurs corps s'additionna et Red, les yeux toujours rivés à ceux de son partenaire, eut l'impression d'avoir plongé dans un feu ardent.

Terry tressaillit alors que Red s'enfonçait jusqu'à ce que hanches et fesses soient collées les unes aux autres. Puis, il poussa un énorme soupir qui vibra à travers tout son corps et s'immobilisa.

— Mince. Même si nous nous faisions l'amour un million de fois, je n'arriverais jamais à me faire à la grosseur de ta queue !

— Je te fais mal ?

— Bon Dieu, non ! protesta Terry avant d'attirer Red à lui pour l'embrasser. Tu es fantastique !

Ils échangèrent un long baiser, que Red mit à profit pour laisser à Terry le temps de s'habituer à sa présence. Puis, il se mit à bouger, et instantanément, les petits gémissements dont il raffolait se firent entendre. Tandis que le mouvement de ses hanches se faisait plus précis, la tonalité des cris de Terry évolua et Red eut à un moment l'impression qu'il faisait l'amour à tout un orchestre. À ses oreilles, il n'existait rien d'aussi harmonieux et mélodieux que la musique que créait Terry durant le sexe.

— C'est ça, chuchota Terry. Donne-m'en plus.

Le jeune homme devenait autoritaire, mais Red n'en avait cure. Il connaissait désormais les préférences de Terry et il se laissa guider par son désir de les satisfaire, abandonnant son contrôle et laissant parler son intuition. Il étreignit Terry, le berça entre ses bras tandis qu'il faisait claquer ses hanches et qu'il alimentait le brasier qui n'allait pas tarder à les engloutir tous les deux.

Terry rejeta la tête en arrière et hurla de toute la force de ses poumons. Red en profita pour l'étourdir d'un baiser enivrant dans lequel il se jeta corps et âme et qui exprimait son immense joie à faire l'amour au jeune homme. Il priait le Ciel pour être digne d'en être aimé en retour.

— Red, Seigneur… gémit Terry, une fois libéré des lèvres de son amant. Oui !

Il se cambra violemment et se mit à hurler de plus belle et Red s'envola. Il perdit complètement toute maîtrise et se sentit comme étourdi, bercé par l'impression d'avoir quitté son propre corps. Il ne fut pas certain de pouvoir supporter de telles sensations qui tenaient à la fois de la perfection et de l'extase.

Red était si proche du point de rupture que ses orteils se recroquevillèrent. Il ressentait le besoin de jouir comme celui de respirer. Il parvint cependant à se retenir le temps que les spasmes qui le maintenaient serré dans le corps de Terry se calment. Il sentit les prémices de l'orgasme de ce dernier et cela suffit à initier le sien, qui lui parut durer une éternité et plus encore. Il aurait voulu ne jamais avoir à regagner la terre ferme.

Il ne bougea plus un muscle et se laissa tout simplement aller. Chaque parcelle de son corps était devenue hypersensible et il voulait – il avait besoin de prolonger cet état de grâce. Les deux amants finirent néanmoins par se séparer à force de petits cris plaintifs et lourds de regret. Trop, c'était presque trop. Red s'affaissa sur le côté et se débarrassa du préservatif. Les paupières closes, il retraçait de mémoire la cartographie du corps de Terry dont il avait mémorisé chaque courbe et chaque creux : les légères protubérances de ses hanches, ses cuisses fermes, le tracé souple de ses abdominaux, la courbe de son ventre. Il sentit son compagnon s'étirer et entendit le bruit de mouchoirs en papier tirés de la boite posée près du lit.

Terry était couvert de sueur, tout comme lui d'ailleurs. L'air conditionné s'enclencha et vint caresser de son souffle frais sa peau. Red demeura étendu sur le lit, heureux de tenir la main de Terry et répugnant à bouger ne serait-ce qu'un cil. De toute façon, il faisait bien trop chaud pour faire autre chose qu'attendre le retour de la fraîcheur.

— Waouh ! grommela Terry tout bas.

— Comme tu dis. Tu es définitivement quelqu'un de waouh ! le complimenta à son tour le policier.

Il se mit sur le flanc, toujours aussi réticent à ouvrir les yeux, mais mourant d'envie d'admirer à nouveau son jeune amant, de se réchauffer à son sourire, de plonger dans son magnifique regard.

— C'est à toi que je faisais référence, le taquina Terry tout en lui caressant tendrement la joue. J'aime décidément beaucoup ta barbe.

— Vraiment ?

— Vraiment. Je pense qu'elle sera de plus en plus belle en poussant et qu'elle sera aussi moins piquante.

Terry retira lentement sa main et roula sur le côté pour se rapprocher.

— Tu seras très beau, prédit-il.

— Je doute de pouvoir mériter un jour ce qualificatif, ce n'est pas prévu au programme. Je deviendrai peut-être moins repoussant, mais beau... Jamais !

Le coup qu'il reçut brusquement sur la cuisse le surprit tout autant qu'il le choqua.

— Mais pourquoi m'as-tu frappé ? s'indigna-t-il.

— Parce que tu n'arrêtes pas de te dénigrer, le réprimanda Terry. Continuellement. Tu es déjà très beau et une fois qu'elle aura poussé encore un peu, la barbe va te donner un look très distingué. Je t'aiderai à la tailler convenablement. Tu ne pourras jamais prétendre posséder une beauté raffinée parce que tu es beau d'une façon naturelle et sauvage.

— Terry, certaines choses ne peuvent pas être modifiées et je ne me berce pas d'illusions quant à mon apparence ou sur le contraste que nous offrons aux regards extérieurs lorsque nous sommes ensemble.

— Oui, je me rappelle que tu as évoqué *La Belle et la Bête*. Mais est-ce que tu as déjà eu l'occasion de lire l'histoire ? Personnellement, je n'ai vu que le dessin animé réalisé par Disney, mais j'ai tendance à croire qu'il s'agit d'une version peu fidèle. Tu sais, ce conte ne parle pas que de la beauté physique, extérieure, il aborde plus subtilement le thème d'une beauté invisible : celle de l'intérieur. La Bête peut se transformer en prince essentiellement parce qu'elle déjà fondamentalement une créature généreuse et prévenante. La beauté de la Belle ne se réduit pas à la perfection de sa silhouette ou de son visage qui, l'un comme l'autre, ne sont rien comparés à la noblesse de son âme et à ses nombreuses qualités morales. Au final, la véritable bête de l'histoire est l'homme qui veut posséder la Belle, guidé principalement par son égoïsme et son amour-propre. Cet homme à l'apparence si éclatante possède une noirceur qui le rend irrévocablement laid.

Terry se redressa pour s'asseoir dans le lit à côté de Red et l'épingla d'un regard insondable.

— Pas trop mal comme explication de texte pour un individu possédant la profondeur d'une huître !

— Chéri, tu n'es pas dénué de profondeur, le contredit paisiblement Red.

Il cligna des yeux à plusieurs reprises et prit le jeune homme dans ses bras afin de lui dissimuler la soudaine émotion qui lui donnait brusquement envie de pleurer.

— Oh si ! Je suis quelquefois superficiel en ce qui concerne un certain nombre de choses. Pas autant qu'avant, je te le concède, mais encore un peu.

Il embrassa son compagnon et l'étreignit de toutes ses forces.

— Mais je n'ai pas besoin de dons particuliers pour savoir ce que sont la générosité et la beauté de l'âme, parce que je les ai rencontrées.

— Quand cela ? demanda Red tout en craignant un peu la réponse.

— Le jour où un homme que je connaissais à peine m'a pris son aile par crainte pour ma sécurité. Dis-moi, quel genre de personne agit ainsi ? interrogea Terry, une main posée en coupe autour de la joue de Red. Je vais te le dire : seul un être exceptionnel, doté de la plus belle âme qui soit, est capable d'un tel altruisme. Je te le répète, je sais que je peux être vaniteux, et ce n'est pas ce qui m'empêche de vivre, mais je ne suis pas stupide.

— Terry… commença à dire Red.

Il ne put cependant poursuivre, tant il était bouleversé. Sa gorge nouée refusait de laisser sortir les mots.

— Tu mérites un partenaire avec lequel tu seras fier de te montrer.

Le coup lui fut cette fois-ci porté sur les fesses.

— Stop. Et tout de suite. Je suis fier et je ne ressens aucune honte à être vu en ta compagnie, à n'importe quel moment et dans n'importe quel endroit où il te plaira de m'emmener. Qu'est-ce qui a bien pu te faire croire le contraire ? Je sais reconnaître les cadeaux que la vie offre en certaines occasions, et tu es pour moi sans nul doute possible le plus beaux de tous les présents que j'ai reçus jusqu'à présent.

Le baiser enfiévré qui suivit cette déclaration fut presque suffisant pour balayer les incertitudes du policier.

— Par conséquent, tu laisses tes angoisses au vestiaire et tu ne tiens pas compte de l'image que tu crois apercevoir dans un miroir lorsque tu t'y regardes, car fais-moi confiance, ce reflet n'est qu'un mensonge.

L'accent que mit Terry sur ce dernier mot fit naître un sourire sur les lèvres de Red, mais le jeune homme n'avait pas l'intention d'en rester là.

— Ton miroir n'est qu'un mensonge ! s'enflamma-t-il. Et puisque nous baignons dans une ambiance de conte de fées, cesse de prêter attention à ses mensonges et écoute-moi plutôt : ma mère avait l'habitude de dire que la beauté n'est qu'une question d'épiderme tandis que la laideur est une gangrène qui s'insinue au plus profond d'un individu. Ton miroir a raison en affirmant que tu n'es pas le plus beau, mais il te ment sur tout le reste.

— C'est bon, c'est bon. J'ai compris ce que tu voulais dire, capitula Red.

Terry se pencha pour lui offrir un nouveau baiser qui, quoiqu'empreint de tendresse et de douceur, n'en constituait pas moins une déclaration de

153

respect et de désir. Red venait de comprendre à quel point Terry avait choisi ses mots et la totale sincérité dont il venait de faire preuve. Il savait d'expérience que certains sentiments pouvaient être feints et que certaines personnes étaient très douées pour mentir sans vergogne. Mais un baiser tel que celui qu'il venait de recevoir ne pouvait pas être entaché de duplicité. Il ne pouvait être au contraire que l'ambassadeur d'émotions authentiques et pures. Fort de cette conviction naissante, Red chercha à déterminer les conséquences d'un tel baiser.

— Red, murmura Terry tout contre ses lèvres. Arrête de réfléchir aussi fort.

Il se déplaça sensiblement et la lampe posée sur la table de nuit s'alluma soudain.

— Je te regarde et je ne vois rien que tu doives cacher dans l'obscurité.

Red s'agita sous ce regard scrutateur et détourna la tête pour dissimuler dans l'oreiller son profil couturé de cicatrices. Il était conscient qu'il aurait dû être habitué à être dévisagé, cela lui arrivait fréquemment dans le cadre de son travail. Mais il ne parvenait pas à surmonter l'extrême vulnérabilité qu'il ressentait à être ainsi exposé.

— C'est plus facile pour moi de penser que mon apparence n'a pas d'importance aujourd'hui et n'en aura pas plus tard, expliqua Red.

Il s'assit sur le lit en soupirant, frustré de ne pas pouvoir trouver les mots adéquats afin d'exprimer le fond de sa pensée. Terry l'avait regardé à maintes reprises, l'avait vu et senti nu contre lui, perçu les cicatrices qui descendaient le long de ses flancs. Alors pourquoi ne pouvait-il pas s'empêcher d'être encore perturbé à ce propos ?

— Je crois me souvenir qu'un proverbe prétend que tout ce qui ne tue pas rend plus fort, affirma Terry en lui jetant un regard grave. Si tu veux mon avis, c'est une grosse connerie. Ce qui ne parvient pas à nous tuer nous laisse des cicatrices avec lesquelles nous n'avons d'autre choix que de vivre.

Red inspira, prêt à répondre, quand Terry l'en dissuada en secouant la tête.

— Pourquoi es-tu toujours aussi gêné par tes cicatrices ? Tu es un flic, un mec grand et costaud, qui affronte au quotidien des situations si délicates qu'elles me feraient prendre mes jambes à mon coup si je devais y être confronté. Dis-moi, est-ce que tu t'es déjà fait tirer dessus ?

— Oui, répondit le policier. Une fois, mais j'ai été protégé par mon gilet pare-balles.

Il se fit la réflexion, en notant le tressaillement du jeune homme, que celui-ci n'était pas franchement préparé à une telle révélation. Aussi se hâta-t-il de poursuivre :

— Ce risque fait partie intégrante du travail de flic et nous sommes entraînés à faire face. Je veux dire entraîné pour apprendre à éviter les balles dans la mesure du possible, pas à être pris pour cible.

— Je comprends. Si jamais quelqu'un pointait une arme sur moi, je me pisserais probablement dessus. Alors que toi, tu sais comment gérer ce genre de situation.

Red hocha la tête.

— Mais rien que le fait de te regarder me fiche les jetons, avoua soudain le policier.

Terry demeura sans réaction pendant un instant.

— Pourtant, je te regarde, ici et maintenant, fit-il enfin remarquer.

Il crut que Red allait chercher à s'emparer des couvertures pour s'en couvrir, à l'instar d'une vierge apeurée et désireuse de protéger sa vertu.

— Il me semble que je viens de comprendre, Red. Tu n'as aucun problème tant que c'est toi qui tiens les commandes, tu peux ainsi te cacher derrière tous les murs que tu as jugés utiles d'ériger depuis des années.

— Sans doute, concéda Red, peu disposé à s'engager sur ce terrain miné.

— D'accord.

Terry se recula sur le lit et tira toutes les couvertures à lui. Elles glissèrent sur le bassin et les jambes de Red. Le policier faillit céder à l'impulsion de les retenir, mais avant qu'il puisse faire le moindre geste, Terry les mit hors de sa portée.

— Reste allongé, Red, commanda le jeune maître-nageur en lui posant une main sur la poitrine. Contente-toi de rester allongé pour moi.

Red ne trouva aucune objection valable pour ne pas s'exécuter. Il se mit donc sur le ventre.

— Non, pas comme ça, Red. Remets-toi sur le dos. On va régler leur compte à tes démons intérieurs une fois pour toutes.

Comme son ton ne laissait place à aucune contestation, Red se contenta d'obéir. Dès qu'il eut posé la tête sur l'oreiller, il ferma les yeux, prêt à se déconnecter de l'instant présent pour ne pas avoir à se livrer pieds et poings liés à l'angoisse qu'il sentait grandir en lui.

— Sache que je dis la vérité quand j'affirme t'avoir vu et regardé.

Red s'attendait à ce que Terry le touche, mais certainement pas à ce que ce contact provienne de la langue si chaude, si humide et si experte du jeune homme. Son grand corps frissonna et il eut l'impression que des milliers de plumes venaient effleurer la cicatrice qui courait le long de sa poitrine.

— Juste après le lycée, j'ai eu un ami qui s'adonnait au BDSM et qui souhaitait que je devienne son esclave, expliqua Terry tout en faisant courir ses mains sur la poitrine de Red, lui taquinant au passage les mamelons. Mais ce n'était pas ma tasse de thé, je ne suis pas un soumis, mais un passif.

— Tu es un passif d'un genre plutôt autoritaire, corrigea Red entre deux murmures de plaisir.

— C'est justement la raison pour laquelle je ne suis pas un soumis. Bref, il était plus âgé que moi, environ la trentaine.

Red faillit s'étouffer, provoquant l'hilarité de son compagnon.

— Je sais, tu as presque le même âge, mais rappelle-toi que je n'avais que dix-neuf à l'époque. J'ai mentionné son âge uniquement pour tu saches qu'il possédait une certaine expérience, voire une expérience certaine. Donc, Ander m'a expliqué toute cette histoire de BDSM ainsi que ce qu'il attendait de moi en ma qualité de soumis.

— Je ne vois pas du tout où tu veux en venir, lança Red, le corps tendu.

Les mains de Terry s'immobilisèrent et il poussa un gros soupir chargé de regrets.

— Je n'arrive pas à m'expliquer correctement. Peu de temps après que je l'ai repoussé, Ander a rencontré l'amour de sa vie qui, comme par hasard, se trouvait être aussi l'un de mes amis, rencontré à l'époque du collège. Scotty était un être plutôt perturbé, mais ça n'a pas empêché Ander de tomber éperdument amoureux. En vérité, cet amour fut immédiatement réciproque, ce que je considère encore à l'heure actuelle comme fantastique et miraculeux. Le côté torturé de Scotty venait de la relation destructrice qu'il avait avec son père, lequel n'était rien d'autre qu'un salaud de grande envergure. Il avait l'habitude d'utiliser des ceintures et autres objets du même genre pour punir son fils. Le corps de Scotty portait les traces de cette discipline brutale. Or, Ander affirmait qu'il lui suffisait de déposer ses propres marques pour recouvrir les cicatrices paternelles, ainsi, il permettrait à Scotty de s'approprier ces nouvelles marques, de les faire siennes, d'apprendre à les aimer, et au bout du compte, à transformer symboliquement ces traces nées de la souffrance en témoignages de plaisir.

Terry s'empara doucement du poignet de Red et le porta à ses lèvres.

— C'est la raison pour laquelle tu as embrassé ma cicatrice ? questionna Red au bout de quelques secondes.

— Oui, en partie. Mais c'est aussi parce que cet endroit a le même goût que le reste de ton corps.

Terry s'interrompit avant de déclarer d'un ton solennel :

— Je ne te ferai jamais de mal. Tous les gestes d'Ander procuraient une souffrance parfaitement maitrisée qui correspondait exactement aux besoins de son soumis. Toi, tu n'as pas besoin de ce genre de choses et c'est tant mieux, car je serais bien incapable de te satisfaire sur ce point. En revanche, tu as besoin de savoir que tes cicatrices sont une partie indissociable de ton être, au même titre que tes magnifiques yeux qui s'assombrissent quand tu es sur le point de jouir, ou encore des adorables petites fossettes qui naissent sur tes joues quand tu acceptes de te laisser aller à sourire sans retenue.

Le corps de Terry glissa sur celui de Red, sa poitrine imberbe effleurant la toison de Red. Terry adorait cette sensation particulière et savait qu'il ne pourrait jamais s'en rassasier aussi longtemps qu'il vivrait.

Puis, il lécha et suça la hanche de son compagnon, juste à l'endroit où un morceau de métal avait pénétré la chair. Cette marque restait toujours sensible et douloureuse, et les médecins avaient expliqué à Red que cette blessure aurait pu être fatale. Le morceau de métal avait en effet atteint l'os et Red était prêt à jurer avoir l'impression, certains jours, que celui-ci n'avait pas été extirpé de son corps et y demeurait toujours. Terry caressa cette peau que le policier savait être rugueuse. Il ferma les yeux aussi fort que possible, guettant un soupir ou un hoquet qui trahirait le dégoût de Terry. Mais rien de semblable ne vint. Il ne sentit qu'un coup de dent ou de langue, ou l'effleurement d'un souffle léger sur sa peau. Terry poursuivit ses attouchements, suça et mordilla encore plus fort, faisant naître une myriade de fourmillements dans tout le corps de son partenaire. Red évitait en général tout contact avec cette zone extrêmement sensible. Il était sur le point de se reculer quand Terry s'immobilisa pour placer une main légère sur la cicatrice.

— C'est une partie de toi, Red.

— Pas la plus belle, en tout cas, marmonna le policier. Cette marque me fait parfois un peu mal, notamment par temps froid. Les médecins m'ont prévenu que je risquais d'avoir de l'arthrite en vieillissant. J'ai l'impression certains jours que c'est déjà le cas.

Il rouvrit les yeux en sentant toujours la main de Terry sur sa peau.

— Viens nager avec moi, un de ces jours, proposa Terry. Tu n'as pas besoin de faire des kilomètres, mais c'est un exercice qui ne pourra que faire du bien à tes articulations.

Red se sentait à la lisière de l'inconfort, mais ne voulait pas pour autant que Terry ôte sa main.

— Je n'y peux pas grand-chose, tu sais, répondit Red. C'est comme ça. Et puis, je suis un piètre nageur. Je nage comme une enclume, contrairement à toi.

Red observa Terry, qui hocha la tête brièvement avant de la baisser pour faire courir sa langue sur son torse.

— Elles ne te gênent vraiment pas, constata le policier.

— Non, Red. Ces cicatrices sont comme tout le reste : une partie de toi. Sans elles, et sans toutes les épreuves que tu as subies et surmontées, tu ne serais pas devenu l'être généreux qui est allongé dans ce lit. Aussi fataliste que cela puisse paraître, je suis convaincu que les choses nous arrivent pour de bonnes raisons. En ce qui me concerne, j'ai croisé la route de James car j'avais besoin d'un avertissement pour modifier le cours de ma vie au risque de finir très mal. Il s'en est fallu de peu.

— Quel karma pourrait justifier un accident qui a coûté la vie à mes parents et dans lequel j'ai presque failli mourir ? objecta sèchement Red. À part me laisser défiguré et meurtri à l'intérieur comme à l'extérieur ?

Terry se figea quelques secondes avant de répondre :

— Je ne sais pas. Je ne possède pas toutes les réponses, mais je reste persuadé que tous ces évènements ont contribué à donner naissance à l'homme que tu es aujourd'hui.

Le jeune homme se redressa et ses mains quittèrent la peau de Red. Celui-ci s'assit dans le lit, en face de Terry qui venait de s'agenouiller et qui le fixait d'un air pensif.

— Est-ce que tomber amoureux serait prématuré ? demanda-t-il soudain. Je te connais depuis trois jours à peine, et pourtant, j'ai l'intime conviction que ma vie ne sera plus jamais la même à cause de toi.

— Ça ne signifie pas pour autant que tu m'aimes, allégua Red, dont le cœur battait comme un tambour de guerre à ses oreilles. Tout cela vient du fait que j'ai été gentil avec toi et que tu m'en es reconnaissant.

Terry s'approcha de Red, les yeux étincelants.

— Mettons les choses au clair : si tu nourrissais par hasard quelque part dans ta petite tête l'idée saugrenue que je serais capable, rien que par reconnaissance, de faire ce que nous avons fait tous les deux au cours des dernières nuit, je me verrais dans l'obligation de te flanquer une bonne raclée ! Je ne suis pas une pute ! Et je ne me jette pas à la tête du premier venu.

— Alors, pourquoi ? s'étonna Red.

— Qu'est-ce que tu crois ? À ton avis, pourquoi suis-je avec toi ? Pourquoi ai-je tout le temps envie d'être avec toi ? Pourquoi ne suis-je pas capable d'arrêter de penser à toi au lieu de me concentrer sur mon entraînement ? J'aimerais bien le comprendre pour ma part...

Le regard de Terry se voila et s'égara par-delà le lit.

— J'admets être superficiel et idiot, suffisamment en tout cas pour m'être cru amoureux de James alors que je répondais en fait à un instinct de conservation et à une tendance à céder à la facilité. Mais je ne suis pas guidé par ces motivations avec toi. Vivre avec toi ne pourra jamais être facile, loin de là.

Red toucha tendrement du bout du doigt le menton de Terry et plongea ses yeux dans les siens.

— Tu n'es ni superficiel, ni idiot, le corrigea Red.

La conversation avait rapidement pris un tour très sérieux et il ne comprenait que trop bien les émotions qui agitaient le jeune homme.

— Je sais ce que tu éprouves, et sache que je me suis posé les mêmes questions. J'ignore comment nommer les sentiments que je ressens à ton égard, mais je sais que je me suis couvert de ridicule parce que la simple perspective de voir James s'approcher de toi me rend tellement vert de jalousie que j'ai toutes les peines du monde à réfléchir.

La jambe blessée de Red se mit à trembler et il s'étira afin de soulager ses muscles douloureux.

— Est-il possible de tomber amoureux en trois jours seulement ? Merde, je n'en sais strictement rien. Mais...

Red mourait d'envie de prononcer les mots, mais aucun ne voulait franchir ses lèvres. Sa bouche les formait, mais en vain.

— Pourquoi ai-je tant de mal à exprimer mes sentiments ? balbutia-t-il, à bout de patience.

Terry se contenta de sourire dans un premier temps, avant d'éclater franchement de rire.

— J'aimerais beaucoup pouvoir répondre à cette question, moi aussi. Cette réticence tient peut-être au fait que nous craignions que nos sentiments ne soient pas réciproques. James m'a souvent dit qu'il m'aimait, mais les mots n'avaient aucune signification réelle pour lui, ils étaient dénués de toute authenticité ou de sincérité, et il n'a eu aucun mal à mentir à propos de quelque chose d'aussi précieux. Alors je n'ai pas besoin de mots, à moins que tu sois prêt à les dire en les pensant du fond du cœur, tout autant que tu pourrais avoir besoin de les entendre un jour de ma part.

Terry se pencha et l'embrassa. Étonnamment, son baiser fut hésitant et maladroit. Il s'affaissa sur le policier, qui le serra contre lui, l'étreignant quelques secondes avant de l'installer sur le lit, l'embrassant à perdre haleine, encore et encore. Ce fut vraisemblablement la déclaration de sentiments la plus embarrassée et la plus confuse de toute l'histoire de l'humanité, mais Red s'en contrefichait. Terry tenait à lui et ce constat lui donnait le vertige. Le reste finirait par rentrer dans l'ordre dès que cette histoire avec James serait réglée.

Red rompit leur étreinte juste le temps nécessaire pour éteindre la lampe. Puis, il parcourut de ses mains affamées la peau du jeune homme, et alors que la mélodie des soupirs reprenait, ils firent l'amour, nichés dans le grand lit, à l'abri du monde, cachés dans la pénombre de la chambre. Ils finirent par s'endormir dans les bras l'un de l'autre. Juste avant de sombrer dans le sommeil, Red se demanda combien de temps un tel bonheur pouvait durer. Il avait déjà été heureux par le passé, mais jamais très longtemps. Il pria le Ciel avec ferveur pour qu'il en aille autrement cette fois-ci.

LE LENDEMAIN, il conduisit tout d'abord Terry au poste de police où il s'entretint avec Aaron, puis l'emmena à son travail. Sans s'attarder, il regagna immédiatement son bureau, où Aaron et lui passèrent le reste de la journée à étudier les informations qu'ils avaient rassemblées sur James Guthrie. Ils parvinrent à retrouver la trace des parents de ce dernier, tous les deux malheureusement décédés, ainsi qu'un frère séjournant à l'étranger pour affaires. Red fit des recherches à son sujet et découvrit qu'il possédait un diplôme d'ingénieur et supervisait à l'heure actuelle la construction d'un gratte-ciel à Dubaï. Quand Red réussit à le joindre par téléphone, un Karl Guthrie à peine sorti du sommeil lui expliqua qu'il ignorait tout des affaires de son frère et le policier comprit que les deux hommes n'étaient pas très proches. Karl raccrocha très brutalement, sans même se donner la peine de prendre congé.

— Cette conversation n'a mené nulle part, déplora Red en reposant le combiné. Le capitaine va grimper aux rideaux quand il va recevoir la facture de cet appel.

— Récapitulons ce que nous savons d'autre, déclara Aaron installé au bureau voisin. La police de Harrisburg surveille la société de Guthrie. Ils soupçonnent tout comme nous quelque chose de louche, mais n'ont aucune preuve concrète. Il est cependant parfaitement clair pour tout le monde que de grosses sommes d'argent y transitent, même s'il est impossible pour l'instant de déterminer comment il se débrouille pour récupérer et livrer sa marchandise.

— Qu'est-ce que tu veux dire ? s'étonna Red tout en s'écartant de son bureau.

Aaron approcha sa chaise afin de pouvoir s'entretenir plus facilement avec son collègue.

— Nos collègues de Harrisburg ont relevé les premières anomalies financières dans les comptes de Guthrie il y a six mois environ. Néanmoins, aucune livraison sortant de l'ordinaire n'a pu être détectée. Les camions de livraisons ont été filés et nos collègues n'ont rien récolté à part l'assurance que les chauffeurs-livreurs font correctement leur boulot. Du moins jusqu'à ce qu'un inspecteur identifie ce qu'il pensait être un schéma récurrent. Guthrie a signé un contrat avec l'une des sociétés basées en centre-ville pour livrer et assurer le montage d'environ cinq cents fauteuils de bureau destinés aux différents locaux de cette entreprise. Or, un des chauffeurs-livreurs ne suivait pas le même itinéraire que les autres et il faisait des arrêts systématiques entre chacune de ses livraisons.

Les lèvres d'Aaron s'incurvèrent en un sourire ironique.

— Et alors ? s'impatienta Red.

— Alors… Alors la femme du type était enceinte et il repassait chez lui pour s'assurer qu'elle allait bien, précisa le policier. Rien de plus. Après ça, James a appelé quelques-uns de ses amis bien placés et l'enquête a été bloquée. La police de Harrisburg avait abattu toutes ses cartes et elle se trouvait dans une impasse. En tout cas jusqu'à ce que nous la contactions.

— Donc, c'est nous qui coopérons avec eux ? voulut savoir Red.

Aaron confirma d'un hochement de tête. Les forces de police des deux villes voulaient à tout prix éradiquer cette saleté de drogue de leurs rues.

— Et maintenant, qu'est-ce qu'on fait ? s'enquit Red.

— Maintenant, nous reprenons tout depuis le début, nous repassons en revue le moindre élément en notre possession et nous allons noter tous les détails qui nous paraîtrons nouveaux, répondit Aaron en s'emparant du tableau blanc qu'ils utilisaient pour récapituler les faits liés à l'enquête. Nous savons que Guthrie brasse d'énormes quantités d'argent et surtout du liquide, bien plus qu'il n'est habituel pour une entreprise. Nous savons aussi qu'il dispose de fonds personnels très importants dont l'origine reste douteuse, à part les bénéfices issus de sa société.

Ces différentes informations figuraient déjà sur le tableau. Aaron poursuivit son inventaire.

— Ton ami, Terry Baumgartner, nous a appris que James avait été exclu d'un club que nous avons pu relier à la drogue qui inonde actuellement nos rues. Mais cette connexion reste encore à prouver de façon indubitable. Tout cela pourrait n'être qu'une coïncidence.

— J'en doute fort, objecta Red. J'ai mené quelques recherches sur le propriétaire du club, Bull, et il se trouve qu'il possède un passé plutôt intéressant : c'est un ancien militaire, décoré à plusieurs reprises et qui a apparemment travaillé pour des organisations paramilitaires.

Red consulta ses notes avant de reprendre :

— Je n'ai pas réussi à en savoir davantage compte tenu des obstacles auxquels je me suis heurté.

— Et en quoi cela est-il connecté à notre affaire ? s'étonna Aaron.

— Ça signifie que Bull n'est pas le genre d'homme à se laisser facilement duper. Je parie qu'il peut sentir les ennuis à des kilomètres à la ronde. Néanmoins, même lui insiste sur le fait que savoir que Guthrie a les mains sales et être en mesure de le prouver sont deux choses extrêmement différentes.

Aaron frappa légèrement du poing la surface du bureau.

— Comment parvient-il à faire bouger sa marchandise si ce n'est pas par le biais de son entreprise ?

— Qui prétend que ce n'est pas ainsi qu'il procède ? Le fait que nous ne l'ayons pas pris sur le fait n'implique pas que nous nous trompions sur sa combine.

Red se dirigea vers le tableau blanc et le fixa quelques secondes.

— Quelque chose nous échappe forcément. Merde, j'aimerais vraiment pouvoir mettre la main sur sa liste de clients.

— Nous pouvons en établir une liste partielle, fit remarquer Aaron. Il suffit de lister le lieu des livraisons effectuées par ses chauffeurs.

— Mais ces endroits ont sans doute déjà été passés au crible, objecta Red. La réponse n'est vraisemblablement pas là. J'ai pensé à quelque chose : et si Guthrie alimentait ses points de vente sous couvert de livraisons normales ? Comme il sait que son personnel est sous surveillance, il doit redoubler de prudence. Je reste persuadé que sa société est la couverture idéale pour le blanchiment d'argent de la drogue, et à ce titre, elle constitue un outil qu'il convient de protéger à tout prix.

Les deux hommes contemplèrent le tableau blanc comme s'il détenait la clé de tous ces mystères.

Red finit par rompre le silence.

— Et si en réalité, les chauffeurs ne livraient pas de façon régulière les endroits où la drogue doit être déposée ? Si nous avions affaire à des livraisons occasionnelles qui seraient ainsi noyées dans le flot de toutes les autres livraisons ?

— Si tel est le cas, nous n'arriverons jamais à rien, déplora Aaron. À moins que leurs mouvements ne suivent un schéma spécifique et compte tenu du fait que nous n'avons pu saisir les registres de la société faute d'une base solide pour obtenir un mandat, nous sommes bel et bien baisés.

— Ce n'est pas sûr, contesta Red. Si Guthrie est bien à l'origine du trafic de drogue et si c'est bien lui qui alimente le marché, il n'a pas besoin de s'appuyer sur une très grosse organisation, mais juste d'un petit nombre d'intermédiaires.

— Tout cela serait très sophistiqué, commenta Aaron. Tu penses vraiment que Guthrie est capable d'avoir mis sur pied un tel système ?

— Et pourquoi pas ? Guthrie dirige une société de logistique et n'aurait eu de ce fait aucun mal à trouver les ressources nécessaires et à les coordonner. Les personnes s'occupant de conditionner la drogue n'ont pas besoin de savoir qui se trouve à la tête du réseau. Merde, même nous, nous ignorons qui le dirige ! Nous n'avons que des suspicions et des hypothèses. Nous avons peut-être identifié un des maillons de la chaîne, et si les chefs de l'organisation pensent qu'ils sont sur le point d'être démasqués, tout le dispositif sera démantelé en un temps record.

— Mais tu es une vraie fontaine d'optimisme aujourd'hui, ironisa son collègue.

— Désolé. Je ne faisais que réfléchir à voix haute. Partons du principe que l'organisation s'appuie sur une personne pour la préparation et la livraison de la drogue à Carlisle, Lancaster, York et Harrisburg, les quatre plus grandes villes de la région. *Guthrie Expeditors* réunit tous les critères pour assurer l'intégralité de l'approvisionnement et procurer une façade légale pour une activité criminelle. Les livraisons sont effectuées quand le stock a besoin d'être renouvelé, et à partir de là, chacun des revendeurs gère sa propre affaire, de façon complètement indépendante et ignorant tout des différents autres membres du réseau. Personne ne connaît l'organigramme de l'organisation, sauf celui qui gère les livraisons, qui doit bien évidemment détenir suffisamment d'informations pour qu'aucune erreur n'intervienne dans l'approvisionnement des points de vente.

— Et c'est là que réside le Talon d'Achille de toute l'organisation, déduisit Aaron au terme de cette démonstration. Et sur quels éléments te bases-tu pour déterminer les villes concernées par le trafic ?

Red sourit en réponse tout en farfouillant dans les papiers étalés sur son bureau.

— La drogue diffusée dans chacune de ces villes est constituée des mêmes composants, mais leurs proportions changent selon la zone géographique concernée. Cette différence explique notamment la raison pour laquelle nous avons à déplorer autant de morts à Carlisle : la drogue qui y est vendue est beaucoup plus forte que celle qui est écoulée dans les trois autres villes. On peut également en déduire que le coupage n'est pas assuré par les mêmes personnes. CQFD !

Aaron grimaça un sourire à l'exclamation triomphante de son collègue et lui tapa sur l'épaule pour le féliciter de son brillant raisonnement.

— La question essentielle est désormais de savoir comment faire pour arrêter tout ce beau monde, conclut Red.

— Personnellement, je n'ai aucune idée sur la question, avoua Aaron. Je pense que notre seule option est d'intensifier nos recherches. Jusqu'à ce que nous parvenions à dénicher des preuves flagrantes, nous n'avons toujours aucune raison légale pour demander un mandat. Même si nous nous rapprochons du but, n'importe quel juge un tant soit peu compétent nous reprochera d'agir à l'aveuglette et nous renverra dans nos buts la queue entre les jambes.

— Je le sais bien, s'écria Red d'une voix plus forte que nécessaire.

Le policier avait l'impression que cette enquête allait finir par lui être fatale. Il fallait qu'il mette de l'ordre dans sa tête pour arriver à réfléchir efficacement. Malheureusement, après les évènements de la nuit dernière, il ne cessait de s'inquiéter pour Terry et n'était que trop conscient du danger grandissant que représentait James. Ce genre d'homme ne se hissait pas à une telle position en faisant dans la dentelle. Au début, Red l'avait catalogué comme un ex-petit ami déraisonnablement jaloux, incapable de supporter le rejet, mais qui, fatigué de prendre son mal en patience, qui avait fini par en prendre son parti et à passer à autre chose. Mais un type comme James n'était pas du genre à renoncer. Malgré la brièveté de leur rencontre, Red avait su immédiatement le genre d'individu auquel il avait affaire et avait pressenti que James utiliserait tous les moyens pour parvenir à ses fins.

— Red ! interpella soudain l'agent en faction au bureau d'accueil, en montrant du doigt le téléphone.

Red entendit la sonnerie de l'appareil posé sur son bureau et décrocha aussitôt.

— Allô ? entendit-il à l'autre bout du fil. C'est Terry. James est là. Il s'est pointé à la piscine avec deux de ses associés.

Red avait le plus grand mal à entendre la voix étouffée du jeune homme.

— Terry ? Où es-tu ? s'inquiéta le policier.

— Je me suis caché dans les vestiaires, murmura le jeune maître-nageur. Je les ai aperçus alors que j'étais sur le point de terminer mes longueurs. Je suis immédiatement sorti de l'eau pour me réfugier ici et j'ai appelé l'accueil. Je n'ose pas sortir, car j'ignore s'ils sont encore là. Je me suis enfermé dans le placard à balais pour plus de sécurité.

— J'arrive tout de suite, se hâta de dire Red. Surtout, reste où tu es.

Il raccrocha et se tourna vers Aaron.

— James s'est montré à la piscine. Terry s'est enfui et s'est caché dans les vestiaires.

— Allons-y, ordonna Aaron.

Les deux hommes sortirent en courant de l'immeuble et montèrent dans la voiture de patrouille de Red. Le trajet entre le poste de police et le centre de loisirs fut couvert en un temps record, et dès qu'ils furent garés, ils se précipitèrent à l'intérieur du centre.

— Nous leur avons demandé de partir, les informa Steve comme il les accueillait à l'entrée. Ils nous ont obéi, mais n'arrivons pas à trouver Terry. Nous avons appelé les secours il y a quelques minutes seulement. Comment avez-vous fait pour arriver aussi vite ?

Il paraissait extrêmement nerveux.

— Terry m'a contacté, interrompit Red sans ralentir l'allure tandis qu'il se dirigeait vers la piscine.

— Nous avons agi dès que nous avons appris qu'ils étaient là, précisa Steve tout en le suivant.

— Je comprends. Comment sont-ils entrés ?

— Ils possèdent apparemment un badge visiteur et l'accueil les a laissés passer. Ils ont signé le registre pour toute la journée. C'est un club de sport et nous ne sommes pas censés offrir des prestations de sécurité ou de protection.

Red s'arrêta devant la porte des vestiaires et fut heureux de constater que les environs étaient relativement déserts. Quelques nageurs évoluaient dans le bassin et il crut préférable d'adopter un ton bas et mesuré.

— Je comprends parfaitement, mais c'est Terry qu'il va falloir convaincre, pas moi. Il a impérativement besoin de se sentir en sécurité pendant qu'il travaille et qu'il s'entraîne. Il ne peut pas le faire s'il doit surveiller constamment la porte d'entrée.

Red sentait la colère grandir en lui. Il reconnaissait que Steve n'était en rien responsable de l'intrusion de James et savait que les mesures de sécurité ne faisaient pas partie du cahier des charges du centre de loisir. En fait, il s'en voulait de son manque de prévoyance qui l'avait entretenu dans l'illusion que Terry était en parfaite sécurité sur son lieu de son travail. Il se serait battu pour s'être montré aussi inconséquent et négligent.

Il pénétra dans le vestiaire et le traversa tout en le scrutant du regard. Quelques personnes étaient en train de se changer et jetèrent un coup d'œil sur son passage. Il ne leur prêta cependant aucune attention, entièrement focalisé sur un unique objectif : Terry. Il parvient au fond de la pièce, trouva le placard et frappa doucement à la porte.

— Terry, c'est moi. Red.

— Nous n'avons même pas pensé à regarder là ! s'exclama Steve. Seigneur, il est resté enfermé là-dedans depuis le début ?

La porte s'ouvrit lentement. La tête de Terry, puis tout son corps, s'encadrèrent dans l'entrebâillement. Dès qu'il l'aperçut, Red ne put s'empêcher de remarquer que le jeune homme ne portait rien d'autre que son petit maillot de bain bleu. Il repéra non loin une pile de serviettes, en saisit deux et les tendit à Terry.

— Il n'y a plus rien à craindre, Steve s'est débarrassé de James et de ses amis et a également appelé la police.

Terry fit un pas en avant et s'effondra sans dire un mot dans les bras du policier. Red caressa tendrement les cheveux mouillés du jeune homme.

— Tout va bien maintenant, tu es en sécurité, murmura-t-il pour le réconforter.

Pendant ce temps, il s'efforçait de calmer les battements frénétiques de son cœur. Il ferma les yeux et se répéta pour se rassurer que Terry n'avait rien. Dieu merci, celui-ci avait conservé assez de sang-froid pour trouver rapidement un endroit où se réfugier. Red mourait d'envie de le couvrir de baisers, de le déshabiller et de passer ses mains sur chaque centimètre carré de son corps afin de vérifier qu'il n'avait pas été blessé. Malgré ce violent besoin, il n'oublia pas d'utiliser son propre corps pour dissimuler Terry au regard des autres personnes présentes et pour lui offrir un semblant d'intimité.

— Est-ce que tu veux t'habiller pour que nous puissions parler ?

Terry leva le visage, qu'il avait enfoui dans l'uniforme de Red, et accepta la proposition du policier d'un hochement de tête.

— Tout va bien se passer. Nous allons découvrir ce que trame James et le mettre hors d'état de nuire, lui affirma Red d'un ton qu'il voulait le plus rassurant possible. Je finirai par l'avoir, même si je dois l'arrêter pour avoir traversé en dehors des passages piétons.

Terry lui rendit brièvement son étreinte et recula d'un pas.

— Donne-moi le temps de me changer, demanda-t-il tout en enroulant une serviette de bains autour de sa taille avant d'en jeter une seconde sur ses épaules.

Red eut l'impression que le jeune homme cherchait à disparaitre ou à se cacher sous cette accumulation de tissus.

— Vous pouvez utiliser mon bureau, proposa Steve à Red.

Puis, il se tourna vers Terry :

— Nous étions morts d'inquiétude à ton sujet et nous n'arrivions pas à te trouver.

— Je n'avais qu'une idée en tête, répondit Terry. Me cacher, et je savais que cette porte possédait un verrou.

— C'était bien vu, le félicita Aaron. Allez vous changer et venez nous retrouver dans le bureau du directeur. Prenez tout votre temps.

Puis, il se tourna vers son collègue :

— Je vais appeler le poste pour faire savoir que nous avons retrouvé Terry sain et sauf et que des renforts sont inutiles. C'est à nous de gérer cette situation dans la mesure où elle entre dans le périmètre de notre enquête.

— Merci, dit Red.

Aaron s'éloigna et Red reporta son attention sur Terry.

— Où se trouve ton casier ? lui demanda-t-il.

Terry désigna le premier bloc de vestiaires. Comme chaque compartiment était protégé par un cadenas, Red présuma que le jeune homme en possédait un de façon permanente. Il guida son compagnon vers la rangée de casiers et s'assit sur un banc tout proche. Il observa le jeune homme se défaire de son maillot mouillé et passer un short et un tee-shirt.

167

Il dut fournir un effort monumental pour ne pas mater les globes fessiers, fermes, musclés et pâles qui s'offrirent brièvement à sa vue. Il était certain que la nature enjôleuse de Terry l'aurait incité en temps normal à profiter de la situation, mais, compte tenu des circonstances pour le moins particulières, ce dernier se contenta de se sécher et de s'habiller rapidement.

— Je suis prêt, annonça-t-il quelques secondes plus tard en enfilant ses claquettes.

— Tu es sûr ? s'inquiéta Red. Tu peux prendre encore un peu de temps si tu veux pour reprendre tes esprits.

Red avait bien vu que les jambes du jeune maître-nageur tremblaient légèrement quand il était sorti de sa cachette.

— Ça va, Red, je t'assure. J'ai eu très peur, mais je me sens beaucoup mieux maintenant.

Red se leva et vint lui caresser doucement la joue. Il plongea son regard dans les yeux bleus, tout près de succomber au besoin de le prendre dans ses bras et de le protéger.

— Il serait peut-être plus prudent que tu quittes la ville pendant un moment. Partir ailleurs…

— Et pour combien de temps ? Une semaine, un mois ? Pour toujours ? riposta Terry. Et laisser ainsi James prendre le contrôle de ma vie ? Pas question ! Il m'a effrayé, je ne peux pas le nier, mais je ne le laisserai pas aller plus loin. Je veux qu'il me laisse tranquille une bonne fois pour toutes. Je devrais plutôt essayer d'obtenir une ordonnance restrictive ou quelque chose d'approchant pour l'obliger à garder ses distances.

— C'est en effet une bonne idée. Ça nous donnerait en plus une raison pour le mettre en état d'arrestation la prochaine fois qu'il osera s'approcher de trop près.

Red se prit à regretter qu'une telle démarche n'ait pas été entreprise plus tôt. Il aurait dû y penser, quand bien même il devinait qu'un bout de papier signé par un juge n'aurait pas le pouvoir d'intimider Guthrie. Ce dernier ne ferait que chercher d'autres moyens pour harceler son ex-petit ami. Le bruit de la porte du casier qui se fermait le tira de ses pensées.

— Tu es prêt ?

— Oui, c'est bon.

Ils sortirent des vestiaires, traversèrent la salle de musculation et les autres salles du club et parvinrent au bureau du directeur où Aaron et Steve les attendaient. Puis, Steve prit congé en refermant la porte derrière lui.

Aaron avança un siège pour Terry et les deux policiers prirent place dans les fauteuils qui faisaient face au bureau.

— Racontez-nous ce qui s'est passé, demanda Aaron à Terry.

— Je venais de finir mes longueurs d'échauffement et je sortais de bassin quand j'ai vu James se diriger vers moi. Il donnait l'impression d'être… en colère. J'ai vu deux hommes avec lui et aucun n'était vêtu pour faire de la natation.

— A-t-il dit quelque chose ?

— Oui. Il m'a dit qu'il s'inquiétait, car il ne m'avait pas trouvé chez moi et a affirmé que la seule façon pour que je sois à nouveau en sécurité était de retourner vivre avec lui. Je voulais récupérer mes affaires, mais elles se trouvaient derrière lui. Je lui ai ordonné de me laisser tranquille et lui ai répété que je ne voulais plus rien avoir à faire avec lui. Il s'est contenté de rire et a répliqué que…

Terry s'interrompit et jeta un coup d'œil à Red avant de reporter son regard sur Aaron.

— Il a répliqué que le monstre de foire avec lequel j'avais dansé l'autre nuit au club ne parviendrait pas à me protéger et que lui seul en était capable. Puis, il a tenté de se rapprocher. J'ai réussi à attraper ma serviette de bain que j'avais déposée sur les gradins, j'y avais caché mon téléphone en me souvenant que Red m'avait recommandé de l'avoir toujours à portée de main. Puis, j'ai couru vers les vestiaires, sans chercher à vérifier si j'étais suivi. Une fois que j'ai réussi à atteindre le placard, je m'y suis enfermé et j'ai appelé Red.

— Il surveille l'appartement de Terry, précisa Red à son collègue. Et il sait que nous sommes allés au *Bronco's*.

— J'enverrai quelqu'un vérifier l'état de l'appartement, décida Aaron. Aucun de vous deux ne doit désormais s'approcher de cet endroit. Je ne veux pas courir le risque que James découvre la localisation de Terry. Laissons-le mariner encore un peu. Le seul endroit où il semble réussir à vous atteindre est ici, à votre travail.

Aaron fixa Terry d'un regard pénétrant.

— Je me demande ce que vous pouvez bien savoir, ou ce qu'il croit que vous savez, pour qu'il veuille à ce point vous récupérer.

— J'ignore tout de ses affaires, répondit Terry en haussant les épaules.

— Peut-être bien. Mais il craint de toute évidence que vous déteniez sur lui des informations compromettantes précises que vous pourriez partager avec la police, ou alors des pièces éparses d'un puzzle que vous seriez éventuellement à même de rassembler.

Terry ouvrit la bouche pour répliquer, mais rien ne vint. Au bout de quelques secondes, il finit par dire :

— Je ne sais pas quoi vous dire. Je ne suis jamais allé à son bureau.

— Mais vous viviez avec lui.

— C'est vrai. Sans doute la plus grosse erreur de toute ma vie, d'ailleurs. J'ai détesté. La maison était gigantesque, inconfortable et remplie de toutes ces horreurs qu'il prenait pour des œuvres d'art et dont il était particulièrement fier. Il prétendait aimer la peinture naïve, mais il persistait à orner les murs de la maison avec des croutes immondes. Ces tableaux faisaient assez bien illusion, mais ils n'avaient aucune valeur et aucun intérêt, ce n'était que des toiles que n'importe quel touriste pouvait se procurer lors d'un séjour en Amérique Centrale. Quant au reste, ce n'était qu'un ramassis de pseudo œuvres d'art aux couleurs tellement criardes qu'elles auraient pu rendre aveugle toute personne suffisamment imprudente pour les regarder de trop près et trop longtemps.

Terry leva les mains en un signe de regret.

— Vraiment, je ne suis au courant de rien. Je ne l'ai jamais surpris en train de commettre quoi que ce soit d'illégal. Dieu sait pourtant que j'aimerais le contraire ! J'aurais pris mes jambes à mon cou beaucoup plus tôt sans ça. Si je détiens par hasard la moindre information capitale, alors je n'ai aucune idée de sa nature.

— D'accord, soupira Aaron. Je me doute que la situation doit être très difficile à supporter, mais nous nous efforçons de vous maintenir en vie.

— J'en suis conscient et je vous en remercie. Mais je ne peux pas vous dire ce que j'ignore, regretta Terry en se passant une main tremblante sur le front.

Red dut se retenir d'aller le réconforter. Il n'en fit rien car il savait qu'il ne pouvait pas se le permettre. Pas dans ces circonstances.

— Je me creuse la tête pour essayer de me rappeler un évènement qui ait pu sortir de l'ordinaire, quelle qu'en soit la nature. Mais je ne trouve rien. Il sortait beaucoup, rencontrait ses amis et faisait fréquemment la fête. Mais c'est tout ce dont je me rappelle.

— Est-ce que tu pourrais nous donner l'identité de ses amis ? s'enquit Red.

Le policier se fit la réflexion qu'il aurait dû poser la question avant. Les relations de James semblaient constituer un fil rouge dans cette affaire et revenaient souvent sur le tapis. Il se reprocha alors de ne pas avoir traité dès le départ cette affaire comme une enquête ordinaire, de ne pas avoir su conserver une approche détachée et objective. Il avait cédé à l'influence de ses sentiments envers Terry, et une telle interférence ne faisait pas bon ménage avec l'efficacité qui devait caractériser tout travail d'investigation.

— Nous enquêterons sur chacun d'entre eux et verrons si nous débouchons sur des pistes sérieuses.

— Je doute que vous obteniez des résultats intéressants. Il a fait la connaissance de la plupart d'entre eux à son club de gym. James sait faire preuve d'un charme dévastateur quand il s'en donne la peine. Comme le soleil, il rayonne et attire les gens à lui. Ils finissent par graviter dans son orbite, victimes de son indéniable attraction. Certains ne tiennent pas la distance et s'éloignent, mais la majorité s'accroche, assez longtemps pour être pressée comme un citron et jetée une fois devenue inutile. Je ne pense pas qu'ils en sachent davantage que moi sur les affaires de James. Ils se bornaient à partager son goût pour les voitures de sport, la belle vie et tout ce qui en découle.

— Sans doute. Mais je reste persuadé qu'il doit exister une personne qui sait quelque chose, s'entêta Aaron. Personne ne peut cloisonner à ce point sa vie personnelle et sa vie professionnelle.

— Et pourquoi pas ? s'étonna Terry. J'ai partagé sa vie pendant des mois et je ne me suis jamais rendu compte qu'il trempait dans des affaires louches. Par ailleurs…

Terry s'interrompit et regarda les deux policiers l'un après l'autre avant de poursuivre.

— Aucun de vous ne peut pour l'instant prouver que tel est bien le cas, si je ne m'abuse. Ce que je veux dire, c'est que nous le soupçonnons et que nous sentons intuitivement qu'il est impliqué d'une façon ou d'une autre dans un trafic de drogue, mais aucune preuve ne vient étayer ces hypothèses. Je le répète : je n'ai jamais rien remarqué de bizarre, et pour autant que je le sache, James ne consommait aucune drogue. Comme j'ai eu maintes occasions de voir son corps sous toutes les coutures, je suis catégorique : il ne porte aucune trace de piqûre nulle part.

Red grinça des dents en entendant ces propos. Il n'aimait avoir à se rappeler que Terry et James avaient un jour partagé une telle intimité.

— Je dois retourner travailler maintenant, annonça Terry en s'agitant sur son siège. Le prochain cours débute dans quinze minutes et je dois être présent. Je ne peux décemment pas m'absenter plus longtemps. Le directeur a été très compréhensif alors que rien ne l'y obligeait.

— Bien, accepta Red. Mais dès que tu as terminé, je veux que tu viennes avec moi au commissariat pour que nous dressions un agenda approximatif des activités de James. Nous passons forcément à côté de quelque chose et tu es le seul à pouvoir nous aider à y voir plus clair. Si nous ne découvrons rien de nouveau très rapidement, cette enquête sera reléguée au second plan pour peu que de nouvelles affaires arrivent sur le bureau du capitaine.

Cela arrivait fréquemment : si une enquête piétinait, les policiers en charge n'avaient d'autre choix que de passer à autre chose, jusqu'à ce que des éléments nouveaux fassent remonter le dossier sur le dessus de la pile des affaires à traiter. Ce qui pouvait ne poser aucune difficulté aux agents de police pouvait en revanche s'avérait très préjudiciable quand vous étiez une victime, comme Terry, qui se voyait condamné à vivre dans l'incertitude et la peur des prochains agissements de James. Red trouvait cette perspective tout simplement intolérable.

Terry confirma son accord et quitta le bureau.

— Je ne vois pas ce qu'il pourrait nous apprendre de nouveau, commenta Red une fois la porte close.

— Il existe néanmoins quelque chose et nous devons redoubler d'efforts. Par ailleurs, l'informa Aaron d'un air sombre, un autre décès est survenu la nuit dernière.

Red l'avait en effet appris à la lecture de la main courante. Il n'eut pas l'occasion de s'appesantir sur l'événement, car Aaron poursuivit :

— Et je crains qu'il ne s'agisse pas du dernier des morts liés à cette affaire. Nous n'avons encore aucune preuve, mais il est indéniable que Guthrie est impliqué. Nous devons absolument trouver le lien et mettre un terme à ce trafic. Beaucoup de flics travaillent sur ce dossier, mais aucun n'a fait beaucoup de progrès pour l'instant. Terry est la seule raison pour laquelle nous sommes, de notre côté, parvenus à des résultats significatifs. Nous devons fouiller dans sa tête pour voir s'il peut nous en dire plus.

Le policier se leva, imité par Red.

— Je sais que tu l'aimes bien... Peut-être même plus que ça, suggéra-t-il.

Red fit de son mieux pour cacher sa surprise. Bien que chaque membre du département ait été briefé sur les dangers de la discrimination sous toutes ses formes, Aaron adoptait la plupart du temps une attitude neutre et distante envers ses collègues.

— Tu sais, je ne suis pas le complet abruti pour lequel tout le monde me prend, ironisa le policier.

— Ouais, mais je ne me suis jamais attendu à beaucoup de compréhension de la part de congénères dans ce domaine, objecta Red.

Il n'aimait vraiment pas aborder ce sujet. Pas mal de personnes savaient qu'il était gay, mais il s'efforçait dans la mesure du possible de faire preuve d'un maximum de discrétion, surtout dans le cadre professionnel. Son visage lui facilitait les choses en grande partie en maintenant les autres à bonne distance, et cela faisait un certain temps qu'il menait une vie de moine. Les rares hommes avec lesquels il était sorti par le passé ignoraient sa profession. Par ailleurs, l'abus d'alcool les rendait peu exigeants et Red s'empressait, une fois ses besoins et ceux de son partenaire assouvis, de prendre congé avant qu'ils aient l'opportunité de regretter d'avoir baisé avec un monstre. Ce mode de fonctionnement n'engendrait aucune complication et convenait à chacune des parties concernées.

— Tu n'es pas le seul gay du département, fit remarquer Aaron.

Red en était conscient, mais les homosexuels ne formaient pas pour autant un club. Il haussa les épaules.

— Ce que j'essaie de dire, c'est qu'il n'y aurait aucune honte à ce que tu préfères te retirer de l'enquête si tu venais à te rendre compte que tes sentiments nuisent à ton objectivité. Même en faisant abstraction des risques qu'il court au quotidien, le travail d'un flic est déjà très difficile et il le devient encore davantage quand un policier rencontre une personne pour laquelle il va compter et à laquelle il va tenir. Tu peux me croire, mes ex en connaissent un rayon sur la question !

— Je n'ai aucun problème… Vraiment.

— Parfait, conclut Aaron, un nouveau sourire naissant sur les lèvres. Nous ferions mieux de rentrer au poste et d'y poursuivre nos recherches, et vite.

Ils passèrent devant Steve et le remercièrent de leur avoir laissé utiliser son bureau. Puis, ils sortirent du centre et regagnèrent le commissariat où ils reprirent leurs travaux là où ils les avaient laissés avant l'appel de Terry. Malheureusement, ils n'eurent guère la possibilité de faire le moindre progrès avant d'être appelés sur une première intervention, puis sur une seconde.

Red contempla l'homme dépenaillé aux paupières closes. Il devait avoir environ vingt et un ans. Ce n'était qu'un gosse, le gosse de quelqu'un, et il venait de mourir. C'était leur deuxième sortie, et hélas, elle ne s'était pas conclue plus favorablement que la précédente au cours de laquelle les policiers n'avaient pu que constater le décès du drogué. Cette issue fatale devenait désespérément récurrente. Le capitaine allait péter un câble et leur mettre une pression d'enfer, à Aaron et lui, pour qu'ils résolvent cette affaire au plus vite, et Red ne pourrait pas le lui reprocher. Il devenait impératif d'interrompre cette succession de morts brutales. Red se détourna du corps qui venait d'être déposé sur un brancard et chargé dans l'ambulance. Les portes se refermèrent et il adressa un signe de tête au chauffeur comme celui-ci le dépassait pour s'installer derrière le volant.

— Tu as déployé des efforts quasi héroïques, commenta Aaron tout près de lui.

Dès leur arrivée sur les lieux, Red s'était employé à pratiquer les premiers secours, mais en vain. Non qu'il ait nourri la moindre illusion sur l'issue de ce combat, mais il n'avait pas pu se résoudre à renoncer et à abandonner ce gosse à son triste sort. Il avait dû faire face à trop de décès ces dernières semaines et priait de toutes ses forces pour que ce cortège funèbre cesse enfin.

— Mais tous mes efforts ont été inutiles, regretta-t-il amèrement, sans pouvoir effacer de son esprit le corps qu'il avait tenté d'arracher à la mort.

Il ignorait pourquoi il était affecté à ce point, peut-être était-ce dû à la jeunesse de la victime, ou peut-être avait-il atteint son seuil de tolérance.

— Je sais, mais tu as fait de ton mieux, le rassura son collègue.

— Tu n'as pas besoin de me réconforter, fit remarquer Red. Le gosse est mort et le fait est que je n'ai pas pu l'empêcher. C'est comme ça.

La frustration et la colère faisaient rage en lui, mais Aaron n'y était pour rien. Ce n'était d'ailleurs la faute de personne, hormis celle de l'enfoiré qui fabriquait et vendait ce poison.

— Rentrons au commissariat pour rédiger nos rapports et essayer de trouver un moyen de coincer et de mettre hors d'état de nuire le salopard qui se cache derrière ce trafic, suggéra Aaron d'une voix dure.

Red sentit au son de la voix de son collègue que celui-ci n'était pas aussi détaché que son attitude voulait bien le laisser paraître. Il hocha la tête et ils se dirigèrent vers sa voiture de patrouille. Sur le chemin, ils passèrent prendre Terry et roulèrent en direction du poste sans échanger une seule parole.

Les deux policiers passèrent une bonne heure à poser à Terry toutes les questions qui leur passaient par la tête dans l'espoir d'enclencher un déclic, n'importe lequel, puis lui demandèrent de décrire une de ses journées habituelles avec James. Le jeune homme détailla les différents endroits dans lesquels il s'était rendu avec son ex, évoqua une nouvelle fois le mode de vie de ce dernier, sa maison et son musée de mauvais goût. Rien de concret ne sortit cependant de cet inventaire.

— Je ne peux pas vous raconter ce que j'ignore, martela à nouveau Terry, à bout d'arguments.

— Mais vous avez bien dû rencontrer à un moment ou à un autre les hommes avec lesquels James travaille, insista Aaron, refusant d'en démordre.

— Je vous ai déjà parlé des rares personnes que j'ai croisées, s'énerva Terry.

Il se passa une main lasse sur la nuque et s'agita sur sa chaise inconfortable installée d'un côté de la table qui occupait la salle d'interrogatoire dans laquelle il se trouvait depuis ce qui lui semblait être une éternité.

— Combien de fois allez-vous me reposer les mêmes questions ? s'impatienta-t-il.

Il donnait l'impression d'être sur le point de s'effondrer et Red aurait aimé pouvoir l'enlacer et l'assurer que tout allait bien se passer.

— Je comprends votre agacement, mais nous cherchons à garantir votre sécurité, lui redit Aaron. Or, nous n'avons aucune chance d'y parvenir avec le peu de renseignements en notre possession.

— Écoutez, riposta Terry avec fougue, je ne représentais qu'un jouet pour James, un joli visage à admirer et à faire admirer, à l'instar de ces horreurs qu'il prenait pour des œuvres d'art et qu'il exhibait sur les murs de sa couteuse maison. Je n'étais et je ne suis toujours rien d'autre à ses yeux. Il ne se confiait pas à moi, pas plus qu'à qui que ce soit d'autre, du moins à ma connaissance. Si je savais quelque chose, je vous l'aurais déjà dit ! Il m'a menacé à deux reprises et j'ai parfaitement compris le sens de ses avertissements. Il ne souhaite pas réellement que je lui revienne : il veut juste m'avoir à nouveau sous sa coupe. Aussi, même si par le plus grand des hasards j'ai eu connaissance d'une information utile, comme vous ou James semblez le penser, je n'ai aucune idée de sa nature ! Et maintenant, je peux rentrer ?

— Oui, vous pouvez partir, concéda enfin Aaron. Je conçois que vous puissiez trouver cette situation pénible et je... Nous apprécions votre collaboration. Nous sommes convaincus que vous faites de votre mieux.

Sur ces mots, le policier se leva et quitta la pièce, laissant Red en tête à tête avec le jeune homme.

— Je suis profondément désolé pour tout ça. Aaron...

— Tu n'as pas besoin de t'excuser, l'interrompit Terry. Tu t'efforces de m'aider et des personnes meurent à cause de James et de son trafic. J'aiderai dans la mesure de mes moyens, mais là, tout de suite, je veux pouvoir manger un morceau et dormir.

— J'ai encore quelques rapports à terminer, mais ils peuvent attendre demain matin. Rentrons à la maison et profitons-en pour travailler sur cette ordonnance d'éloignement.

— Merci, Red, répondit Terry tout en se levant.

Red le guida à son bureau et s'assura que rien d'urgent ne figurait dans sa liste des choses à faire, passa prévenir Aaron de son départ et lui souhaiter une bonne nuit, et enfin, Terry et lui quittèrent le poste et gagnèrent son pick-up. Ils partagèrent un silence confortable durant tout le temps que dura le trajet. Une fois arrivés, Red prépara le dîner, qu'ils prirent en regardant la télévision. Il fit ensuite la vaisselle et s'installa sur le canapé, où Terry le rejoignit. Le jeune homme se blottit contre lui et le policier savoura le fait de tenir quelqu'un dans ses bras. Il lui fallut quelques minutes pour réaliser que son compagnon s'était endormi. Il éteignit alors la télévision et réveilla gentiment le bel au Bois dormant.

— Allez, viens, on va se coucher.

Terry se leva en vacillant un peu, puis traversa le salon pour monter l'escalier. Les derniers jours avaient été stressants pour le jeune homme, plus particulièrement ces dernières heures, et Red supposa que l'adrénaline était en train de retomber, causant chez Terry une intense fatigue. Terry utilisa la salle de bain en premier, puis ce fut le tour de Red. Quand il en ressortit, le jeune homme était déjà couché, la lumière éteinte et de légers ronflements s'élevaient du lit. Red le rejoignit et Terry se rapprocha aussitôt pour se nicher entre ses bras.

— Pardon Red, mais je ne pense pas être en état de faire autre chose que dormir cette nuit, marmonna Terry.

— Chut, murmura en réponse le policier.

Son corps réagissait déjà à la proximité de ce corps souple et chaud. Il raffermit son étreinte et Terry replongea progressivement dans le sommeil.

Il avait posé sa main sur celle Red et y dessinait des petits cercles du bout des doigts. Les mouvements ralentirent au fur et à mesure, puis cessèrent complètement. Red finit par s'endormir à son tour.

RED S'ÉVEILLA en sursaut, cherchant à identifier ce qui l'avait tiré du sommeil. Terry s'agitait dans tous les sens à ses côtés en répétant « Non, non... ».

— Terry, c'est moi. Red, dit-il doucement en lui caressant l'épaule d'une main apaisante. Réveille-toi, tu fais un cauchemar.

Le jeune homme finit par se calmer et se réveilla.

— Red ?

— Oui. Tu as dû rêver. Tout va bien.

Il continua à lui prodiguer des caresses réconfortantes et Terry se tourna sur le flanc pour lui faire face. Red l'enlaça et fit courir ses mains tout le long du dos du jeune homme, adoptant une cadence à laquelle la régularité conférait une qualité hypnotique. Seigneur, il adorait la sensation de la peau douce de Terry sous ses mains. Il ferma les paupières, heureux de ce simple contact et tout disposé à retrouver les bras de Morphée.

— Red, insista Terry en se pressant davantage.

Red roula sur le dos, entraînant Terry et l'amenant à s'allonger sur lui. Les bras du policier s'enroulèrent autour de la taille du jeune homme et il vint cueillir du bout des lèvres le souffle léger de la respiration de celui-ci. Il resserra son étreinte et approfondit le baiser, provoquant la naissance de doux gémissements de la part de son compagnon.

— J'ai envie de toi, Red.

Red caressa d'une main alanguie le dos de Terry, la cambrure de ses reins et enfin, le rebondi de ses fesses.

— Moi aussi j'ai envie de toi. Seigneur, j'ai besoin de toi à un point inimaginable !

Terry l'embrassa, avalant les mots d'une bouche avide. Red s'en réjouit dans la mesure où il ne voyait aucun intérêt à parler. Leurs lèvres avaient bien mieux à faire. Aussi fit-il un festin de celles de Terry. Puis, il le fit rouler sur le dos.

Comme il avait pu le constater auparavant, Terry aimait parler pendant le sexe, mais il fut étrangement silencieux cette nuit-là. Bien qu'il affectionne la version volubile et active de son amant, Red apprécia également cette nouvelle facette toute en gémissements et en soupirs alors qu'il prenait tout son temps pour lécher, toucher et goûter chaque centimètre de peau accessible. Il s'efforça de rendre chaque caresse longue, lente et insistante. Il descendit le long du corps de Terry afin de rendre hommage à ses pieds : il en effleura la cambrure du bout des doigts, puis dessina le contour de la cheville. Il laissa ses mains vagabonder sur le mollet ciselé et remonta le long de la cuisse ferme et musclée. Il s'enivra du festin unique qu'était Terry, respirant à pleins poumons son odeur singulière afin d'en séparer toutes les fragrances et se gorger de son parfum sans pareil. Pendant tout le temps de cette découverte olfactive, il resta à l'écoute des réactions du jeune homme, sensible au petit ronronnement sexy qu'il émit quand Red lui suça les mamelons, heureux du gémissement plus grave qu'il fit naître quand sa bouche s'attarda sur la gorge du jeune maître-nageur, fier du grognement qui fit trembler la gorge de ce dernier quand Red traça de ses lèvres patientes et brûlantes le relief des côtes, puis la crête de l'épaule avant de redescendre le long du bras et du coude.

Il suspendit ses caresses le temps de récupérer les objets dont il avait besoin et prépara Terry avec une tendre patience. Une fois qu'il l'eut fait rouler sur le ventre, sa langue se mit à titiller, lécher et sucer Terry jusqu'à le réduire à un corps fiévreux, tremblant et suppliant. Il lui fallut mobiliser toute sa volonté afin de ne pas céder à la tentation de l'urgence quand il le pénétra enfin. La chaleur et l'étroitesse dans lesquelles se mouvait son sexe firent naître en lui une faim primitive qui exigeait un assouvissement immédiat et rapide, mais par miracle, il parvint à conserver une cadence languissante et posée, nourrissant son désir des gémissements de Terry dont il était l'initiateur.

L'harmonie de leurs mouvements avait une qualité presque irréelle. Le monde de Red se limita à Terry : il ne vit et n'entendit plus que lui.

— Je t'aime, lui murmura-t-il à l'oreille, incapable de réprimer plus longtemps l'aveu de ses sentiments.

Au diable la prudence et la protection de son cœur, et tant pis pour la souffrance éventuelle.

— Je t'aime, répéta-t-il, le visage enfoui dans l'épaule du jeune homme.

Il ne compta pas le nombre de fois où il exprima l'évidence de cet amour tout neuf, mais les mots chantèrent à ses oreilles, encore et encore, en une mélodie insistante et interminable.

— Moi aussi je t'aime…

Cette déclaration parvint à atteindre Red alors qu'il s'abîmait dans la mélopée réconfortante de son mantra, et il crut que son cœur allait exploser dans sa poitrine.

Red perdit pied et se raccrocha à l'ancre que Terry était devenu pour lui, tandis qu'ils unissaient leurs plaintes lourdes de plaisir et prenaient possession du cœur de l'autre en même temps que de son corps. Ils construisaient leur amour en faisant l'amour, dans un cycle sans fin où les émotions s'épanouissaient dans la chair et où le désir se nourrissait des sensations. Les secondes et les minutes s'égrenèrent au rythme des battements de paupières, des battements de cœur et des respirations de Terry. Red vivait une expérience toute nouvelle, qu'il devinait exceptionnelle et qui ne lui laissait d'autre choix que d'offrir à la fois son corps et son cœur. Et pendant tout ce temps, il pria comme un damné pour que cette ivresse ne prenne jamais fin.

RED JURA dans sa barbe quand la sonnerie de son réveil retentit le lendemain matin. Il tenait toujours Terry entre ses bras. Après avoir fait l'amour, il avait sombré dans un sommeil satisfait et heureux, le cœur exultant comme jamais auparavant, d'aussi loin que remontaient ses souvenirs. Terry s'éveillait à son tour et lui offrit le regard de ses magnifiques yeux bleus. Dans la lumière matinale, Red s'inquiéta un bref instant de l'aveu prématuré de ses sentiments, mais le sourire franc et chaleureux qui naquit sur les lèvres de Terry suffit à balayer toutes ses appréhensions.

— Bonjour, le salua le jeune homme en se collant contre lui.

Leurs lèvres s'unirent et leur baiser devint rapidement intense et passionné.

Red aurait adoré reproduire leur nuit, mais il avait conscience que le moment ne s'y prêtait malheureusement pas.

— Il faut que nous nous levions, dit-il d'une voix peu enthousiaste.

— Hum, hum… chantonna Terry tout en suçant la lèvre inférieure de Red. Dis, tu pensais ce que tu as dit cette nuit ?

— C'est-à-dire ? Que je t'aime ? demanda Red avec un grand sourire. Je l'ai pensé chacune des fois où j'ai prononcé ces mots.

— Moi aussi, murmura Terry.

Red l'attira dans ses bras et ils restèrent blottis pendant quelques minutes enchanteresses. Puis, la répétition de l'alarme vint dissiper la magie de l'instant. Le temps n'avait pas l'intention d'arrêter sa course pour leurs beaux yeux. Terry devait aller à la piscine et Red reprendre le fil de son enquête.

Ils prirent leur douche ensemble, ce qui représenta un exercice de maîtrise de soi, tout particulièrement pour Red. Il s'arrangea la plupart du temps pour garder ses mains en dehors de toute zone tentatrice. Puis, ils s'habillèrent, avalèrent un petit déjeuner rapide et furent enfin prêts à partir. Red demanda à Terry de ne pas bouger de la maison le temps qu'il s'assure que personne ne rodait dans les parages. Quand le jeune homme put le rejoindre, le policier ne parvint pas à faire taire sa répugnance à le laisser se rendre au centre. James avait réussi à s'y introduire, et ce à plusieurs reprises, et rien n'affirmait qu'il ne serait pas en mesure de récidiver.

— Ne t'inquiète pas, le rassura Terry tandis qu'ils prenaient place dans le pick-up. Julie sera là, ainsi que de nombreuses autres personnes, quand je m'entraînerai après mon service. Ensuite, j'aurai ma tournée de livraisons à faire.

— Je ne pense pas que ce soit une bonne idée, objecta Red alors qu'il s'apprêtait à mettre le contact.

— Il n'y a aucune raison pour que ça se passe mal. Julie a ses propres livraisons à assurer ce soir aussi. Personne ne peut connaître les adresses auxquelles je vais me rendre, sauf toi puisque nous y sommes allés ensemble. Par ailleurs, je vais finir ma tournée par Tante Margie.

Red n'était toujours pas convaincu.

— Je ne me séparerai pas de mon téléphone, à aucun moment, insista Terry. Je sais bien que tu ne cherches qu'à me protéger, mais je refuse de mettre ma vie entre parenthèses et ces personnes ont besoin de moi.

L'expression sincère qui se peignit sur le visage de son compagnon incita Red à faire marche arrière.

— Je ne peux pas les laisser tomber, poursuivit Terry. Tu les as rencontrées quand tu m'as accompagné. Pour certaines d'entre elles, je suis le seul être humain qu'elles auront l'occasion de voir et d'entendre au cours de la journée. Je refuse de les décevoir.

— D'accord, céda Red. Mais tu ne prends pas ta Mustang. Ma deuxième voiture est dans le garage, c'est une vieille Taurus tout ce qu'il y a de plus banal, mais au moins, personne ne pourra savoir ce que tu conduis.

Il lui tendit la clé de la voiture, ainsi que celle du garage, et Terry les accrocha à son porte-clés. Il comptait demander à Julie de le conduire chez Red pour y récupérer la Taurus et Red se sentirait un peu plus rassuré en sachant que le jeune homme circulerait dans un véhicule non identifiable par d'éventuels suiveurs.

— N'oublie pas de bien fermer la porte du garage, recommanda le policier.

— Promis, répondit Terry en souriant. Et merci, Red.

— Maintenant que je t'ai trouvé, il est hors de question que je te laisse courir le moindre danger.

— Sache que j'apprécie tes efforts. Mais tu dois comprendre que j'ai besoin de vivre ma vie, précisa Terry en bouclant sa ceinture de sécurité.

Red démarra la voiture et ils prirent la direction du centre de loisirs. Avant que Terry descende du véhicule, Red lui fit promettre de l'appeler régulièrement au cours de la journée.

— Tu vas finir avec un ulcère à force de t'inquiéter, le taquina Terry.

— Peut-être, mais je t'aime. Au fait, quand tu appelleras, fais-le sur mon portable. Tu n'auras pas à attendre comme la dernière fois en passant par le standard.

— D'accord. Tout va bien se passer. Je t'aime, conclut Terry.

Red sentit le doute que le jeune homme cherchait à dissimuler sous cette attitude pleine de confiance et il aurait été surpris, voire inquiet, si tel n'avait pas été le cas. Le point positif était que cette incertitude et cette appréhension inciteraient le jeune homme à redoubler de prudence et d'attention envers son entourage.

— Tu as intérêt à faire attention. Et n'oublie pas de m'appeler.

Red aurait souhaité pouvoir garder Terry avec lui jusqu'à ce que toute cette histoire avec James ait été résolue, mais il devait aller travailler, tout comme Terry. Il se consola en sachant que d'autres personnes allaient garder un œil sur le jeune homme. Terry s'éloigna de la voiture et Red attendit qu'il soit entré dans le bâtiment pour se mettre en route.

Installé à son bureau quelques minutes plus tard, il s'attaqua à la rédaction de son rapport sur les événements de la nuit précédente et le transmit à son capitaine. Il rejoignit ensuite Aaron et ils reprirent l'examen de toutes les pistes pour constater au bout du compte qu'elles n'aboutissaient qu'à des impasses. Mais ils persévérèrent afin d'être certains que rien d'essentiel ne leur échappait. Le champ de leurs possibilités se rétrécissait comme peau de chagrin à mesure que le temps passait. Néanmoins, alors que la journée de travail touchait presque à son terme, Aaron interpella son collègue.

— Red, nous avons peut-être trouvé une ouverture ! La police de Harrisburg a arrêté aujourd'hui un des camions de *Guthrie Expeditors* pour une infraction au Code de la route et en a profité, en plus d'arrêter le conducteur qui avait bu de la bière au cours de son déjeuner, pour examiner ses documents de livraison. Ils ont trouvé sa feuille de route et le planning de sa tournée pour la semaine dernière. Ce n'est peut-être pas grand-chose, mais il faut que nous vérifiions ces adresses, car le livreur est passé par Carlisle.

Le cœur de Red se mit à battre un peu plus vite. Plus d'une affaire avait été résolue grâce à une infraction au Code de la route.

— Parfait ! Comment faire pour récupérer les documents saisis par nos collègues ?

— Ils vont nous en faire parvenir des copies scannées. Tiens, voici les premières pages ! se réjouit Aaron.

Il les imprima et les déposa sur son bureau et Red se mit à les étudier sans attendre.

— Le reste est en train d'arriver, précisa Aaron.

Red se concentra sur les documents déjà disponibles. Soudain, son téléphone se mit à sonner. Il le sortit de sa poche d'un geste machinal.

— Allô ? dit-il sans lever les yeux.

— Red, c'est moi. Je viens d'arriver à la maison où Julie vient de me déposer pour que je puisse récupérer ta voiture, l'informa Terry d'une voix tout excitée et heureuse. Il fait un temps superbe. Je suis resté enfermé toute la journée et je ne m'en étais pas rendu compte.

— Quand je serai rentré, nous pourrions peut-être dîner dehors et lézarder dans le jardin, proposa Red, qui se sentait beaucoup moins concentré en songeant à Terry et à son sourire lumineux. Dans l'intervalle, appelle-moi si tu remarques quoi que ce soit d'inhabituel pendant ta tournée et quand tu seras chez Tante Margie.

— Promis. Essaie de ne pas t'inquiéter, d'accord ? conclut Terry avant de raccrocher.

Red rangea son téléphone et reprit avec Aaron l'examen du dossier transmis par la police de Harrisburg et dont l'intégralité des pages venait d'être imprimée.

— Je propose que nous cherchions à distinguer des évènements spécifiques susceptibles de former un schéma récurrent, suggéra Aaron.

— Ça marche, approuva Red en reprenant l'étude des plannings. Bon, pour commencer, je note des livraisons régulières dans une société de fourniture de produits électriques et dans une coopérative agricole.

— C'est également le cas pour le Cabinet Hardwell, la société *Certified Milleword* et l'entrepôt *Downtown Design*, compléta Aaron.

— Qui, comme chacun le sait, sont d'authentiques repaires de criminels en tous genres, ironisa Red.

Son collègue tira le tableau blanc et commença à y inscrire les différents itinéraires du chauffeur.

— Essayons de voir si tous ces parcours n'ont pas une étape en commun. Il n'est pas impossible que le point de livraison de la drogue se cache parmi ces différentes adresses.

— Personnellement, voici la façon dont je procèderais : je me cacherais et ferais en sorte que le moins de personnes possibles soient au courant. Par conséquent, j'utiliserais mes livraisons normales comme un écran de fumée derrière lequel je pourrais approvisionner mes revendeurs sans éveiller de soupçons.

— Ce serait bien pensé. Mais pour l'instant, nous n'avons pas la moindre piste pour étayer cette supposition.

Comme Red ne trouva rien à redire à ce commentaire, il aida son collègue à lister toutes les adresses des tournées effectuées pendant une semaine.

— Regarde, il y a eu trois arrêts par jour pendant trois jours de la semaine à *Haven's Pet and Supply*, releva soudain Aaron, qui recula d'un pas afin d'avoir une meilleure vue d'ensemble.

Cela faisait maintenant des heures qu'ils s'efforçaient, son collègue et lui, d'identifier un quelconque mode opératoire dans le planning des livraisons. Pour l'instant, ils avaient fait chou blanc et Red désespérait de parvenir à un résultat. Mais il se refusa à abandonner et prit une nouvelle feuille de route et entreprit de reporter sur le tableau ses différents arrêts. Il était parvenu à la moitié des livraisons effectuées ce jour-là quand il s'interrompit brusquement et s'écria :

— Putain de merde !

— Qu'est-ce qu'il y a ? s'alarma Aaron.

— Je crois que j'ai trouvé.

Red étudia de nouveau le document et y releva une adresse qui était indiquée à plusieurs reprises et pour laquelle le chauffeur n'avait renseigné aucun nom.

— Je n'ai pas reconnu l'adresse immédiatement, car sans le nom du résident, elle n'évoquait rien pour moi.

Red fixa Aaron un moment et lui tendit la feuille de route.

— Je ne comprends pas, répondit celui-ci.

Un frisson d'excitation parcourut le corps de Red. Voilà l'information qu'ils cherchaient désespérément depuis des jours !

— Pourquoi une entreprise spécialisée dans l'expédition de produits de quincaillerie et d'équipements de bureau ferait-elle des arrêts réguliers dans une association s'occupant de livrer des repas à des personnes âgées et isolées ?

Le feutre qu'il tenait encore à la main lui échappa soudain des mains et s'écrasa par terre.

— Merde ! Terry !

Il s'empara en hâte de son téléphone et composa le numéro de Terry.

— Réponds, bon sang ! Décroche ce maudit téléphone !

Au bout de la quatrième sonnerie, l'appel bascula sur la messagerie vocale du jeune homme, dont la voix se mit à débiter l'habituel message d'accueil.

— Terry, s'il te plaît, rappelle-moi dès que tu auras pris connaissance de ce message, annonça succinctement le policier.

Il raccrocha et appela ensuite sa tante. Quand la vieille dame décrocha, Red entendit la télévision en fond sonore.

— Tante Margie, est-ce que Terry est déjà passé pour te déposer ton dîner ?

— Non, pas encore, mais il ne devrait plus tarder.

— Bien, se contenta de répondre Red, ne souhaitant pas l'inquiéter sans raison. Pourras-tu lui demander de m'appeler dès qu'il arrivera ?

— Bien sûr, mon chéri. C'est vraiment un très gentil jeune homme et je l'aime bien.

— Je l'aime moi aussi, Tante Margie. Beaucoup. Je passerai te voir un peu plus tard dans la soirée.

Il prit congé et raccrocha. L'inquiétude l'étreignait à présent qu'il prenait conscience que Terry aurait déjà dû être arrivé chez Tante Margie, compte tenu du temps nécessaire pour effectuer le trajet entre sa dernière livraison et le domicile de la vieille dame.

— Qu'est-ce qui se passe ? voulut savoir Aaron.

— L'association d'aide aux personnes âgées, voilà ce que James utilise comme couverture. Il assure gratuitement la livraison des repas et se sert du programme pour livrer sa drogue.

— Et les bénévoles seraient impliquées dans ce trafic ?

— Non, pas nécessairement : il suffit qu'un seul complice à l'intérieur de l'association récupère la marchandise et s'arrange pour intégrer l'adresse de livraison dans le planning de la tournée normale. Personne n'a besoin d'en savoir davantage. Et qui pourrait soupçonner une association d'aide aux personnes âgées !

Plus Red y songeait et plus cela lui paraissait logique. Il fallait y penser : organiser des livraisons de repas bidons pour des personnes en difficulté fantômes et le tour était joué.

— Et maintenant, que fait-on ? questionna Aaron.

Red attrapa ses affaires, déterminé à agir sans attendre.

— Terry doit assurer des livraisons ce soir et il ne répond pas à son téléphone. Il faut que nous le trouvions.

Il se sentait sur le point de céder à la panique. Si quoi que ce soit arrivait au jeune homme, il serait incapable de se le pardonner, pas même dans un million d'années.

— Tu ne penses pas… commença Aaron.

Il n'eut pas le temps d'aller au bout de sa phrase que Red s'était déjà mis en mouvement.

VIII

Terry et Julie arrivèrent séparément chez Lavelle et se garèrent l'un derrière l'autre.

— Dis, tu comptes afficher ce sourire béat toute la soirée ? le taquina Julie tout en le bousculant d'un léger coup d'épaule. Aucun homme ne peut sourire de cette façon sans être vraiment amoureux, tu sais.

— Bon, d'accord. Red m'a dit qu'il m'aimait la nuit dernière et ce n'est pas du tout dans son caractère de se dévoiler ainsi.

— Ah, les hommes ! s'exclama Julie en levant les yeux au ciel. Vous donnez toujours l'impression de préférer prendre une balle dans le corps que de parler de vos sentiments. En tout cas, je vous souhaite d'être très heureux ensemble.

— Je crois que c'est déjà le cas.

Julie ouvrit la porte et ils eurent à peine le temps de pénétrer dans la pièce que Lavelle se précipita vers eux.

— Comme je suis contente de vous voir ! s'écria-t-elle d'une voix essoufflée. C'est la catastrophe. Une de nos bénévoles a téléphoné pour m'avertir qu'elle avait attrapé la grippe ou une cochonnerie du même genre.

La responsable de l'association était au bord de la crise de nerfs et n'arrêtait pas de triturer son tablier, incapable de maîtriser son angoisse.

— Je suis vraiment désolée d'avoir à vous le demander, mais est-ce que vous accepteriez l'un et l'autre de faire cinq livraisons supplémentaires ? J'ai déjà refait une partie du planning, mais si je dois à nouveau…

— Aucun problème en ce qui me concerne, s'empressa de répondre Terry. Donnez-moi les adresses et les repas et je les ajouterai à ma tournée. Ne vous en faites pas.

Julie se déclara elle aussi prête à prendre certaines livraisons afin de combler l'absence de la bénévole absente.

— Merci beaucoup, vous me sauvez la vie. Je m'étais presque résignée à devoir aller livrer les repas moi-même.

— Ce n'est rien, nous sommes très contents de pouvoir vous aider, répondit Terry autant pour lui-même que pour Julie. S'il n'y a rien d'autre, je vais aller récupérer mes plateaux et commencer ma tournée. Je vous appellerai dès que j'aurai fini.

Il salua les deux femmes d'un geste de la main et se dirigea vers le comptoir. Puis, il se dépêcha de regagner sa voiture.

Sa tournée se déroula sans encombre et les neuf bénéficiaires concernés étaient des personnes qu'il avait déjà rencontrées. Chaque fois, il installa la personne âgée devant son dîner et s'assura qu'elle avait de quoi boire à portée de main avant de prendre congé. Puis, il se rendit au domicile des personnes dont Cassie, la bénévole malade, s'occupait habituellement. Tout aussi prévenantes que ses habitués, ces dernières s'inquiétèrent de l'absence de Cassie et le chargèrent de lui transmettre leurs vœux de rétablissement. Dans chaque maison, il déballa, installa et vérifia que sa protégée (aucun homme ne faisait partie de sa tournée) n'avait plus besoin de rien et partit en lui souhaitant un bon appétit et une bonne nuit. Une fois dehors, il scrutait attentivement les environs pour s'assurer qu'il n'était ni suivi ni observé, précaution qui aurait rendu Red extrêmement fier. Pour plus de prudence, il avait changé son itinéraire habituel et fait de nombreux détours destinés à embrouiller quiconque l'aurait réellement pris en filature. Il ne lui restait plus qu'une seule livraison avant de pouvoir aller chez Tante Margie. Arrivé à destination, il frappa à la porte, et tout en attendant qu'on lui réponde, lut le nom inscrit sur la boite contenant le repas et le compara à celui figurant sur la liste qui lui avait été remise. Lavelle avait particulièrement insisté sur la nécessité de ne pas commettre d'erreur dans la livraison et de ne pas se tromper de destinataire. Certains des bénéficiaires souffraient en effet de problèmes de diabète et Lavelle faisait en sorte que les repas qu'ils recevaient tiennent compte de leur régime particulier.

Certain d'être à la bonne adresse et en possession du bon repas, Terry frappa à nouveau. Une jeune femme vint enfin ouvrir la porte et, manifestement surprise, marqua un temps d'arrêt.

— Bonsoir. Je viens livrer le repas de Monsieur Roger.

— Ah oui, bien sûr. Entrez donc, dit-elle en ouvrant la porte en grand afin de lui permettre d'entrer.

— Où dois-je le déposer ? lui demanda-t-il.

— N'importe où, ça n'a aucune importance.

Terry choisit de se diriger vers la cuisine et déposa son paquet sur le comptoir.

— Monsieur Roger est-il là ?

— Il est dans la salle de bain et ne devrait plus tarder. Comme vous devez avoir d'autres livraisons à faire, je vais m'occuper du reste. Vous pouvez partir.

Terry accepta la proposition et se dirigea vers la porte. Elle se trouvait à sa portée quand il se retourna et vit un homme qui entrait dans le salon. Terry le reconnut avec stupéfaction et ouvrit la porte à la volée, sans chercher à comprendre ce que James pouvait bien faire dans cette maison. Tout ce qu'il savait, c'est qu'il devait absolument s'enfuir le plus vite possible.

Il faillit réussir sa sortie, mais il fut soudain tiré en arrière pas deux bras musclés.

— Laissez-moi partir, se mit-il à crier.

Il vit la jeune femme claquer la porte et fut jeté sur le canapé par un James à l'air triomphant.

— Mais qu'est-ce que tu fous, James ? s'insurgea Terry.

Il avait été projeté si violemment sur le canapé qu'il rebondit sur les coussins et se retrouva les quatre fers en l'air sur le plancher.

— C'est extraordinaire ! jubila son ex avec un sourire pervers. Nous avons remué ciel et terre pour te retrouver et voilà que tu te présentes de toi-même sur le pas de ma porte !

Terry se redressa vivement et voulut aller vers la porte.

— Oh non, tu ne vas nulle part ! s'interposa James.

— Mais qui est-ce, Jimmy ? s'enquit la jeune femme.

— Personne dont tu doives t'inquiéter. Prends ce que tu es venue chercher et dégage, lui ordonna-t-il.

Elle se précipita aussitôt vers la cuisine, récupéra la boîte contenant le repas et quitta la maison en toute hâte. Terry entendit la porte se refermer et se retrouva seul avec James.

— Mais qu'est-ce qui te prend ? s'indigna-t-il. Je suis là juste pour livrer un repas.

Il fixa son ex d'un air abasourdi pendant quelques secondes avant de comprendre enfin et de réaliser que le paquet qu'il venait de livrer n'avait rien à voir avec un repas destiné à une personne âgée. Et merde. Il fit de son mieux pour cacher sa découverte et rester impassible, se doutant que seule son ignorance lui procurerait une petite chance de s'en sortir.

— Ne fais pas l'innocent et ne joue pas à l'imbécile, répondit James d'une voix tranchante. Je ne suis pas dupe, plus maintenant. Même si j'ai cru pendant que nous vivions ensemble que ton intelligence était inversement proportionnelle à ta beauté, les derniers évènements m'ont démontré à quel point je m'étais trompé sur ton compte. Alors, tiens-toi tranquille en attendant que je décide ce que je vais faire de toi.

— Ben voyons, se moqua Terry.

James le gifla violemment et, la joue en feu, Terry s'effondra sur le canapé.

— Je n'hésiterai pas à te rouer de coups si tu oses encore une fois me tenir tête, grogna James en lui agrippant les poignets. J'ai dépensé trop de temps et d'énergie avec toi. J'aurais dû te rendre accro pendant que nous étions ensemble et je me serais alors sans aucun doute épargné bien des problèmes.

— Mon Dieu, James, murmura Terry d'une voix épouvantée, les yeux pleins de larmes.

— Mon Dieu rien du tout ! Et c'est exactement ce que tu es : rien du tout. Juste un sextoy amusant. Pas plus.

James le frappa à nouveau et Terry se sentit pris de vertiges sous la violence des coups.

— Maintenant, tu la fermes et tu te tiens tranquille, sinon, le Ciel m'est témoin, il faudra une petite cuillère pour ramasser ce qu'il restera de toi sur le plancher.

James le relâcha, s'éloigna et Terry se réfugia à un bout du canapé. Il n'osait plus faire le moindre geste sous le regard mauvais que lui jetait son ex, mais il prit malgré tout le risque de frotter ses joues douloureuses.

— Bordel, tu es un vrai emmerdeur ! pesta James tout en prenant son téléphone portable.

— Qu'est-ce que tu comptes faire ? osa demander Terry.

Le jeune homme avait présumé que James réagirait comme un animal enragé une fois poussé dans ses derniers retranchements, et maintenant qu'il se trouvait confronté à cette réalité, il priait pour que son tourmenteur ne réalise pas immédiatement qu'il était acculé. Du moins pas avant que Red s'aperçoive qu'il se passait quelque chose d'inhabituel. En effet, Terry aurait déjà dû avoir achevé ses livraisons, être arrivé chez Tante Margie et pris contact avec lui. Comme l'excellent flic qu'il était, Red ne tarderait pas à réagir en l'absence du coup de fil de Terry. Il n'y avait plus qu'à espérer que James ignore à quel point il était en danger.

— C'est moi, annonça James dans son téléphone. Amène-toi. Nous avons un gros problème.

Il y eut une pause et Terry profita de l'inattention de James pour scruter le salon à la recherche d'un objet qu'il pourrait utiliser comme arme.

Il ignorait si James portait un revolver – cela n'avait jamais été le cas par le passé ; en tout cas Terry ne s'en était jamais aperçu. Mais cela ne voulait rien dire dans la mesure où il ne s'était pas non plus rendu compte que James était un putain de trafiquant de drogue. Ne trouvant rien qui puisse lui servir, il se concentra sur son ex, toujours au téléphone.

— Non, c'est pire que ça. Ne discute pas et ramène tes fesses. Sache juste qu'un vieil ami a décidé de nous rendre une petite visite et que nous devons prendre une décision à son sujet.

Terry sentit l'espoir mourir en lui à petit feu en prenant conscience des implications de ces paroles. Quand James mit fin à son appel et se tourna vers lui, il déglutit avec difficulté. La férocité qui brillait dans le regard de James aurait suffi à transformer en statue de sel la personne la plus intrépide du monde. Comment il avait pu un jour croire aimer cet homme dépassait son entendement.

— Tu n'as toujours été bon qu'à apporter des ennuis, ricana James dans une parfaite imitation du méchant d'un vieux film de gangsters.

Sauf que la scène qui se déroulait dans cette maison n'était pas tirée du scénario d'une production hollywoodienne. Il ne s'agissait pas d'une fiction, mais de la désolante réalité.

Comme Terry ne savait pas quelle attitude adopter, il se contenta de baisser les yeux pour fixer le sol, décidant de laisser croire à James qu'il avait choisi de capituler. S'il trouvait un moyen de s'échapper, il n'aurait droit qu'un seul essai et devrait en plus compter sur l'élément de surprise. D'un autre côté, ce n'était pas comme s'il avait la moindre idée de la façon de se sortir de ce guêpier. Aussi, le mieux pour lui était de gagner du temps afin de permettre à Red de le localiser et d'intervenir.

— Je croyais que tu m'aimais, se mit-il à geindre d'une voix pathétique, jugeant que la situation se prêtait à quelques expressions dramatiques. Tu n'arrêtais pas de me répéter que tu m'aimais.

Il n'eut pas plus de temps pour prouver ses talents de comédien, car la sonnerie de son téléphone s'éleva soudain de sa poche, discordance inopportune et pourtant de bon augure puisqu'elle signifiait que Red le cherchait. Terry n'eut même pas le temps d'essayer de répondre que James se ruait sur lui et récupérait l'appareil dans sa poche. Il vérifia l'identité du correspondant avant de jeter le mobile à travers le salon pour le fracasser sur le carrelage de la cuisine, où il se brisa en mille morceaux, mettant un terme lugubre à la sonnerie. Terry, désespéré, se reprocha un instant de ne pas avoir pensé à mettre ce fichu truc sur vibreur.

James partit d'un éclat de rire diabolique, tel un James Bond habité par le mauvais côté de la Force. Peut-être était-il en train de perdre la tête, à moins qu'il ne se soit mis à consommer la saloperie de drogue qu'il vendait et dont les premiers effets se feraient sentir. Aucune de ces deux options n'était de nature à rassurer Terry, qui se sentait mort de peur.

— Je t'ai dit exactement ce que tu souhaitais entendre. Je te trouvais beau et j'aimais t'exhiber quand nous sortions.

James se rapprocha et Terry se recroquevilla, anticipant une nouvelle gifle.

— En plus, tu étais un bon coup, je dois le reconnaître. Mais pas plus que les douzaines d'autres mecs que j'ai baisés. Tu croyais être le seul ?

— Mais qu'est-ce que je t'ai fait pour que tu m'en veuilles à ce point ?

— Rien, tu n'as rien fait du tout, s'écria James. Et c'est bien le problème. Tu étais censé rester avec moi et ne pas me quitter comme tous les autres !

Ces propos n'avaient aucun sens pour Terry et le comportement de James le remplissait d'effroi. Ce dernier avait toujours fait preuve de calme et même de prévenance, qualités qui avaient contribué à séduire Terry, tout comme sa détermination quand il s'agissait d'obtenir ce qu'il voulait. L'homme qui le menaçait depuis qu'il avait eu le malheur de pénétrer dans cette maison ne possédait aucun de ces atouts et se comportait comme une véritable racaille.

Ce fut au téléphone de James de sonner et il prit l'appel avec précipitation.

— Quoi encore ? Ne pose pas de question et amène-toi au point de livraison à Louther. Nous devons régler ce problème de toute urgence.

Terry jeta un regard vers la fenêtre, dont les rideaux étaient partiellement tirés. Par l'interstice, il crut voir passer un éclair bleuté et il pria pour qu'il s'agisse de Red. Il ignorait la façon dont les forces de police interviendraient, mais il se prépara. En vain.

— Ça rime à quoi, tout ça, James ? demanda-t-il, animé par le besoin de distraire son ex. Tu es intelligent et tu aurais pu faire n'importe quoi de ta vie.

Il savait d'expérience que l'égo de James l'inciterait à parler de son sujet favori, à savoir lui-même.

— Ouais, je sais tout ça. J'ai réussi à bâtir une entreprise à partir de rien et je gagne des millions de dollars. Je conduis des voitures de luxe et je vis dans une maison de rêve. Tout le monde crève d'envie d'être à ma place, tout le monde veut être moi.

Il se mit à rire comme un dément, comme perdu dans sa propre gloire. Après tout, il n'avait eu qu'un seul but dans la vie : devenir quelqu'un.

— Tout le monde te regarde et t'admire, confirma Terry.

James lui adressa un sourire dénué de chaleur et de sincérité.

— C'est vrai. J'ai remarqué les regards qui se posaient sur moi quand je me garais devant *Fresco's* : ceux des femmes qui rêvaient d'être à mon bras, ceux des hétéros tout prêts à m'offrir leur cul pour quelques minutes en ma compagnie. C'est une sensation jouissive, mais qui demande de l'argent, beaucoup d'argent, bien plus en tout cas que ne peut en offrir une entreprise de livraison. J'ai donc commencé à chercher d'autres sources de revenus, d'autres débouchés pour ainsi dire.

Il paraissait particulièrement fier de lui en prononçant cette tirade. Tout n'était au fond qu'une question d'image et Terry réalisait qu'il avait participé à embellir le tableau, tout comme un bijou rehaussant la beauté d'une femme.

Un coup fut soudain frappé à la porte et Terry sursauta. James le cloua d'un regard menaçant.

— Ne t'avise pas de bouger ou je te casserai les bras et je réduirai si bien ton visage en charpie que ta putain de mère aura besoin d'un test ADN pour s'assurer que tu es bien son fils.

Puis, il alla à la fenêtre pour entrouvrir le rideau et jeter un coup d'œil à l'extérieur. Une fois rassuré, il ouvrit la porte et laissa entrer un homme que Terry n'avait jamais vu. Celui-ci verrouilla la porte derrière lui.

— C'est lui le problème ? demanda-t-il à James.

L'homme était gigantesque et son sourire dément auquel il manquait une dent fit frissonner Terry d'appréhension. Il se fit la remarque que s'il avait trouvé James froid, le nouvel arrivant était si glacial qu'il aurait pu congeler toute la pièce.

— Oui, c'est lui. Il en sait beaucoup trop.

— Alors je vais si bien m'occuper de lui que personne ne pourra jamais le retrouver.

Le sang de Terry se glaça dans ses veines et il ramena ses genoux sur sa poitrine dans une position instinctive, mais dérisoire, de protection. Son espérance de vie venait de chuter dramatiquement avec l'arrivée de ce psychopathe. Bien qu'à peine plus grand que Red, il dégageait une impression de malveillance inouïe, avec sa dent manquante, ses cheveux hirsutes et ses muscles hypertrophiés qui tendaient le tissu de son tee-shirt sans manches. Ses yeux gris étaient deux puits sans fond.

— Ce n'est pas aussi simple, objecta James. Il sort avec un flic et le mec va immanquablement se mettre à sa recherche. Tu dois l'emmener hors d'ici et faire en sorte d'effacer toutes les traces. Tu trouveras de la corde au sous-sol, utilise la pour l'attacher et fais-le ensuite disparaitre.

— Je peux jouer avec lui avant ? demanda le colosse avec un rictus mauvais et une gourmandise malsaine.

— Je me fiche pas mal de ce que tu vas faire avec lui une fois qu'il sera hors de ma vue, répondit James avec indifférence.

Terry se sentait au fond du gouffre et ne voyait aucune issue à mesure que le temps passait. Mais il devait tenter quelque chose, n'importe quoi. Comme aucun plan miraculeux ne jaillissait de son esprit embrouillé, il se dit que le mieux était encore de courir, même s'il savait qu'il n'aurait probablement pas de temps de faire un pas dehors avant d'être rattrapé.

James guida l'homme vers la cuisine pour lui donner ses dernières instructions.

— Dépêche-toi et prends tout ce dont tu as besoin. Son petit ami va venir le chercher et nous devons avoir fichu le camp avant.

Le gros bras sortit de la cuisine en se dandinant et James revint vers Terry.

— C'est vraiment dommage que je ne puisse assister à ce qu'il a prévu de te faire. Il peut être extrêmement créatif et c'est un maître dans l'art de faire souffrir. Il adore entendre les cris de douleur que poussent ses victimes.

Il se mit à sourire d'un air sadique, tout émoustillé à l'évocation de la douleur. Sale enfoiré.

— Et tu vas crier avant qu'il en ait terminé avec toi. Il sera la dernière personne sur terre à t'entendre et à te voir. Même ton copain le flic ne pourra pas te retrouver et il passera le reste de sa vie à s'interroger sur ton sort.

Terry ne put s'empêcher de frissonner et cette réaction spontanée de peur parut réjouir James.

— Tu aurais dû te contenter de ce que j'avais à t'offrir. Je te traitais correctement et je te donnais tout ce dont tu avais envie. Tu aurais dû t'en satisfaire. Mais maintenant…

Il s'interrompit et secoua à plusieurs reprises la tête d'un air navré.

193

— Je déteste devoir en arriver là, mais je n'ai pas le choix, dit-il à Terry avec presque du regret dans la voix, tout en lui adressant un regard de pitié.

Le jeune homme se sentait désemparé, mais il gardait l'espoir que Red vienne à son secours. Il percevait de temps à autre le bruit que faisaient les passants dans la rue, mais à part ça, rien de rassurant ne parvenait à ses oreilles inquiètes. Aucun signe de l'arrivée imminente de la cavalerie. Il poussa un grand soupir et ferma les yeux quelques secondes, adressant une pensée silencieuse à Red. Il avait cruellement besoin de réconfort, et songer au policier lui fit du bien.

— Dépêche-toi, cria James à l'intention de son complice, toujours absent.

Comme en réponse, le bruit d'un objet qui se fracasse monta du sous-sol.

— Mais qu'est-ce que tu fous ? Attrape cette fichue corde et ramène tes fesses.

Terry entendit quelques secondes plus tard le bruit de pas lourds qui montaient l'escalier. Il se raidit, prêt à vendre chèrement sa peau.

— Mais qu'est-ce que tu fichais ? s'énerva James en se tournant vers la cuisine.

Soudain, une masse bleutée se rua sur lui et James fut plaqué au sol. Tout s'était passé si rapidement que Terry en resta bouche bée.

— Plus un geste !

Terry se figea tandis que d'autres policiers envahissaient la pièce.

— Y-a-t-il quelqu'un d'autre dans la maison ?

— Non, répondit Terry en secouant la tête. Juste James et l'homme qui se trouvait au sous-sol.

Les policiers se déployèrent et inspectèrent toutes les pièces de la maison.

Le jeune homme n'osait pas bouger, toujours figé sur le canapé. Des « R.A.S » s'échangeaient, confirmant l'absence de danger potentiel. Puis, Red surgit dans le salon. Terry hésita un instant sur la conduite à tenir, mais quand Red se précipita vers lui, il ne peut se retenir davantage et se jeta dans ses bras.

— Tu m'as fichu une sacrée trouille, murmura le policier au creux de son oreille.

Terry ne sut quoi répondre et se contenta de laisser les larmes couler le long de ses joues.

— Ils s'apprêtaient à me tuer, parvint-il cependant à bredouiller quelques moments plus tard. Le type qui était au sous-sol devait récupérer de la corde et il...

Sa voix s'étrangla et il ne put poursuivre.

— Tout va bien maintenant. Nous l'avons arrêté, tout comme James.

— Comment avez-vous fait ?

— La plupart de ces maisons ont une entrée extérieure dans leur sous-sol, et c'est par là que nous sommes venus. Je suis désolé de ne pas être arrivé plus tôt, mais il nous a fallu un certain temps pour retrouver ta trace. Nous avons compris où tu étais en voyant ma vieille Taurus garée devant cette maison.

— Et Lavelle ? questionna Terry.

— Elle coopère.

Terry présuma qu'il n'obtiendrait pour le moment rien d'autre que cette déclaration laconique.

— Je crois qu'ils utilisaient le programme de livraison des repas pour distribuer la drogue, expliqua Terry. J'ai été accueilli par une femme quand je suis arrivé, mais elle est partie tout de suite après avoir récupéré le paquet.

— Ne te fais pas de souci, nous l'aurons, elle aussi. Elle et tous les autres. Ils ne parviendront pas à rester hors d'atteinte très longtemps.

Red jeta un coup d'œil vers la cuisine, sur le sol de laquelle James était allongé sur le ventre, un revolver pointé sur la tête.

— Je veux mon avocat, ne cessait-il de réclamer.

— Vous allez l'avoir, votre avocat, lui répondit un policier tout en lui passant les menottes. Et vous allez en avoir sacrément besoin.

Terry se serra contre Red, dont il n'avait aucune intention de s'éloigner avant longtemps.

— Il va bien ? s'enquit l'agent Cloud en s'avançant vers eux.

— James m'a frappé à plusieurs reprises, mais vous êtes intervenus avant qu'ils me fassent vraiment du mal.

Du moins physiquement, pensa-t-il. Les propos de James quant à ce qui allait lui arriver lui laissaient un goût amer dans la bouche et le faisait trembler rétrospectivement. Il s'efforça de refouler ce souvenir et enfouit sa tête dans le cou de Red dans l'espoir d'épargner aux personnes encore présentes le spectacle de son effondrement émotionnel.

— Ils ont dit qu'ils allaient me... Et que... Personne ne me retrouverait jamais...

Terry se mit à trembler de plus belle et fut reconnaissant à Red du soutien qu'il lui apportait. Il était vaguement conscient des allers et venues qui agitaient le salon et s'accrochait comme un noyé à l'étreinte réconfortante des bras de Red. Il était sain et sauf et n'avait pas été blessé, ce qui faisait de lui un individu extrêmement chanceux compte tenu des circonstances. Il en remercia silencieusement le Ciel.

— Vous êtes arrivés juste à temps, conclut-il dans un soupir.

— J'étais fou d'inquiétude, avoua Red, la bouche contre ses cheveux.

— Il a mobilisé la moitié des forces de police pour les lancer à votre recherche, expliqua l'agent Cloud. J'ai toujours pensé qu'il ferait un excellent sergent instructeur et j'en ai eu la preuve aujourd'hui. Il s'est démené comme un beau diable et a fait des tas de promesses à tout le monde pour vous retrouver.

— C'est vrai ? demanda Terry en relevant la tête pour regarder Red.

— Bien sûr ! répondit celui-ci.

Terry entendit soudain un raclement de gorge peu discret, et saisissant l'avertissement au vol, s'éloigna avec répugnance de Red.

— Ne t'éloigne pas, lui ordonna le policier. Nous devons procéder à une évaluation de la situation et recueillir toutes les preuves disponibles.

— J'aurais dû t'écouter, regretta le jeune homme d'une voix honteuse. Malgré ton inquiétude, j'ai insisté pour assurer quand même mes livraisons et quand Lavelle m'a demandé d'effectuer quelques extras, je n'ai pas réfléchi.

— Tu ne pouvais pas savoir.

— Nous-mêmes avons compris il y a très peu de temps, expliqua Aaron. Dès que la conclusion s'est imposée, Red est devenu comme fou et s'est lancé sur vos traces. Il pressentait que quelque chose clochait.

— J'ai appelé ton portable, mais tu n'as pas répondu et tu n'étais pas chez Tante Margie comme prévu, précisa Red.

— Ce qui reste de mon téléphone git sur le sol de la cuisine, dit Terry en pointant d'un doigt les débris éparpillés derrière le corps de James toujours étendu à plat ventre.

Terry se dirigea vers lui et James releva la tête et le fixa, les yeux brulant d'une haine intense et démente.

— Qu'est-ce que tu veux ? l'apostropha-t-il d'un ton agressif.

— Je veux regarder un tas de merde, rétorqua posément le jeune homme. Un tas de merde qui parle et qui marche, mais un tas de merde quand même.

— Tu peux parler, espèce de sac à foutre ! Ton existence se résume à te faire baiser, tu n'as été créé que pour ça.

Puis, il se lança dans une litanie d'obscénités plus répugnantes les unes que les autres qui n'eurent pour effet que d'accroître la fureur de Terry. Il en avait assez d'être rabaissé ainsi par cette espèce d'enfoiré. Répondant à un besoin irrépressible, il se pencha et gifla son ex de toutes ses forces. Le coup fut si violent que sa main en fut endolorie et que la joue de James se teinta immédiatement d'un très joli rouge cramoisi.

— Non, mais vous avez vu ? Il m'a frappé ! s'indigna l'homme à terre auprès du policier le plus proche de lui. Je veux porter plainte !

— Personnellement, je n'ai rien vu, objecta celui-ci en haussant les épaules. Ni personne d'autre, d'ailleurs. Donc, je vous conseille de vous taire et de ne plus bouger avant que nous n'ajoutions la résistance à arrestation au nombre des charges retenues contre vous.

Terry massa sa main douloureuse et alla rejoindre Red qui, pendant toute la scène, était resté immobile, les yeux écarquillés et, Terry était prêt à le jurer, un léger sourire sur les lèvres. Il allait probablement regretter plus tard cet accès de violence, mais la satisfaction immédiate qu'il en retirait valait bien quelques remords.

— Nous sommes prêts à l'emmener, annonça un policier.

L'agent qui se tenait à côté de James et dont Terry ne sut jamais le nom se baissa, le remit sans ménagement sur ses pieds et lui adressa une mise en garde à peine voilée :

— Je me fiche de ce qui peut vous arriver. Vous avez tout intérêt à vous tenir tranquille ou le trajet en voiture nous démontrera à l'un comme à l'autre à quel point vous êtes maladroit. Et si vous ne vous taisez pas, peut-être qu'un virage un peu serré pourra vous clouer le bec.

Puis, il se tourna vers Terry et lui adressa un clin d'œil avant de faire sortir son prisonnier de la maison. La porte se referma sur eux et Terry souhaita ne plus jamais avoir à croiser le chemin de James.

— Qu'il aille rôtir en enfer, pria-t-il à voix haute sans s'adresser vraiment à quelqu'un en particulier.

— Ou plutôt en prison, rétorqua Red. Si nous parvenons à confirmer nos soupçons, nous aurons la preuve du lien qui existe en lui et le trafic de drogue, et il aura à répondre d'un nombre non négligeable de morts. Les juges ne seront pas enclins à faire preuve de clémence à son égard et tous ses biens seront confisqués : les voitures, la maison et toutes les œuvres qui composent son musée des horreurs. Tout ce qui a été acheté avec l'argent de la drogue sera vendu et les bénéfices versés à l'État. Donc, tu vois, James se retrouvera cul nu.

— Qu'est-ce que tu entends par là ?

— La police de Harrisburg est en train de fouiller son domicile et les locaux de sa société. Le planning des livraisons sur lequel nous avons réussi à mettre la main et tous nos autres indices ont permis l'obtention d'un mandat de perquisition. Nos collègues vont réunir suffisamment de preuves pour le charger encore plus et lui confisquer tout ce qu'il possède. D'ici la fin de la journée, il n'aura même plus les moyens de s'acheter un pot de chambre.

— Vous pouvez vraiment faire ça ? s'étonna le jeune homme.

— Oui, répondit Red en souriant. Crois-moi, il va se retrouver dans un pétrin qui va dépasser ses prévisions les plus cauchemardesques. Tous ses rêves de gloire et de reconnaissance, ses possessions matérielles comme ses voitures et sa maison, tout cela va disparaître. Même s'il parvient à sortir sous caution, la police de Harrisburg va bloquer tous ses comptes bancaires et il ne pourra pas payer l'avocat qu'il envisage d'engager en ce moment même.

Le sourire de Red s'agrandissait au fur et à mesure qu'il détaillait les déboires qui attendaient l'ex-petit ami de Terry.

— Écoute, poursuivit-il, je dois encore régler quelques détails et Aaron a besoin de ta déposition. Mais dès que nous en aurons fini, je pourrais te ramener à la maison.

Cette perspective sonnait merveilleusement bien aux oreilles de Terry et comblait tous ses vœux. Puis, tout d'un coup, il se senti envahi par l'angoisse et eut l'impression que le monde s'arrêtait. Et si tout ce que Red voulait dire était qu'il pouvait rentrer à son appartement maintenant que tout danger était écarté ? Après tout, son appartement, c'était « à la maison ».

— Ce serait super, se contenta-t-il de répondre, comprenant que demander à Red de préciser sa pensée alors qu'ils se trouvaient sur les lieux d'une enquête policière ne serait pas très opportun.

Il saurait bien assez tôt ce qu'il en était.

Red se leva et posa une main sur son épaule. Terry lui adressa un sourire et s'assit sur le bord du canapé.

— Est-ce que Lavelle est impliquée ? voulut-il savoir.

— Nous ne le savons pas encore avec certitude, répondit Aaron.

Terry s'inquiéta des conséquences que cette affaire allait avoir pour les personnes qui comptaient sur la livraison de leurs repas, tout comme sur la compagnie de celles et ceux qui les leur apportaient.

— Nous le découvrirons de toute façon. Si elle est mouillée, elle rejoindra toute la bande en détention. Dans le cas contraire, nous ferons ce qu'il faut pour la protéger. Elle a accompli un travail formidable pour la communauté et nous n'avons pas envie de ruiner sa réputation s'il s'avère qu'elle est innocente.

Aaron paraissait sincère, ce que Terry apprécia particulièrement. Le jeune homme était quant à lui persuadé de l'innocence de la responsable de l'association et de la pureté de ses intentions, et il espérait qu'elle soit épargnée par le scandale. Il devinait qu'elle serait extrêmement blessée en apprenant que son action envers les plus fragiles avait été détournée de son but pour servir de couverture à une activité aussi ignoble. Mais il devait laisser la police faire son travail, tout en songeant qu'une erreur d'appréciation sur l'implication de Lavelle serait lourde de conséquences.

Aaron le rejoignit et s'assit à son tour sur le canapé.

— Pourquoi ne pas nous raconter les évènements depuis le début ?

Terry leur fit donc le récit de tout ce dont il se souvenait depuis qu'il était arrivé chez Lavelle avec Julie jusqu'à l'intervention de la police. Il raconta les menaces proférées par James ainsi que les révélations auxquelles ce dernier s'était laissé aller, persuadé que sa mort était imminente. Il en vint ensuite à parler des projets néfastes que son ex petit ami et son complice avaient pour lui. Au fur et à mesure qu'il progressait dans son récit, il s'était mis à se balancer d'avant en arrière sans même s'en rendre compte et quand il en arriva aux aveux de James quant à la réalité de ses sentiments, ou plus exactement de leur absence, il s'exprimait avec de plus en plus de mal.

— Mais qu'est-ce que j'ai pu faire pour provoquer une telle haine ? finit-il par demander d'une voix brisée.

— Certaines personnes ne supportent pas d'être rejetées et, par dépit, elles transforment leur amour initial en une haine irrationnelle. Haïr leur rend les choses plus faciles et leur permet d'atténuer, voire de faire disparaitre la souffrance. Elles se trouvent confortées dans l'illusion qu'elles ont raison et que tous les autres ont tort. Cette espèce d'arrogance leur évite d'avoir à se remettre en question. C'est un mécanisme de défense destiné à rendre les choses plus supportables.

L'explication d'Aaron sembla plausible aux oreilles de Terry.

199

— Et puis il existe des personnes qui sont juste de véritables enfoirés, prêts à dire n'importe quoi pour blesser les autres et protéger leurs fragiles petits egos. Si j'étais vous, je rangerais votre ex petit ami dans cette catégorie !

— Merci beaucoup, répondit Terry sans pouvoir retenir un sourire hésitant.

— De rien. Je vais rédiger cette déposition et vous pourrez la relire afin de vérifier qu'elle correspond bien à vos déclarations. Nous faisons le maximum pour rassembler toutes les pièces du puzzle. Nous devons par exemple poursuivre notre enquête sur les intrusions dans votre appartement, et là encore, nous allons avoir besoin de vous.

— Je ferai tout mon possible pour vous aider, promit Terry.

Une fatigue extrême commençait à l'envahir et il se sentait au bout au rouleau.

— Je veux en finir une bonne fois pour toute avec toute cette histoire.

— Je ne vous cache pas que ça va prendre encore du temps. Il est possible en effet qu'il nous faille encore plusieurs mois pour réunir toutes les informations nécessaires afin de neutraliser l'organisation à laquelle Guthrie appartient. Il semblerait en effet qu'elle ait des ramifications dans plusieurs régions. Un réseau de cette importance ne se démantèle pas du jour au lendemain. Et puis, bien sûr, il y aura le procès pour lequel vous serez probablement appelé à témoigner.

Terry n'aimait pas tellement les implications de ces précisions.

— Nous souhaitons tous que les choses aillent très vite, mais il faut être réaliste : la justice prend parfois son temps. Nous ferons l'impossible pour maintenir James en détention et l'empêcher de sortir sous caution.

Voilà une hypothèse à laquelle Terry n'avait pas pensé : la remise en liberté de James !

— Écoutez, j'apprécie tout ce que vous faites, mais maintenant, j'aimerais seulement rentrer à la maison.

Il avait désespérément besoin de se retrouver dans un environnement familier et rassurant.

— Bien sûr. Je comprends. Si j'avais besoin de précisions, je sais comment vous joindre. Le travail de mes collègues dans cette maison est presque fini. Red peut vous ramener.

— Merci beaucoup.

Terry observa le policier s'éloigner et resta assis afin de ne pas gêner le travail des agents de police et des techniciens scientifiques qui s'affairaient dans la pièce. Il fixait la scène d'un air absent, et comme personne ne faisait attention à lui, il put rester ainsi à réfléchir.

— Trésor, tu es prêt à partir ? s'enquit soudain Red, le tirant de sa méditation.

— Oui, murmura-t-il. Oh mince, le dîner de Tante Margie est toujours dans la Taurus ! Elle doit mourir de faim et se faire un sang d'encre.

— Ne t'en fais, nous nous arrêterons en route pour acheter quelque chose et nous irons la voir. C'est une vieille dame solide et elle comprendra.

— J'aimerais tellement qu'elle m'apprécie, soupira Terry en se levant.

— Je crois que c'est déjà le cas. Rappelle-toi, c'est elle qui a insisté pour que j'aille vérifier que tu allais bien. Elle se prend pour une entremetteuse.

— Elle ne veut que ton bonheur, constata Terry en prenant la main de Red pour une rapide étreinte.

— Tu me rends très heureux, affirma le policier avec un sourire plein de tendresse.

Ils sortirent de la maison main dans la main et se dirigèrent vers la voiture du Red.

— Tu peux me suivre avec la Taurus ou venir avec moi, proposa alors le policier. Nous pourrons venir la récupérer plus tard.

— Je préfère aller directement chez ta tante. Toi, tu vas nous chercher de quoi manger et tu me rejoins là-bas.

Terry sourit en entendant le grognement de frustration qu'émit Red à cette proposition.

— Ce n'est qu'à un pâté de maison, Red ! s'indigna-t-il. Bon, si ça peut te rassurer, tu n'as qu'à me suivre pour t'assurer que rien ne m'arrive et une fois que tu seras certain que je suis sain et sauf, tu iras faire les courses pendant que je tiendrai compagnie à Tante Margie.

Cette concession parut satisfaire Red et ils montèrent chacun dans leur voiture respective. Terry patienta derrière son volant jusqu'à ce qu'il voie les phares de la voiture de Red dans son rétroviseur.

Une fois arrivé devant la maison de la vieille dame, Red poursuivit sa route tandis que Terry se garait et allait frapper à la porte.

Tante Margie ouvrit la porte et l'accueillit avec effusion.

— C'est toi ! Je commençais à m'inquiéter. Et je suis en plus sur le point de m'auto-digérer.

Elle fit un pas en arrière pour le laisser entrer et salua d'un geste de la main Red qui passait doucement devant sa maison.

— Il s'est passé beaucoup de choses, répondit le jeune homme. Red est parti chercher le dîner et devrait être de retour dans quelques minutes.

Il referma la porte derrière lui et conduisit la vieille dame à son fauteuil.

— J'ai cru comprendre, en effet, qu'il y avait eu l'agitation en voyant le ballet incessant des voitures de police et en entendant les sirènes.

— Vous avez bien compris. Le fin mot de l'histoire est que mon ex menait en secret la vie d'un baron de la drogue. Je suis tombé entre ses mains et il m'a retenu prisonnier jusqu'à ce que Red vole à mon secours.

Il parlait de Red comme d'un super héros, car c'était ainsi qu'il le voyait. Red était un héros, son héros personnel, et Terry aimait cette idée.

— Je devais faire une livraison juste avant de venir chez vous. Votre dîner est resté dans la voiture et maintenant, bien évidemment, il est froid. C'est la raison pour laquelle Red est parti chercher quelque chose à manger.

Terry se rendit compte qu'il n'avait pas vraiment faim en réalité.

— Mon pauvre petit, compatit Tante Margie. Assieds-toi et détends-toi. Essaie de penser à autre chose pendant quelques instants. Tu es en sécurité maintenant et Red sera bientôt de retour. Je vais nous faire une tasse de thé, annonça-t-elle avant de se lever pour aller s'affairer dans la cuisine.

— Ce n'est pas la peine de vous donner cette peine, vous savez.

— Balivernes. Rien ne vaut une bonne tasse de thé pour se calmer les nerfs.

— Vous me rappelez ma grand-mère. Quand j'étais enfant, elle avait toujours une théière prête. Ses amies pouvaient venir lui rendre visite à n'importe quel moment dans l'après-midi, s'asseoir avec elle dans le solarium et déguster un thé et des petits gâteaux. Mais c'était encore mieux quand je venais la voir.

Terry s'installa sur le canapé et la laissa vaquer à ses occupations. C'était sa façon à elle de lui apporter un peu de réconfort.

— Comment ça ? demanda la vieille dame tout en remplissant l'antique théière.

— Ma grand-mère insistait toujours pour que je m'habille avec soin pour le thé et j'avais l'autorisation de les rejoindre, elle et ses amies, à la table des grandes personnes. Elles parlaient de leurs connaissances communes. Je ne me rendais pas compte à l'époque qu'elles échangeaient des commérages, et je trouvais fantastique d'apprendre ce que les adultes considéraient comme important. Et il se trouve que c'est la même chose qu'aujourd'hui : qui couchait avec qui, depuis combien de temps, combien de fois… Bref, tout ce qui dégageait un léger parfum de scandale aux oreilles de ces honorables dames. Parfois, certaines vantaient les qualités de leurs enfants ou se plaignaient de leurs défauts. Elles pouvaient se comporter comme de véritables mégères.

— Les gens sont tous les mêmes. L'époque peut bien changer, mais pas les gens, constata Tante Margie avec un certain fatalisme. Ils prennent toujours autant de plaisir à critiquer leurs semblables et à porter des jugements à l'emporte-pièce. Sauf qu'ils ne le font plus de nos jours autour d'une tasse de thé, mais sur Facebook.

Elle cogna légèrement la théière contre la cuisinière quand elle l'y déposa. Elle la mit à chauffer et revint s'asseoir à côté de Terry.

— Elle se mettra à siffler quand l'eau sera chaude, expliqua-t-elle.

Terry appréciait ces instants de calme tout comme il avait apprécié le rituel du thé chez sa grand-mère, ces goûters où tout paraissait simple et presque hors du temps, suivant une cadence si différence du rythme qui régissait la vie chez ses parents. Il avait de tout temps éprouvé un certain soulagement à échapper à la tension qui régnait chez lui. Oh mince ! Il fallait absolument qu'il les appelle pour les informer des derniers évènements.

Il entendit soudain une clé s'insérer dans la serrure et la porte s'ouvrit sur Red qui portait deux sacs. Il referma derrière lui et déposa ses achats sur le comptoir de la cuisine.

— Je vois que la théière est déjà à l'œuvre.

— Bien sûr, répliqua sa tante.

— Donne-moi une minute pour mettre la table et nous pourrons dîner.

Il adressa un sourire à Terry qui sentit enfin le nœud qui lui nouait les entrailles se desserrer. Depuis son arrivée, il se sentait étrangement détaché, un peu comme s'il regardait les choses à travers les yeux d'un autre et qu'il n'était que le spectateur des péripéties de ces derniers événements. Il n'avait pas encore complètement réalisé qu'il avait été retenu contre son gré et menacé d'une mort violente. Cette réalité finirait probablement par le rattraper et certainement au moment où il s'y attendrait le moins.

Terry observa Red qui s'agitait dans la cuisine et admit que le spectacle était des plus agréables. Red n'avait pas une beauté conventionnelle, mais elle n'en était pas moins réelle. Par ailleurs, il prenait soin des autres et n'hésitait pas à s'impliquer. Sa générosité, sincère et profonde se voyait rien qu'à la façon dont il aida sa tante à s'installer à table. Terry les rejoignit et Red lui serra brièvement la main avant de s'asseoir à son tour. Ce contact, aussi fugace fut-il, rasséréna le jeune homme et lui arracha un sourire.

— Tout va bien se passer, le réconforta Red.

Terry aurait aimé le croire, mais Aaron avait décrit une procédure qui s'annonçait longue.

— J'ai du mal à réfléchir en ce moment, avoua Terry.

— Alors ne le fais pas. Prends les choses les unes après les autres.

— Oui, je présume que de nombreuses étapes m'attendent et que je vais avoir à répéter encore et encore ce qui m'est arrivé.

— C'est à peu près certain. Mais nous serons avec toi durant toute la procédure. Aaron et moi avons de l'expérience en la matière et nous savons comment agir. Le procureur sera également là pour t'apporter des conseils.

Red commença à déballer les plats chinois. Il avait acheté de quoi nourrir une petite armée... encore une fois.

— Tu n'as aucune raison de t'inquiéter. La première étape sera l'audience qui décidera de l'éventuelle libération sous caution de Guthrie. Mais tu n'auras pas besoin d'y assister, seuls les avocats sont concernés.

— Et maintenant, que va-t-il se passer ?

— Après le dîner, nous rentrerons à la maison. Nous irons récupérer ta Mustang plus tard.

— La police va-t-elle me la prendre ?

Red soupira.

— C'est une bonne question. Il est possible que James l'ait payée avec l'argent de la drogue. Mais comme tu l'ignorais et qu'il s'agissait d'un cadeau, tu seras peut-être autorisé à la conserver.

— Je te l'ai dit : j'ai l'intention de la vendre et d'organiser un vide-grenier pour me débarrasser de tout ce qui me vient de James. Je ne veux garder aucun de ses cadeaux.

Terry attrapa un morceau de bœuf du bout de ses baguettes et il le mangea sans véritable appétit.

— J'ai déjà trop accepté de sa part.

— L'amicale de la police organise une vente de charité le mois prochain. Ils acceptent les donations de meubles et d'objets divers, et les vendent pour récolter des fonds destinés à aider les familles dans le besoin. Si tu veux, je peux en parler au responsable.

— Ce serait bien. Je vais tout rassembler et l'association pourra venir tout récupérer. Autant que ça serve à quelque chose. Je veux juste que tout disparaisse le plus vite possible.

Red plaça une main sur le genou du jeune homme sous la table et le pressa délicatement.

— Maintenant que la crise est passée, vous avez des projets tous les deux ? s'enquit Tante Margie.

Red secoua la tête en signe de dénégation et Terry haussa les épaules. Ils n'avaient pas évoqué l'avenir et Terry s'angoissait en se demandant ce que Red pouvait attendre ou vouloir.

— Hum… fit la vieille dame en secouant la tête à son tour. Vous, les hommes, vous pouvez être parfois complètement aveugles à ce qui se passe juste sous votre nez.

Red adressa un sourire à sa parente et tapota sa main ridée.

— Tu sais, nous nous sommes surtout concentrés sur la sécurité de Terry et nous n'avons pas eu l'occasion de parler de ce que nous souhaitions une fois le calme revenu. Mais nous le ferons.

Terry se remit à manger. Il parvint à avaler quelques bouchées avant de décider qu'il en avait assez, malgré les encouragements de Tante Margie. Red mangea pour sa part à sa manière habituelle, du style « je mange tout ce qui me tombe sous la main », ce qui ne manquait jamais d'impressionner Terry. Puis, une fois qu'ils eurent tous les trois achevé leur repas, Terry et Red débarrassèrent la table, firent la vaisselle et prirent congé de la vieille dame. Terry regagna la Taurus pour rentrer tandis que Red le suivait au volant de sa propre voiture. Une fois les deux véhicules garés à leur place et la porte du garage fermée, Red prit la main de Terry et le guida vers le banc installé dans le jardin.

— J'adore m'installer ici à cette période de l'année. Les soirées sont suffisamment chaudes pour que je puisse rester à l'extérieur sans sentir la fraîcheur du fond de l'air, mais suffisamment fraîches pour que je ne transpire pas comme un malade.

— Red, qu'est-ce que tu attends de moi ? finit par demander Red en prenant place sur la banquette.

— Qu'est-ce que tu entends par là ? Tu as dit que tu m'aimais… Et moi je t'aime aussi… Je…

— Je te demande d'une façon plutôt maladroite si tu as envie de rester avec moi. Le danger est passé et James est derrière les barreaux. Je sais que je devrais me sentir en sécurité désormais. Cette affaire nous a rapprochés et maintenus ensemble. Donc, maintenant que tout est terminé, que va-t-il arriver ?

— Je n'avais pas réalisé que les choses s'étaient passées de cette façon, objecta Red d'un ton peiné.

— Bien sûr que si. Tu dois admettre que nous n'aurions jamais eu l'occasion de nous rencontrer sans tout le gâchis que j'avais créé avec James. Je ne regrette rien du tout, mais j'ai besoin de savoir à quoi m'attendre. Tous les hommes avec lesquels je suis sorti espéraient obtenir quelque chose de moi. Je n'ai pas compris ce que James voulait avant qu'il soit trop tard. Dis-moi juste ce que tu veux, dis-moi comment faire pour te rendre heureux.

— Je n'ai pas connu beaucoup d'instants heureux depuis l'accident et je m'étais fait à l'idée que j'allais devoir passer le reste de mon existence à me satisfaire des plaisirs les plus simples. J'ai été heureux quand j'ai été admis à l'école de police, quand j'ai obtenu mon diplôme et décroché ma première affectation. J'adore Tante Margie…

Red s'interrompit et son regard se perdit dans la contemplation du jardin.

— Je n'aime pas beaucoup parler de mes sentiments et le fait est que personne n'a envie de m'entendre les exprimer. Je préfère de loin rester silencieux.

— Je te le demande : dis-moi ce que tu ressens. Sinon, comment pourrais-je le savoir ? Tu arrives trop bien à te cacher derrière le masque impassible du policier. Tu t'es pourtant dévoilé pour moi ces derniers temps, j'ai conscience des efforts que tu as dû faire pour ça et je ne t'en aime que davantage. Je suis tellement content de te voir t'investir et me faire suffisamment confiance pour me montrer ta véritable personnalité.

— Tu veux que je te dise ce que je veux ? Eh bien, je veux que tu sois mon petit ami, que tu m'aimes, et pourquoi pas, que tu viennes vivre avec moi.

Terry enroula son bras autour de celui de Red, bien plus large et musclé que le sien.

— Tu vois, ce n'était pas si difficile. Tu n'as pas à avoir peur de me dire ce que tu veux. Et je veux les mêmes choses que toi. Mais je dois d'abord trouver un nouvel appartement, car je ne vais pas emménager avec toi. En tout cas, pas tout de suite. Ce serait prématuré et nous devons faire plus ample connaissance avant d'aller plus loin. J'ai précipité les choses avec James et mon autre petit ami. Je n'ai pas l'intention de faire la même erreur avec toi. Nous allons sortir ensemble, apprendre à nous connaître et bien sûr, coucher ensemble, conclut Terry en adressant un sourire éblouissant à son compagnon.

— Je peux vivre avec ça, déclara Red, les yeux soudain assombris par une émotion que Terry ne comprenait que trop bien.

Il frissonna et déglutit avec difficulté sous ce regard chargé de désir.

— As-tu pris une décision en ce qui concerne la reprise de ton entraînement ? Je crois que tu devrais chercher à réaliser ton rêve et ne laisser personne se mettre en travers de ton chemin.

— Je crois que je vais me lancer, répondit Terry.

Il y avait longuement réfléchi et la perspective de réparer le mal causé par James constituait une excellente motivation.

Red se tourna vers lui et le prit dans ses bras puissants.

— Peu importe que tu gagnes ou non, pourvu que tu sois heureux. Je serai là pour t'encourager à tout instant.

Terry aimait la force naturelle de Red, tout comme il était sensible à sa gentillesse et à la prévenance dont il ne cessait de faire preuve. Il était conscient de la facilité avec laquelle Red pouvait le blesser, mais il savait aussi qu'il n'en ferait jamais rien.

— Rentrons, suggéra Red.

Terry hocha la tête et s'apprêtait à se lever quand Red le retint.

— C'était ton idée de rentrer, tu te souviens, lui fit remarquer le jeune homme avant d'approcher sa bouche si près de celle de Red qu'il put sentir sur ses lèvres le souffle léger de la respiration de son compagnon. En plus, il y a un lit à l'intérieur et je peux être aussi bruyant que je le souhaite.

Red le relâcha et Terry put enfin se lever. Red l'imita, et d'un mouvement souple, le jeta sur son épaule et le transporta à l'intérieur.

— Est-ce bien nécessaire ? s'indigna le jeune homme.

— Non, répondit laconiquement Red sans pour autant le reposer à terre.

Red parvint à ouvrir la porte et à la refermer derrière lui, Terry toujours en travers de son épaule, et monta rapidement l'escalier. Puis, il le jeta sur le lit sans plus de cérémonie.

— C'était ton imitation d'un homme des cavernes ? ironisa Terry tandis que Red ôtait sa chemise et ses chaussures.

Quelques secondes plus tard, il faisait face à un homme des cavernes entièrement nu.

— Seigneur ! s'extasia-t-il entre deux inspirations laborieuses.

Red se mit ensuite en demeure de déshabiller son compagnon et s'attaqua à sa chemise. Une fois celle-ci enlevée, il traça du bout de la langue le contour d'un mamelon et Terry en profita pour caresser sa joue râpeuse. Le reste de ses vêtements alla bientôt s'entasser sur le sol. Ils firent l'amour lentement, longtemps et tendrement, jusqu'au bout de la nuit. Red lui arracha successivement des cris de plaisir et des soupirs de frustration.

— Je t'aime, Red.

Terry était heureux au-delà de toute mesure. Il roula sur le flanc pour pouvoir mieux observer Red et promena doucement son index sur la joue de ce dernier.

— Tu es l'homme le beau qu'il m'ait été donné de rencontrer.

Et avant que Red puisse le contredire, il l'embrassa, parce qu'il arrivait parfois que les mots ne suffisent pas.

ÉPILOGUE

Un an plus tard.

TERRY ENFILA son maillot de bain et alla rejoindre Steve près du bassin olympique, et son entraîneur le guida vers son couloir. Il ajusta ses lunettes et plongea dans l'eau. Il effectua quelques longueurs afin de chauffer ses muscles, puis il accéléra la cadence, fendant l'eau pour parcourir toute la longueur du bassin. Il devait vérifier qu'il était prêt. Une fois son parcours achevé et quand il s'extirpa de l'étreinte confortable de l'eau, Steve drapa ses épaules d'une serviette. Terry put alors prendre une minute pour observer son environnement.

La plupart des autres nageurs portaient d'attrayants maillots de bain qui recouvraient leurs corps dans leur intégralité. Terry leur jeta un regard envieux, mais il savait qu'il n'avait pas les moyens de s'en offrir de semblable. Ils coûtaient en effet beaucoup trop cher et il avait dû se résigner à porter son maillot de bain fétiche, celui d'un beau rose vif. Red adorait ce maillot et Terry considérait ce motif suffisant pour continuer à le porter.

— Est-ce que Red va venir ? demanda Steve.

— Il va faire tout possible, répondit Terry dont les yeux se portèrent machinalement vers l'entrée de la piscine.

— Je suis certain qu'il sera là, rassura Steve tout en massant doucement les épaules de son protégé afin d'éviter que ses muscles se refroidissent.

— Je l'espère, dit Terry.

Ce qu'il s'apprêtait à faire était destiné autant à Red qu'à lui-même. Il s'était entraîné très dur, mais Red lui avait apporté un soutien indéfectible, allant jusqu'à renoncer aux moments qu'ils auraient pu passer seuls ensemble afin de lui permettre de consacrer des heures à son indispensable remise en condition pour se lancer dans la compétition de haut niveau. Le jeune homme jeta un nouveau regard vers la porte, et comme par magie, la haute silhouette familière apparut sur le seuil. Terry savait reconnaître son Red, son amant, son ami et confident, la personne la plus importante de sa vie, n'importe où. En revanche, il faillit tomber à la renverse en apercevant les deux personnes qui l'accompagnaient.

— Vas-y et dis bonjour, l'autorisa Steve en lui tapant légèrement l'épaule. Il te reste encore une dizaine de minutes.

Terry contourna le bassin aussi vite qu'il le put. Red vint à sa rencontre et le prit dans ses bras. Le jeune homme lui retourna son étreinte et se tourna ensuite vers ses parents.

— Je ne pensais pas que vous pourriez faire le voyage, s'étonna-t-il, rendu fou de joie par leur présence.

Même s'ils travaillaient tous les deux, réunir l'argent et dégager du temps pour effectuer le voyage n'avaient pas dû être facile.

Sa mère se racla la gorge et Terry devina qu'elle était au bord des larmes, voire de l'effondrement.

— Nous avons reçu un appel de Red qui nous a déclaré qu'il n'avait pas l'intention de nous laisser rater voir notre fils passer les épreuves de sélection pour l'équipe olympique.

Sa mère se tourna vers le policier, le contemplant comme il arrivait à Terry de le faire si souvent : comme un héros. Terry étreignit ses parents, mouillant leurs vêtements par la même occasion sans qu'aucun d'eux n'y trouve quoi que ce soit à redire. Il les serra très fort et sentit les épaules de son père, qui pourtant ne pleurait jamais, tressaillir.

— Tu ferais mieux t'aller te préparer, lui recommanda-t-il, les yeux définitivement embués par les larmes. Nous allons nous asseoir avec Red.

Terry les étreignit tous les trois une dernière fois et se dépêcha de retourner à l'endroit où les athlètes attendaient.

— Tu sauras parfaitement te débrouiller, affirma Steve sans aucune réserve. Ne t'en fais pas. Aborde les séries l'une après l'autre et donne-toi à fond pour chacune d'elle. Si tu finis premier ou deuxième de la première épreuve de qualification, tu n'auras que deux courses aujourd'hui. Mais si tu ne finis que troisième, tout est fini.

Terry savait déjà tout ça. Il savait aussi que les séries de nage libre viendraient en premier et que les nageurs bénéficieraient ensuite de quelques heures de récupération avant d'attaquer les épreuves finales.

Il assista à la première course et sentit l'esprit de compétition l'envahir. Il se sentait plus prêt que jamais. Quand il fut appelé, il se mit en position et attendit le signal du départ. Au coup de feu, il plongea et se lança pour ses quatre cent mètres. Il trouva immédiatement son rythme et glissa dans l'eau, concentré et parfaitement à l'aise, nageant aussi vite que son corps le permettait. Il vérifia de temps à autre la progression de son concurrent le plus proche, mais ne le vit pas. Il força alors davantage sur ses bras et ses jambes, ignorant s'il devançait ou suivait les autres nageurs. Il se focalisa sur le fait qu'il tenait enfin une chance – son unique chance – d'infléchir la course de son destin, et il était convaincu qu'il devait tout donner pour transformer cet essai en succès.

Au bout de sa sixième longueur, il eut l'impression qu'il aurait été capable de nager ainsi pendant une éternité. Il accéléra la cadence, mobilisant toute son énergie et ses forces. La septième longueur toucha à la perfection : son corps obéissait à un tempo interne idéal qui rendait sa nage efficace. Il aborda la dernière longueur de bassin comme si sa vie en dépendait et couvrit les derniers mètres à une allure phénoménale.

Il toucha enfin le mur et sortit la tête de l'eau pour prendre une grande goulée d'air. La première chose qu'il entendit furent les hurlements du public. Il n'avait aucune idée du temps qu'il avait réalisé jusqu'à ce qu'il perçoive par-dessus le vacarme ambiant les cris de joie que poussait Red. Ses doutes se dissipèrent, et lorsqu'il vérifia le chronomètre, il découvrit qu'il avait réalité le meilleur temps de la série. Il dressa son poing en l'air à plusieurs reprises et sortit de l'eau, accueilli par Steve et sa serviette de bain.

— C'était fantastique ! Tu as été extraordinaire et tes derniers cent mètres ont été les plus rapides.

Les cris de Red n'avaient pas faibli et quand le jeune homme le chercha des yeux dans la foule assise sur les gradins, il vit ses trois supporters personnels debout, l'acclamant de toute la force de leurs poumons. Il s'élança à leur rencontre. Les joues de sa mère étaient baignées de larmes et son père rayonnait de fierté. Et Red, son héros magnifique, se dressait de toute sa stature, la jubilation éclairant son visage dont les joues se paraient d'une barbe impeccable. Cette expression rendait hommage à tous les efforts, les sacrifices et le temps qu'il avait consacrés à sa préparation.

Tant de changements étaient intervenus chez cet homme qu'il aimait tant. Sa barbe à la coupe nette et soignée cachait la plupart des cicatrices de son visage et on sentait à peine les bagues destinées à redresser la dentition du policier quand il l'embrassait. Mais la plus grande, la plus importante et la plus phénoménale des métamorphoses tenait à son sourire : un sourire franc et ouvert, auquel il se laissait aller de plus en plus fréquemment.

Red se fraya un chemin vers lui et l'enserra dans une étreinte d'ours.

— Tu as été magnifique ! J'ai crié en perdre la voix.

Red était lui aussi magnifique, songea Terry, et pas seulement de l'extérieur. Désormais, il respirait le bonheur et la confiance. Chaque jour qui passait le rendait plus attirant et Terry ne pouvait pas imaginer vivre un seul jour sans lui. Red tenait son cœur entre ses mains et Terry n'aurait jamais cru qu'un homme si grand et si fort soit capable de le traiter avec une telle gentillesse et un tel respect.

RED S'INSTALLA sur les gradins avec les parents de Terry et regarda la compétition pendant les heures qui suivirent. Ils furent rejoints par Terry chaque fois qu'il le pouvait, mais ils restèrent tous les trois la majorité du temps. Ils s'étaient rencontrés à plusieurs reprises au cours de l'année écoulée et les parents de Terry étaient rapidement devenus pour lui des parents de substitution.

— Je l'accompagnais souvent à ses compétitions de natation quand il était au lycée, était en train de lui expliquer la mère de Terry. Il était toujours si rapide, mais jamais je n'aurais pu imaginer qu'il irait un jour aussi loin et s'approcherait d'aussi près des Jeux Olympiques. Savez-vous ce qu'il a l'intention de faire s'il est sélectionné ?

— Oui. Nous prévoyons d'aller tous à Rio, répondit Red sans aucune hésitation.

Il avait décidé de faire tout son possible pour que les parents de Terry aient l'occasion de voir leur fils concourir aux Jeux Olympiques. Ces derniers en restèrent sans voix.

— Mais il doit d'abord se qualifier, ça va sans dire, précisa Red.

Enfin, l'épreuve à laquelle participait le jeune homme fut annoncée. Red était assis tout au bord de son siège, et bien que rarement en proie à la nervosité quand il était question de ce domaine réservé à Terry, il ne parvenait pas à rester en place. Terry lui avait tant de fois raconté ses rêves d'enfant qu'il priait avec ferveur pour que ce jour les voit se réaliser. Leur concrétisation ne tenait plus qu'à une seule course.

Red observa les nageurs qui s'avançaient à l'appel de leur nom. Il reconnut le maillot rose au premier coup d'œil. Terry monta sur son plot, faisant des moulinets avec ses bras.

— Mais regarde celui-là, avec son maillot rose ! se moqua une femme dans le public. Comment peut-il participer à la course ? Il est beaucoup plus petit que les autres.

Comme elle venait d'arriver, elle n'avait pas eu la possibilité d'assister aux précédents éliminatoires.

— Peut-être bien, mais il est carrément fantastique, contredit sa voisine tout en s'éventant le visage d'une main. Et regarde-moi la longueur de ses bras ! Tu sais ce qu'on dit...

Red ne put réprimer un sourire et retint son souffle jusqu'à ce que le signal du départ soit donné. Puis, il fut debout sur ses pieds, hurlant à tue-tête. Certains spectateurs se retournèrent sur lui, le visage empreint d'une franche surprise. Mais Red les ignora et se concentra sur le maillot rose qui fendait l'eau. Il avait du mal à déterminer la position exacte de Terry. Il détestait l'idée d'avoir à quitter Terry des yeux ne serait-ce qu'une seconde, persuadé qu'il pouvait s'en servir pour transmettre au jeune nageur un peu de son énergie personnelle et l'aider à se propulser plus vite dans l'eau. Il céda cependant et finit par vérifier le chronomètre géant.

À la huitième longueur, Red alternait les coups d'œil entre le tableau de classement et Terry, qui se trouvait au coude à coude avec deux autres nageurs. Seuls le premier et le deuxième seraient retenus, se rappela-t-il. Le troisième se verrait relégué au rang de remplaçant. Il cria pour encourager Terry, le poussant de la voix, tapant du pied à faire trembler les gradins. Enfin, les trois nageurs touchèrent le mur d'arrivée et Red eut soudain peur de savoir.

La mère de Terry lui agrippa le bras et se tourna simultanément vers son mari. Soudain, le couple s'étreignit fébrilement. Red hasarda un coup d'œil au tableau. « Baumgartner » s'affichait en lettres majuscules à la première ligne du classement. Terry avait gagné avec quelques centièmes de seconde d'avance.

Red serra les parents de Terry dans ses bras avant que ses pas le conduisent hors de gradins et près du bassin. Il vit Terry sauter hors de l'eau, se jeter dans les bras de Steve et, faisant tourner sa serviette comme un étendard, il se précipita dans les bras de Red. Ce dernier se ficha d'être mouillé : partager ce moment privilégié avec Terry comptait plus que l'état de ses vêtements. Le jeune homme qu'il serrait dans ses bras avait, par sa seule existence, exaucé ses rêves les plus fous, et il considérait comme un cadeau le fait de pouvoir assister à son triomphe. Red plongea son regard dans celui de Terry et embrassa son Olympien à perdre haleine.

Histoires de cœur, tome 1

Après une première année en fac de médecine, Dakota Holden est contraint de revenir dans le Wyoming de son enfance pour reprendre le ranch familial et s'occuper de son père, atteint d'une sclérose en plaques. Dévoué à sa famille, il ne s'autorise qu'une semaine de vacances par an. Sept jours, sept petits jours qu'il passe le plus loin possible du ranch, et durant lesquels tous les interdits du reste de l'année tombent enfin. Lors de ses dernières vacances sur une croisière, il fait la connaissance de Phillip Reardon, qui va jouer un rôle important dans sa vie.

Lorsque Phillip décide d'accepter l'invitation de Dakota de venir lui rendre visite dans son ranch, Dakota est heureux de le revoir et de rencontrer son ami vétérinaire, Wally Schumacher. Le problème, c'est que Wally n'a très vite qu'une seule idée en tête, protéger les loups que les hommes de Dakota sont obligés de chasser afin de protéger le bétail. Mais malgré leurs différends, Dakota et lui se trouvent de nombreux points communs et très vite, une forte attirance s'installe entre eux. Il leur faudra alors décider si les terres du Wyoming sont assez grandes pour le troupeau de Dakota, les loups de Wally, et leur amour.

www.dreamspinner-fr.com

ALCHIMIE ORGANIQUE

ANDREW GREY

Brendon Marcus ne vit que pour son travail. C'est un génie qui a sauté des classes jusqu'à devenir professeur à l'université à ses vingt ans et quelques, et qui ne connaît rien d'autre. Les interactions avec d'autres personnes le rendent confus. Alors quand Josh Horton, l'assistant du coach de football, le poursuit de ses assiduités, Brendon n'est pas sûr de la démarche à adopter.

Josh a ses propres problèmes. Ses parents, à qui tout réussi, ne sont pas particulièrement heureux de son choix de carrière, et certains joueurs n'aiment pas avoir un assistant gay. Il commence à avoir des doutes, mais Brendon rend son monde meilleur.

Mais quand le chef du département de Brendon commence à causer des problèmes, Josh et Brendon découvrent que se défendre l'un et l'autre est la première étape pour pouvoir faire face au reste du monde.

www.dreamspinner-fr.com

UNE
JUSTE
CAUSE

ANDREW GREY

Une juste cause, numéro hors série

Jerry Lincoln est bien ennuyé : son entreprise d'expertise en informatique située à Sioux Falls procure plus de travail qu'un seul homme peut en gérer. Heureusement, cela signifie qu'il peut recruter quelqu'un pour l'aider. Il espère seulement qu'au final, son nouvel employé, John Black Raven, sera davantage pour lui une source d'aide que de distraction – sauf que les yeux profonds et les longs cheveux de John l'empêchent de se concentrer.

John est venu en ville pour faire des études et obtenir la chance de sa vie, ce qu'il n'aurait jamais eu à la réserve. Cependant, ce qui compte dorénavant le plus pour lui est de trouver un emploi et de le garder. Sa sœur est décédée six mois plus tôt et ses enfants sont désormais en famille d'accueil. Bien que la loi soit de son côté, John ne peut en obtenir la garde – il ne peut même pas voir son neveu et sa nièce.

Alors que Jerry et John se rapprochent, John comprend qu'il n'est pas obligé de lutter seul. Jerry l'aide à obtenir le droit de visite et lui apporte un soutien indispensable. Pourtant leurs victoires ne sont pas sans déboires. Les services de l'aide pour l'enfance sont impliqués dans des histoires d'argent, de politique et de tracasseries administratives, et les enfants amérindiens sont leur moyen de subsistance. Or, John et Jerry sont bien décidés à se battre pour la bonne cause et à en sortir victorieux – à plus d'un titre.

www.dreamspinner-fr.com

LE BAPTÊME DU FEU

ANDREW GREY

Par le Feu, tome 1

Dirk Krause est un connard de première. Sa vie est un enfer par sa propre faute, et il rend tous ceux qui l'entourent tout aussi malheureux. Quand il se blesse au travail, il se montre odieux envers le personnel de l'hôpital, et bien sûr, aucun membre de son équipe ne daigne lui rendre visite.

Lee Stockton est le petit nouveau de la caserne, et il écope donc d'une mission : amener à Dirk un bouquet de bon rétablissement de la part des autres pompiers de l'équipe. À la surprise de Dirk, Lee lit en lui comme dans un livre ouvert et voit clair dans son jeu. Lee semble déterminé à pousser Dirk à arrêter de se comporter comme un salaud pour repousser ceux qui l'entourent. Leurs chamailleries se transforment alors en étreintes… Une nouvelle relation naîtra-t-elle de ces flammes, ou celles-ci laisseront-elles seulement des cendres ?

www.dreamspinner-fr.com

Amour…, numéro hors série

Geoff vit en ville, profitant pleinement la vie libre d'un jeune homme gay, lorsque la mort de son père le convainc de retourner dans la ferme familiale. Découvrant un jeune amish endormi dans sa grange, Geoff apprend qu'Eli passe une année loin de sa communauté avant de demander le 'Baptême' et vivre selon les traditions de son église. En dépit de leur attraction mutuelle, Geoff est déterminé à ne pas s'impliquer avec lui, mais Eli découvre que Geoff partage ses sentiments et il commence à le courtiser, capturant tout d'abord son attention, puis son cœur.

Leur relation naissante est menacée par des parents médisants et étroits d'esprit, ainsi que par la société en général. Un nouveau monde s'ouvre à Eli et il doit décider s'il doit retourner dans sa communauté, sa famille, le monde et futur qu'il connaît, ou rester avec Geoff et avoir foi en la puissance de l'amour

www.dreamspinner-fr.com

ANDREW a grandi dans l'ouest du Michigan entre un père qui aimait raconter des histoires et une mère qui aimait les lire. Il a vécu un peu partout aux États-Unis et voyagé à travers le monde. Titulaire d'une maîtrise de l'université Wisconsin-Milwaukee, il consacre désormais tout son temps à écrire. Pour se détendre, il aime collectionner les antiquités et jardiner et, quand il écrit, il a pris l'habitude d'entasser sa vaisselle sale partout, sauf dans l'évier. Il considère comme une bénédiction de pouvoir compter sur une famille tolérante, des amis fantastiques et du soutien du mari le plus aimant qui soit. Andrew vit à l'heure actuelle dans la belle ville historique de Carlisle, en Pennsylvanie.

Par ANDREW GREY

Alchimie organique
Destinés l'un à l'autre
Feu et eau
Une juste cause

AMOUR…
Amour… sans honte
Amour… et courage
Amour… sans limite
Amour… et liberté

LES ARÔMES DE L'AMOUR
La saveur de l'amour
Une portion d'amour

HISTOIRES DE CŒUR
Cœur de loup
Cœur à prendre
À cœur ouvert

PAR LE FEU
Le baptême du feu
Tout feu, tout flamme

Publié par DREAMSPINNER PRESS
www.dreamspinner-fr.com